吉村達也

原爆ドーム　0《ゼロ》磁場の殺人

実業之日本社

実業之日本社文庫

原爆ドーム　0磁場の殺人／目次

安らかに眠って下さい　過ちは繰返しませぬから

原爆ドームを望む平和記念公園にある原爆死没者慰霊碑に刻まれた碑文は、あることで物議を醸《かも》した。

それは「過ちは繰返しませぬから」の主語は誰なのか、過ちを犯したのは誰なのか、という問題だった。

原爆を落としたアメリカ人の過ちなのか。それとも原爆被害に遭った日本人自身にもその責任があるというのか。あるいは双方に落ち度があったというのか。

その解釈をめぐって、激しい議論が戦わされた時期があった。

そして、いかにも日本人らしい、日本語らしい、主語をあいまいにしたままの無難な解釈で議論の収束が図られることになった。

だが、私は原爆の投下そのものとはまったく切り離した形で、この碑文の後段にある言い回しに、言いようのない憤りを覚える。「過ちは繰返しませぬから」という部分だ。

誰かの過ちによって人生を台無しにされた人間にとっては、加害者や責任者による反省などなんの意味もない。

その反省を生かして、過ちが二度と繰り返されなくなったとしても、そのメリットを受けるのは他人であって、最初に犠牲になった者ではない。

いじめによって自殺した子どもの悲劇を見逃していた学校の校長が、記者会見で言っていた。

「このようなことが二度とないようにしたい」

親による幼児の虐待を見逃していた児童相談所の所長が記者会見で言っていた。

「このようなことが二度とないようにしたい」

彼らは、その発言がいかに無神経なものであるかに気づいていない。

犠牲になった者からすれば、今後のための反省なんていらないのだ。自分のためだけに謝ってくれることが重要なのだ。

二度と繰り返さない決意表明が有効なのは、子どもが投げたボールで隣家の窓ガラスを割ったとか、そんなレベルの軽い過ちだけだ。

少なくとも、人の命を奪ってしまった過ちに関しては、反省などなんの意味もない。

二度と繰り返さない決意に、なんの意味もない。

必要なのは、徹底した謝罪だ。

（ある人物の日記より）

序章　ドームが見える部屋

沢村《さわむら》あづさはベッドに横たわったまま、原爆ドームをじっと見つめていた。

原爆ドームは、あづさが入院している六階の病室の窓から直接眺めることができる。

しかし、窓辺に立つ力は、もうあづさには残っていない。ベッドから半身を起こすことさえ無理だった。

自分でもなにがなんだかわからないぐらい、身体のあちこちにチューブが取り付けられている。これをスパゲティ状態と呼ぶと彼女はどこかで聞いたことがあったが、パスタ好きのあづさにとっては、たまらないたとえだった。

三十二歳――

そう、まだ三十二歳の若さなのに、あづさはその短い一生を終えようとしていた。

意識はあるのかないのか、自分でもわからない。痛み止めのモルヒネを増量されるようになってから、苦痛にあえぐ時間が減った代わりに、朦朧《もうろう》とする時間が増えた。

いま、病院の個室にいて、そばには誰もいないことだけはわかっている。いつ死ぬかわからない状態なのに、誰もそばにいない。

（私に似合いの状況なのかも）

ふと、そう考えるだけの思考回路は残っていた。

決して彼女は天涯孤独の身ではない。立派な父親と立派な母親がいる。しかし、立派すぎて死の床にある娘のところへきてくれる時間がない。


父親の憲一《けんいち》は、かつて広島で高校の校長を務めていたこともある教育者だったが、六十半ばに達するいまはNPOの地雷除去の支援活動に携わってカンボジアにいる。通常の携帯電話は通じず、衛星電話を使わないと連絡が取れないような奥地に入っていたが、一週間前、あづさがまだ意識がハッキリしていたとき——裏を返せば、全身の骨をギリギリと痛めつけられるような激しい苦しみと闘っていたときに、電話で少しだけしゃべった。

「あづさ、がんばれ。お父さんだって、すぐにおまえのところへ駆けつけたいが、いまお父さんがいなくなると、代わりの人間が誰もいないんだ。でも、十日経てば人繰りがつくから、日本に帰ることができる。だから、それまでがんばるんだ」

「がんばれないかも」

百数十グラムしかない携帯電話を持つのもやっとという状態で、あづさは父親の電話の声に答えた。

「お父さんの声、聞けたから、もういい。お父さんはそっちでがんばって。危ないお仕事なのに、あたしのこと気にかけてたら事故起こすかもしれないし。無理して帰ってこなくていいから……もう、力が残ってないの……生きる力が」

「そがあなこと言うたらいけんでえ！」

最初はよそゆきの標準語でしゃべっていた憲一が、急に広島弁になった。

「わしのあづさじゃけ、わしの大切な娘じゃけ、そがあなことで死にゃーせんわーや。お父さんが戻るまで待っとれ！」

いつもは冷静で感情を出さず、ひとり娘に対しては照れもあるのか、ぶっきらぼうでさえあった父親が、激情をむき出しにした。

それがあづさはうれしかった。涙が出てきた。そして、もうこれでいいと思った。

「お父さん？」

「なんじゃ」

「ありがとう」

あづさがその言葉を伝えると、電話口の向こうで、父のすすり泣く声がした。

ことし還暦を迎えた母の静子《しずこ》は日本にいたが、広島にはいなかった。遠く離れた北海道の過疎地で、診療所を開いていた。

長い人生をずっと女医として過ごしてきた静子は、僻地《へきち》での診療に後半生を捧げる決意を固め、夫とも娘とも離れて、冬は猛烈な寒さとの闘いとなる北海道の過疎地に診療所を構えた。

三人家族だったけれど、あづさがおとなになってからはバラバラだった。とくに母は、父以上に自分の生き方を貫く人だった。

「私は妻と母と女医のひとり三役をこなしてきたけれど、これからは女医としての生き方に専念したいと思うの」

いまから五年前、あづさが叔父の経営する広島市内の建設会社で働く二十七歳のとき、静子は夫と娘の前でそう宣言した。

あづさの父は、淡々とその宣言を受け止めていたが、あづさは「それじゃ、あたしがお母さんにとって、ものすごい負担になってたみたいじゃない」と反発した。

するとは言った。

「ええ、そうよ。十代のころのあなたには、お母さんもお父さんも、ほんとうに困らされました。手こずらされました」

昔から母は厳しくて冷たい人だとあづさは思っていたが、そのときの母は氷の彫刻にみえた。

とはいっても、あづさには反論ができなかった。中学から高校時代にかけて、ひどく荒れた時期があったのは事実だったからだ。

しかし、あづさはそこから立ち直った。

高校卒業後は進学せず——したくても、できるような成績ではなかったし——まず神戸に出た。

神戸が好きだったというわけではなく、すさみきった少女時代の交友関係を断ち切るために、広島から離れることが重要だというアドバイスを、卒業間際にもらったからだった。

忠告してくれたのは、高校にときどきやってきたカウンセラーの女性だった。あづさは親からも担任教師からも見放されたときに、この女性カウンセラーだけは信頼していた。あづさの心の叫びに対して、ただひとり真摯《しんし》に耳を傾けてくれた人だった。

だから忠告を素直に聞き入れた。

神戸での働き場所は、カリスマ経営者が率いる高級和食チェーンの三宮《さんのみや》センター街店だった。そこで和服を着て働く仲居となった。正社員ではなくアルバイトだったが、従業員教育はスパルタ式で、徹底的に客商売の厳しさを教え込まれた。

それだけではなく、あづさは客から学ぶことがあった。その店の上得意の中に、一帯を縄張りにする暴力団の組長や幹部たちがいたからだ。

そしてあづさは知った。自分が中学や高校のときにツッパっていたことなんて、ただの幼稚な独りよがりにすぎなかったのだ、と。

組長たちは反社会的存在であることは間違いなかったが、彼らの筋の通し方はハンパではなかった。あづさ自身、オーダーをとったり料理を運んだりするときにマナー違反があると、組長や幹部たちからその場で叱られた。親も教えてくれなかった礼儀作法を、あづさは組長たちから教わったのだ。

最初は恐怖と緊張ですくみ上がり、指が震えてオーダーをとるハンディターミナルをなかなか押せなかったほどだった。

しかし、暴力団のお座敷に仲居として毎日のように出入りするようになって、あづさは、ある意味でしつけ直された。そして、自分の幼稚な過去は自慢になるようなものではなく、社会人としての常識をもっとわきまえて、より高いレベルに自分を引き上げないと将来はない、と強く思うようになった。

そういえば、まだ祖父が生きていたころ、あづさはこんな話を聞かされていた。広島に原爆が落ちたとき、その後の社会的大混乱の中で弱者を助けてくれたのは、原爆で崩壊した広島のヤクザ組織に代わって九州や山陰方面からきたヤクザたちだった、というエピソードだ。

ワルの仲間入りをしていた少女時代への訣別《けつべつ》は覚悟できたが、その代わりに危険な誘惑を感じないわけではなかった。顔なじみが増えていったヤクザの上級幹部の情婦になるのも悪くはない——そんな思いがときおり頭をかすめるようになった。

だが、ちょうどそのころ、あづさにまっとうな将来を用意してくれる人物が現れた。母の弟にあたる風間孝雄《かざまたかお》で、広島市で建設会社を経営し、なかなか羽振りが良かった。

「ほんまのところ、姉ちゃんはあづさが荒れとった時代に相当つらい思いをしたけえ、母として、あんたにはちいと複雑な感情を持っとるんじゃ」

神戸まで会いにきた孝雄は言った。

「もうちいとあづさにやさしゅうなってもええ思うんじゃが、と、わしも姉ちゃんに会うたんびに言うたんじゃが、あんたもよう知っとるとおり、プライドの高い姉じゃけえ、頑《かたく》なでのぉ。それに憲一さんものぉ……」

叔父は、さすがにあづさの父は血縁でないため、言葉を濁して具体的な批評は慎んだ。だが、言外に父親の愛情の薄さを批判しているように、あづさには聞こえた。

そして叔父はあづさに、広島に戻ってウチの会社で働かないかと持ちかけてきた。

孝雄夫妻にはこどもがいなかった。叔母のほうが病弱でこどもが産めないのだ。そんなこともあって、小さいころから叔父も叔母も我が子のようにあづさを可愛がってくれ、不良の仲間入りしたときのあづさに対してさえ、決して偏見の目で見たりはしなかった。

ただ、これまではいくら叔父に親切にされても、母親の弟であるという警戒心が働き、あづさはなかなか打ち解けようとはしなかった。

しかし、神戸での社会人生活があづさを変えていた。そして二十五歳のときに、叔父からの誘いに応じて広島に戻り、叔父の経営する建設会社に正社員として入社した。

これでほんとうに過去の自分と訣別できると、あづさは自分の未来に自信を持ちはじめた。

だが——

ことになって、病魔が襲いかかった。

春先から食欲不振や吐き気など、体調の不良は感じていたが、あづさはさほど大ごとと考えていなかった。

だが会社の年配の女性から、「あづさちゃん、あんた顔色が黄色っぽいけど、黄疸《おうだん》じゃないじゃろね。いっぺん医者へ行って、よう調べてもらいんさい」と忠告は受けていた。

しかし、それさえも軽く受け流していたら、いまから三週間前、まだ厳しい暑さがつづく八月のある日、あづさは脇腹から背中にかけて猛烈な痛みを覚え、会社で倒れた。

運び込まれた病院で検査を受けた結果、自覚症状がないままきわめて早い進行をみせる膵臓《すいぞう》がんと判明。さらなる精密な検査を受けるために、叔父の孝雄が膵臓がんの権威である医師を探してくれて、そこに転院した。

しかし、すでに遠隔転移を起こしており、摘出手術は無効と判断した医師は、後見人である孝雄に対し、かなり楽観的な見通しを立てたとしても余命は三ヵ月、場合によっては大幅な短縮もありえます、と告げた。

最初の病院でがんの診断が下された時点で、孝雄はあわててあづさの両親に連絡をとった。

カンボジアの奥地にいる憲一と電話がつながるまでには時間がかかったが、北海道にいる姉の静子にはすぐ連絡が取れた。

孝雄から事情を聞かされた静子は、電話口で激しく取り乱し、「どうしてあの子が、こんな早く」と泣き叫んだ。

しかし、そのあとあづさと電話で話したときの静子は涙声にさえなっておらず、「お母さんもできるだけ早く行くけれど、こっちにもお母さんを頼りにしている患者さんがいっぱいいるから、すぐというわけにはいかないの。だから、あなたもがんばりなさい。困ったことがあったら、タカおじさんになんでも相談するのよ」と言うだけだった。

がんばりなさい、と言ったときの母の口調は、こどものころ「こんな成績じゃダメじゃないの。もっと勉強をがんばりなさい」と言ったときと同じで、励ましよりも叱責のトーンが強かった。

そんな静子の態度に、弟である叔父の孝雄は本人に向かって激しく憤慨した。

「カンボジアにいる憲一さんはともかく、北海道にいる母親のあんたがすぐに飛んでこんちゅうのは、どういうことじゃ。生みの母親じゃろ！　医者はもって三ヵ月とゆうとるが、のんびりしちょってええ状況と思うたら大間違いじゃけぇ！」

しかし、当のあづさは母の冷たい態度に怒らなかったし、悲しみもしなかった。病院に駆けつけられない事情はそれぞれあっても、父は泣いてくれたが、母は淡々としていた。父と母とであまりにも態度が違っていたが、あづさはそのわけを理解していたからだった。

母はあづさの秘密を知っていた。

父はあづさの秘密を知らなかった。

その差だった。

そしてあづさの病状は、一週間前に父親と電話で話したのを境に、医師の見立て以上に急速に悪化していった。まるで父親の声が聞けたので、もうじゅうぶんだと言わんばかりに……。


いまさまざまなチューブをつながれてベッドに横たわるあづさの目に映る原爆ドームは、じかに見ているものではなかった。

たしかに原爆ドームは病室の窓から斜め前方に見えるが、窓辺に行くこともできず、ベッドの上で顔の向きを変えることさえ無理なのだから、外の風景を直接目にできるわけがなかった。

あづさがいま見ているのは、絵だった。平和記念公園の北側から、元安川《もとやすがわ》を挟んで原爆ドームを望む構図で描かれており、ドームは西日でオレンジ色に染められていた。ところどころに紅葉した樹木が描き込まれている秋の風景だった。そして広島の空は、木々の紅葉とは対照的に、すがすがしい青さをもってドームの上に広がっていた。

横が約六十センチ、縦が約四十五センチ――サイズでいえば12号に相当する油絵の入った額縁が、あづさがあおむけに寝たままでも見えるように、ベッドの足もと方向にある壁の高いところに掛けられていた。

この個室に入ってすぐ、あづさは叔父に頼んで、自分の部屋に飾ってあるこの油絵を持ってきてもらったのだ。

「あづさちゃんは、原爆ドームの絵が気にいっとるんかのう。変わっとるのう」

飾り終えた油絵を眺めながら、孝雄が言った。

「こうゆうたらナンじゃけど、あんまり上手な絵には見えやせんが、あんたが自分で描いたんか」

「ううん」

あづさはベッドからか弱い答えを返した。

「ともだち」

「ふうん、ともだちか。そりゃあ失敬、失敬」

と、笑った孝雄は、おそらく「ともだち」というのはあづさの恋人に違いないと思った。

だが、それにしては日ごろから特定の彼氏と交際している様子もみせず、彼女がこんなことになっても見舞いにきたふうでもないので、その推測は間違っているのかな、と孝雄は思い直した。

ただ、いずれにしても、あづさにとってなにか大切な思い出のある絵には違いない、と想像した。思い出というのは、原爆ドームそのものに対してか、この絵を描いた「ともだち」に対してなのかわからないが……。


いまその油絵は、あづさの視野の中でぼやけて映っていた。べつに泣いているからではない。遠くのものに焦点を合わせる力も失せていたのだ。

（紅葉って、もう二度と見られないんだな）

ぼんやりとあづさは思った。

（山のほうで降る雪も、春の桜も、もう二度と見られないんだな……。だって、あたしはもうすぐ死ぬんだから）

しかし、あづさは不思議と悲しみを覚えなかった。

（あたしが死んでホッとする人がいるよね）

そんなことが脳裏に浮かんできた。

（ママもそのひとり。でも、ママ以外にもまだ何人もいる。あたしが死んで、ホッとする人が……。

けれども、秘密は消えない。あの人にしゃべってしまったのだから、絶対に消えない）

激痛を覚えて携帯で救急車を呼び、最初の病院に運び込まれたとき、あづさはその携帯を右手に強く握りしめたままだった。

そして鎮痛剤の投与などにより、少し痛みが和らいだとき、あづさはベッドの上からある人物に電話をかけた。非常に重要な電話だった。

こどものころから三十二歳の現在に至るまで、いったいどれぐらいの本数の電話をかけたのか、見当もつかない。しかし、まちがいなくその電話は、自分の一生でいちばん重大な電話になると、あづさは確信していた。

問題は、その通話記録を消すべきかどうかだった。いまもなお、およそ三週間前の通話記録は携帯に残っている。

しかし、迷ったところで意味はない。いまのあづさに携帯を操作する力など残っていないのだから。

(もしかして)

苦痛緩和のためのモルヒネ投与で意識が薄らいでくるのを感じながら、あづさは漠然とした予感を抱いていた。

(あたしの秘密が、ぜんぶバレてしまうかもしれない。世の中の人ぜんぶに……。でも、そうなってもかまわない。あたしはもう、そのころにはこの世にいないんだから)

そして、最後に心の中で謝った。

(パパ、ごめんね)

なにも知らずにきた父親が、その秘密を知ったときのショックを想像すると、あづさは謝らずにはいられなかった。

けれども、秘密を抱えたまま死ぬことはできなかった。

それは自分の良心だった。

それからしばらく経った九月七日――

沢村あづさは原爆ドームが見える部屋で息を引き取った。

そのときはカンボジアから帰国した父も、北海道の過疎地の診療所を臨時休診にしてやってきた母も枕元にいて、わが子の最期を看取った。

だが、どちらも娘とじかに会話を交わすには、やってくるのが遅すぎた。

医師が臨終を告げたとき、病室に号泣が響き渡った。父・憲一の声だった。

母・静子は青ざめた顔で、生命の灯火が消えた娘を見つめるだけだった。

二日後の九月九日――

あづさの葬儀において、彼女が愛用していた携帯電話は母親の手によって、いったん棺《ひつぎ》の中に納められた。

しかし葬儀社の人間から不燃物は棺に入れられないと指摘され、ふたたび母親はそれを引き取った。

そのときの静子の複雑な表情を、泣きじゃくりつづける喪主の憲一が気づくはずがなかった。もちろん、参列したほかの親族たちも。

ただ、燃やそうと燃やすまいと、母親は知ってしまった。娘が遺した携帯の通話履歴をすべてチェックしたから悟ってしまった。

娘が自分の秘密を、最も知られてはならぬ人間に伝えてしまったことを。

(なにかが起きる……)

涙で途切れがちになりながら出棺の挨拶を述べる夫の横で、娘の遺影を抱いて立つ静子は予感していた。

(これから、とてつもなく怖ろしいことが……)

静子をそのような不安におののかせた原因は、通夜のときに娘の部屋で見つけたノートにあった。

「あの出来事」について、なにか証拠が残っていたらまずいと思って、まるで警察の家宅捜索のような勢いであづさの部屋を調べ回ったら、一冊のノートが出てきた。

最初の一ページは白で、つぎも白。そしてつぎも……。未使用のノートかと思ってページを繰りつづけていったところ、ちょうど真ん中のところにきて、娘の筆跡でびっしりと書き綴《つづ》られた文章が見つかった。

それはちょうど見開き二ページを埋めていたが、そのあとはまた白いページがつづき、最後までほかの書き込みは見当たらなかった。

書き込みは一冊のノートの真ん中だけにあった。


そこに書かれた文章を見て、静子は意外に思った。少女時代に手がつけられないほど荒れまくり、学校の成績もよくなかった娘が、こんなにしっかりした文章を書くとは思わなかったからだ。

それを読んでいくうちに、静子の顔がこわばっていった。とくに最後の部分が彼女に衝撃を与えた。


《少なくとも、人の命を奪ってしまった過ちに関しては、反省などなんの意味もない。二度と繰り返さない決意に、なんの意味もない。

必要なのは、徹底した謝罪だ。》

沢村あづさの葬儀から三日後の九月十二日――

「これは……ひどい」

生ぬるい雨が降りしきる中、和久井《わくい》刑事とともに、東京都大田区大森東一丁目の現場に入った志垣《しがき》警部は、言葉を失った。

アパートの一室は血の海だった。

第一章　死者に贈る言葉

1

東京都大田区大森東一丁目の現場周辺には黄色い規制テープが張りめぐらされ、降りしきる夜の雨が、数台のパトカーや捜査関係車輛が灯す赤色回転灯に染められていた。

時刻は夜八時を回ったところで、京浜急行平和島《へいわじま》駅で降りて家路へと向かう通勤帰宅客の姿も多い。傘を差したそれらの人々が、事件発生を知らせる赤い光の点滅に吸い寄せられるように集まって、二重三重に傘の輪を作っていた。

野次馬の輪の中心に建つ築四十年を超す木造二階建てアパート「鈴木ハイム」は、一階と二階に三戸ずつ部屋があり、一階はA号室からC号室、二階はD号室からF号室と名前が付けられており、ドアに取り付けられたスコープの下にAからFまで、それぞれのアルファベットの文字が貼りつけられてあった。

そして集まった人々の視線は、二階のいちばん左手にあるF号室に向けられていた。

そこではすでに四十分ほど前から所轄の大森警察署と、警視庁から応援に駆けつけた鑑識によって検死および現場検証作業が行われていたが、八時を回ったところで、警視庁捜査一課の志垣警部と和久井刑事がやってきた。

惨劇の舞台となったアパートは、平和島駅から第一京浜国道（国道15号線）を渡って環七《かんなな》通りから路地裏に入った場所にあり、大森警察署からわずか二百メートルしか離れていなかった。

「うちの署のお膝元で、こんな事件を引き起こすとはふてえ野郎です」

雨に濡れた鉄製の外階段を上ってきた志垣たちをF号室の玄関で出迎えた大森署の佐野《さの》警部補が、吐き捨てるように言った。

「ここのアパートは、すべて四畳半と六畳の和室二間という造りなんですけどね。現場は奥の六畳です。とにかくごらんください」

玄関を上がるとすぐ右手に、キッチンとも呼べぬ簡素な調理台があり、そこにあとから取り付けた二口コンロのガスレンジがひとつ置いてある。隣は流し台。反対側の左手には、バストイレ兼用のスペースがあり、かなり劣化した水色のホーロー引きバスタブが目に入った。

　便器が置かれた場所との仕切りはなにもない。

　波板ガラスがはめ込まれた引き戸を隔てて、手前が四畳半、さらに襖《ふすま》を隔てて奥が六畳という造りで、角部屋だったので、六畳の正面と左側に窓があった。

　どちらの窓ガラスも、野次馬からの視線をさえぎるために、捜査員によってブルーシートが張られてあった。そのせいで空気の流通が悪く、エアコンは冷房モードで運転されていたが、折から降っている雨で湿度がかなり高いこともあって、室内に入ったとたん、蒸し暑さで志垣の顔に汗が噴き出した。

　暦は九月とはいえ、この日も都心は熱帯夜で、さらに現場検証に用いる照明が、室内の暑さを増幅させていた。

　室内の仕切りとなっているガラス戸と襖は、いずれも現場検証のために開け放たれていたため、室内に上がるなり、惨劇の現場はすぐに志垣たちの目に入った。

　百戦錬磨の志垣警部でさえ、顔をしかめる惨状だった。

　奥の六畳間は血の色に埋まっていた。

　窓がないほうの壁、つまり隣室のE号室に接するほうの壁際にシングルベッドが置かれていて、その脇の畳の上に、この部屋のあるじとみられる女性の全裸惨殺死体が転がっていた。

裸の女は、両手と両足におもちゃの手錠をかけられていた。左右を合わせて手錠でロックされた両手のほうは、バンザイをする恰好で頭上に持ち上げられ、その腕も真っ赤な血で染まっていた。

「すでに検死のために剝《は》がしましたが、被害者の口にはガムテープが貼られていました」

佐野警部補が志垣たちに説明した。

その横で、和久井はハンカチを口に当てて、顔をしかめていた。

女は何者かに裸にされ、手錠とガムテープとで身体の自由と助けを求めて叫ぶ方法を奪われたうえで、畳の上に転がされ、身体中を刃物で切り裂かれていた。顔から足の先まですべてである。

ガムテープを剝がされたあとの口もとは、苦痛に耐えるためか。グッと歯を食いしばっている形に閉じられていた。

畳には血だまりができて、血しぶきは壁や窓ガラスだけでなく、天井から下がる蛍光灯のカバーや、天井板そのものにまで達していた。

「全身の傷がどれぐらいの数にのぼるのか、まだ数え切れておりませんが、特徴的なのは、その傷の程度に強弱があることです」

遺体の状況を確認している鑑識課員らの行動を見下ろして、佐野警部補が言った。

「あるものは、ほんのかすり傷であり、あるものはかなり深く切り込まれています。ごらんのとおり、顔につけられた傷は、かなり数は多いものの、深さはそれほどでもありません。一方で、喉《のど》と腹部はひどいものです。常識的にみて、頸《けい》動脈の切り傷が致命的な大量出血を招いたと思いますが、腹部のほうも内臓がはみ出すようなひどい状況です。いったいぜんたい、どういう順番でこれら無数の傷がつけられたのか、特定のしようがありません。

まだ遺体を裏返しにはしていませんが、背中側にも同じような攻撃が加えられている可能性があります。確かめるのもおぞましいですがね。ただし、いまのところ性的暴行のあとは見受けられません」

「これはなんだ。刺青《いれずみ》か?」

志垣は、女の左乳房に長さ三センチほどの青い楕円《だえん》形の記号が彫ってあることに気がつき、遺体の傍らにかがみ込んだ。

数字のゼロにみえる楕円に、斜めの線が入っていた。それが左乳房の下側に刻まれている。

Ø

「ゼロって読むのかね、これは」

志垣も佐野の隣にかがんで、その文字をまじまじと見つめた。

「ゼロ……でしょうね」

「犯人に書かれたんじゃなくて、これは最初から彫ってあるんだよな。刺青だよな」

「っていうか、タトゥーでは？」

と、横から和久井が口を出すと、

「うるせえな。刺青もタトゥーも同じだろう」

センスが古い、と突っ込まれることをなによりきらう志垣は、ぶすっとした顔で答えた。

が、和久井はそのまま引き下がらずに反論した。

「若い世代がタトゥーという認識で彫る図柄には、ファッション的な要素だけでなく、メッセージ的な要素を含む場合が多いんですよ。とくにこういうふうに数字の場合は、ゼロじたいに深い意味があったりします」

「いや、刺青だ」

志垣は強情に言い張った。

「なにもこんなところで横文字を使ってカッコをつけることたあない」

2

「で、被害者のプロフィールは」

志垣は、こんどは佐野警部補に向かってたずねた。

「室内に残っていた免許証と保険証によれば、名前は榎本未美《えのもとみみ》で、年齢は三十二歳。職業は風俗嬢です。横浜の曙町《あけぼのちょう》にある『エンジェルヘア』というファッションヘルスに勤めて二年になるようです。それ以前の経歴はまだ把握していません」

佐野はメモと遺体を交互に見ながらつづけた。

「ヘルス『エンジェルヘア』の最寄り駅は京浜急行の黄金町《こがねちょう》駅で、平和島とは京急《けいきゅう》本線一本でつながっています。そういう意味で、このアパートを住まいに選んだんでしょう。もっとも、京急蒲田《かまた》で快特《かいとく》に乗り換えて横浜まで行かないと、鈍行だけですと五十分近くかかりますが」

「発見のきっかけは？」

「ヘルスでの源氏名《げんじな》も本名と同じ『ミミ』さんと呼ばれていた被害者が、予定の出勤時間を過ぎても店に出てこないので、たまたまこの近くに住んでいてきょうは非番だったフィリピン人の女の子に見にいかせたそうです。すると鍵が開いていて、中を覗くとこんな状況だったものですから、絶叫を発して大騒ぎになりました。それが夜七時すぎです。

そのフィリピン人の子は、いま表のパトカー内で聴取していますが、なにしろ日本語がカタコトなうえに、修羅場《しゅらば》を見たショックと、それからおそらく不法滞在者であるらしいのとで、もう興奮して泣きわめくばかりで話になりません。現に一一〇番をしてきたのは彼女ではなく、その悲鳴を聞いた向かいの家に住む主婦でしたから。それで、ついさきほど、被害者が勤めるヘルスのマネージャーを大至急こっちにくるように呼び寄せたところです」

佐野は腕時計を見て、言い添えた。

「到着まで、あと二十分程度じゃないですかね」

「死亡推定時刻はどうなんだ」

グロテスクな惨殺死体の周りをゆっくり一周しながら、志垣がきいた。

「まだ詳細な絞り込みはできていませんが、死後七、八時間は経過しているとみられています」

「じゃ、昼下がりの犯行か」

「そうなりますね。被害者は職業柄、昼夜逆転みたいなサイクルで生活していたんじゃないでしょうか。ちなみに、発見された時点では窓のカーテンはどちらも引いてありました」

「いま、冷房が回っているが」

「これは発見当初から運転されつづけていました。ゆうべも蒸し暑い夜でしたからね」

額の汗を手の甲でぬぐって、佐野警部補が答えた。

「おそらく被害者本人がスイッチを入れていたものと思われます。いちおうリモコンの指紋は調べていますが」

「で、玄関ドアの鍵は掛けられていなかったわけだな。ドアノブのボタンを押してから閉めればロックできる、かんたんな構造にもかかわらず」

「そうですね。ロックをして犯行の発見を遅らせようという意図は、犯人にはなかったようです」

「この木造アパートじゃ、防音性はなきに等しい気がするが、ほかの部屋に住んでいる者は物音を聞いていないのか」

「それがですね、犯行があったと推定されるのは真昼ですから、アパートの住人は全員出払っていたようなのです。この部屋以外の五部屋のうち、隣のE号室と真下のC号室は空き部屋で、残りの三部屋の住人は、いずれも独り者ですが、みな昼間は外出中だったようです」

「全六部屋のうち、二部屋が空きか……」

「大家によれば、建物がかなり老朽化しているので、早晩、取り壊しをしなければならず、新たな入居者は募集していないそうです。ちなみに被害者は二年前の秋から入居しています。そこまでは大家に確認済みです」

「隣と真下が空き部屋で、ほかの三部屋の住人も昼間は不在。そんなアパートで昼夜逆転型の生活をしていた被害者だけが、いつも昼間在宅していた。……となると、その生活サイクルを熟知した者の犯行だな。そうでなきゃ、いくらガムテープで口を塞いでいても、木造アパートで真っ昼間からこんなむごたらしい犯行には踏み切れないだろう」

「そうですね。日中はアパートの住人全員が出払っているとわかっていれば、部屋への出入りも見られる心配がありませんからね。おまけにきょうは朝からずっと雨ですから、外部の目もますます注がれにくい」

「店のマネージャーがきてから彼女の交友関係をたずねることになるだろうが、しかし、これはどうみたって怨恨《えんこん》だよな。激しい怨恨だ」

「それ以外に考えられません。化粧台の引き出しやバッグから、二百万円ほどが口座に入った普通預金通帳、クレジットカード、運転免許証、それに現金も十五万円あまりが見つかっていますし、室内を物色した跡もありません」

「しっかし、ひでえなあ。いくら怨《うら》み骨髄《こつずい》といったって、ここまでやるというのは、相当なもんだぞ。だが、部屋中に血が飛び散るようなことをしたんだから、犯人はかなりの返り血を浴びてるはずだ」

「それがですね、いまバストイレの部屋を調べているんですが、まだ完全に乾ききっていないシャワーの使用跡があるんです。ひょっとしたら、ここで血を洗い流してから出ていったのかもしれません」

「遺留品は」

「排水口にもバスタブにも床にも、髪の毛一本落ちていません。犯人が血まみれの身体を洗うために使ったとすれば、相当念入りに後始末をしたものと思われます。明日にでも配管をぜんぶ取り外して調べる作業をするつもりです」

「しかし、午後八時すぎの現在でさえ、バスルームが濡れているというなら、犯人はただちにここを立ち去らず、ゆっくりと時間をかけてシャワーを浴びたのかもしれないな」

「そういう可能性はあります」

「これだけのことをしておいて、すぐに逃げ出さずにシャワーかよ。余裕というのか、異常というのか……不気味だな」

志垣は顔をしかめた。

が、ふと横に目をやった志垣は、惨殺死体のそばにいた和久井が、いつのまにかそれに背を向けて、あらぬ方向に目をやっていることに気がついた。

「どうした、和久井。もう怖じ気づいたか。吐くんだったら、外に行ってやってくれよ」

「違いますってば。それほどぼくはヤワじゃありません」

「どうだかな。おまえは高所恐怖症に、車酔いに、枕が違うと寝られない病に……とにかく虚弱体質のオンパレードだからよ」

「そんな、ほかの人に誤解されるような話をしないでくださいよ。そうじゃなくて、あそこに掛かっている絵が妙に気になるんです」

「絵？」

「ほら、あれですよ」

和久井は、ベッドの足もと方向の壁に掛かっている、横六十センチ、縦四十五センチほどの横長の額に入った油絵を指差した。

「あれって、原爆ドームの絵ですよね」

3

和久井が指差した絵は、たしかに原爆ドームを描いたものだった。

平和記念公園の北側から、元安川を挟んで原爆ドームを望む構図である。そして、それは夜景だった。

ブルーブラックに塗られた夜空の一角に満月が浮かび、その月の光に原爆ドームが照らし出されていた。

季節はわからない。木々が描き込まれているが、すべては黒に近い濃紺のモノトーンに塗られているため、その葉が実際には新緑の色合いだったのか、それとも美しい紅葉に彩られていたのかは不明だった。

「その絵がどうかしたのか」

和久井の横にきて、志垣もいっしょに絵を見上げ、佐野警部補も横に並んだ。

「なんとなく違和感がありませんか」

「違和感とは？」

「この被害者がどんな趣味だったか知りませんけど、原爆ドームの絵を飾るのって、なにか特別な事情があるような気がしませんか」

「そりゃ、そうだ。原爆ドームの油絵よりは、ミレーだかセザンヌだかゴッホだか……おれはそれぐらいしか絵描きの名前は知らんが、まあそういった有名どころのコピーを飾ったほうが、インテリアとしては普通の感覚かもしれんな」

「でしょう？　しかも、夜の原爆ドームですよ。月光に照らされた……。なんだかこれって、あまりにもイメージが暗すぎませんか。三十代前半の女性が部屋に飾るには」

「パッと思いつく理由はふたつあるな」

志垣が言った。

「ひとつは被害者が広島出身とか……そこはどうなんだっけ、佐野さん」

「出身地は未確認です」

佐野警部補が即答した。

「なにしろ親もとの連絡先もまだわからないぐらいですから」

「そうか。……とにかく彼女が広島出身だった場合は、原爆ドームが個人的に思い入れのある場所だった可能性はある。そして、もうひとつの解釈は、もっと単純なものだ」

「単純って？」

「よく見てみ。この絵、プロの絵描きが描いたものと思うか？ つまり商品として買ったものだと思うか」

「あまり上手じゃありませんね」

「というか、ヘタクソだよ。ヘタウマという分野じゃなくて、ほんとうにヘタだと思う。なのに、その絵を飾ったということは、これは被害者自身の作品だというふうに考えられないか？ だとしたら、テーマが原爆ドームだろうが、安芸《あき》の宮島《みやじま》だろうが、スカイツリーだろうが、ネコの絵であろうが花の絵であろうが関係あるまい。どんなにヘタでも、自分の作品は可愛いもんだ」

「でも……」

「まあ、そんなことはどうでもいいよ、和久井」

原爆ドームの絵にこだわる和久井に向かって、志垣は少しうるさそうに手を振った。

「なぜ彼女は原爆ドームの絵を飾っていたかという疑問は、これから店のマネージャーなり、彼女の身内なりを聴取して人生の歩みがわかってくれば、徐々に明らかになってくることだ。いますぐ解決しなけりゃならない問題じゃない」

「いえ、いますぐ解決すべき問題だと思います」

「なんでよ」

「絵の周りの壁を見てください」

和久井が、真剣な表情で原爆ドームの絵が入った額縁の周辺を示した。

「このあたりの壁や天井にも血しぶきが飛んでますよね。たぶん、頸動脈を切ったときのものだと思われます。でも、油絵の額縁もガラス面もまったくきれいです。とくにここ」

和久井が壁の一点を指差した。

「ここは斜めに長く血しぶきが飛んでいるのに、急に額縁のところで途切れています。本来なら、額縁のガラス面にも、この血しぶきのラインのつづきが飛んでなければおかしいのに」

「ん？　なるほど……」

和久井の指摘で、志垣も眉をひそめた。

「ということは？」

「ということは……です。ちょっとこの絵を外してみてもいいですか」

和久井はベッドの上に現場保存用のビニールシートを広げ、カバーをつけた靴でそこに上がった。そして、壁の高いところに掲げられていた原爆ドームの油絵を取り外した。

「おおっ！」

志垣と佐野が同時に声を上げた。

途中で途切れていた血しぶきが、額縁に隠されていた部分につづいていた。

「どういうことですか、これは」

驚く佐野警部補に向かって、はずした額縁を両手に持ったまま、和久井がベッドの上から答えた。

「この額縁は、惨劇のあとにここに掛けられたんです。犯人の手によって」

「被害者をメッタ切りにしたあとで、ですか。でも、なぜそんなことを」

「それはわかりません。だけど、この絵が大きな意味を持つことだけは確実になってきましたよね」

そのとき、三人の背後から鑑識課員のひとりが声をかけた。

「いまからホトケさんを裏返しにします」

4

内臓がこぼれ出るまでに腹部を深く大きく切り裂かれた榎本未美の遺体は、それ以上、内臓がはみださないように仮処置をされたうえで、手袋をはめた鑑識課員が五人がかりで、裏向きに返されることになった。

手錠をはめられたまま、まっすぐ頭上に伸びた両手をひとりが、肩のあたりをひとりが、背中から腰にかけてをふたりが、そして手錠で束ねられた両足首をひとりが持って、「せえの」という掛け声とともに遺体を裏返した。

「なんだ、これは！」

遺体が完全にうつぶせになったとたん、鑑識課員のひとりと志垣が同時に叫んだ。

むごたらしい切り傷だらけの身体の正面と異なり、意外にも遺体の背中側に傷はなかった。

だがその代わりに、極太の黒い油性ペンで背中いっぱいに書き殴られた文字が——一部分が激しく震えている文字が——捜査陣の目に飛び込んできた。

安らかに眠ってください

「これだけのことをやっておいて……」

志垣が愕然《がくぜん》としてつぶやいた。

「安らかに眠ってくださいもないもんだ」

被害者を無残に切り裂いたのち、わざわざ犯人の手によって飾られたと思われる油絵。さらに背中に書かれた異様なメッセージの出現に、それまであわただしい雰囲気に満ちていた現場が一気に静まり返った。

窓にかぶせたブルーシートを打つ雨音が、急に大きく響いて感じられた。

バスルームの検証を行なっていた鑑識課員たちも、異変を察して奥の部屋にやってきたが、遺体に書かれたメッセージを見てあぜんとなった。

「そういえば、その『安らかに眠ってください』っていう言葉は……」

まだベッドの上に立っている和久井が、被害者の背中と、手に持った油絵とを見較べながら言った。

「原爆ドームのそばにある記念公園……あそこの石碑に彫られた有名なメッセージじゃなかったでしたっけ」

第二章　過去で繋がる人々

1

中尾紫帆《なかおしほ》は専業主婦ではない。自分の仕事を持っていた。ただし会社員のように定期的な仕事ではなく、月々の収入もまちまちで、生活費をすべて夫に頼っているという点では「主婦」という肩書きで呼ばれてもよい立場にあった。

だが、いわゆる主婦というイメージで捉えられるには、彼女は美しすぎた。

年齢は三十一歳だったが、ティーンエイジャーといっても通用する若々しさと、それだけでなく初々しさがあった。

彼女が暮らす大都会の東京には、年齢よりもずっと若くみえる美女はたくさんいるが、紫帆の魅力はその初々しさにあった。スリムな体型にボーイッシュな短い髪型のため、美女というより「美少年」という印象だった。事実、少年と間違えられることも一度や二度ではなかった。

じつは三十歳を超えているというと、聞いた人はみんな驚く。そして――あえて彼女自身は他人には言わなかったが――一度離婚経験もあり、その最初の結婚は十九のときだったと知ったら、人々はさらに大きな驚きの声を放つはずだった。

その清楚なビジュアルを生かし、紫帆はカタカナの「シホ」という名前で、人気ファッション雑誌で主婦モデルを務めていた。

実年齢より十歳以上も若く見えてしまう美少年的なビジュアルと、主婦という肩書きのミスマッチが女性読者に評判となり、紫帆はカリスマ主婦モデルの仲間入りをしていた。

紫帆が中尾真治《しんじ》と結婚したのは、いまから三年前、二十八歳のときだった。そのとき彼は二十六歳、つまり年下の夫だった。

ふたりのあいだに子はない。「できない」のではなく、意図的につくらなかったし、今後もつくる予定はなかった。それが真治のプロポーズを承諾するときの、紫帆から出した条件だった。

「私は中学のときに両親が離婚して、そのほかにもいろいろあって、すごく苦しい時期があった。だから家族っていうかたちは、もういらないの。でも、あなたのことは好き。だから結婚はしたいと思う。ただ、こどもはほしくないし、つくりたくないの。こどもがいる家族のかたちは、もう自分がこどものときだけでたくさん。

正直に言うと、最初の結婚が失敗したのは、私が若すぎたこともあったけど、こどもがどうしてもほしいという相手が、私の気持ちを最後まで理解してくれなかったのが原因だった。こどもをつくらなければ夫婦のあいだに絆は生まれないと考える相手とは、やっぱり結婚すべきじゃなかった。そんなふうに、ものすごく後悔しながら別れたの」

二歳下の真治は、両親の離婚で負った紫帆のトラウマを理解した。

「ぼくだって、そんなにこどもは好きじゃないんだ。こどもは天使だとか、こどもは宝ものだっていう幻想も持っていないしね。ぼくは紫帆が好きだからプロポーズをする。こどもをつくるために結婚したいんじゃない」

紫帆は真治のその言葉を聞いて、プロポーズを受け入れた。ちなみに真治のほうは初婚だった。

その真治はことし二十九歳、在京の民放キー局が設立したニュース制作の専門プロダクション「ヴェガ」に報道レポーターとして所属し、いまはキー局の昼のニュースワイドで、事件レポーターのレギュラーを務めていた。

おかげでテレビ視聴者には顔が知られた存在だった。妻と同様、夫のほうも「有名人」だった。

ニュース報道に値する事件が起きれば、真治はいつ、どこへでも飛んでいかなければならない。しかし社員記者よりは待遇が悪く、体力的にもかなり過酷な仕事だった。だが、新聞記者と違って本人がテレビカメラの前に立ってしゃべるわけだから、どんなに疲れていてもカメラの前ではつねに「カッコいい報道マン」としての姿を保つ努力をしていた。

そこにはカリスマ主婦モデルである紫帆の協力もあった。自宅から出勤するときに夫の身だしなみをチェックするのは当然だったが、真治が取材で車の中で寝泊まりしなければならないような状態にあっても、紫帆はテレビ電話モードにした携帯を使って、夫のファッションチェックを欠かさなかった。

紫帆には、自分がカリスマ主婦モデルだという驕《おご》りはなかった。中尾真治を愛する妻、という立場をなによりも最優先させようとしていた。

九月十四日――

この日、真治は朝九時に江戸川区南葛西《みなみかさい》にある自宅マンションを出て、勤務先のプロダクション「ヴェガ」がある新宿へ向かった。

仕事の内容によって、真治は自宅からプロダクションへ行くときと、テレビ局へ直行するときと、いきなり取材現場へ向かうときがある。この朝は「ヴェガに行く」と言って出た。

紫帆のほうに外出予定はなかった。ここ一週間はモデルとしての仕事を入れていなかった。有名どころのモデル事務所に所属していて担当マネージャーもついていたが、紫帆は、どんなに忙しくても月に十日以上は仕事を入れないという約束を事務所と取り交わしていた。

だからカリスマ主婦モデルとして人気者であるわりには露出は特定の雑誌にかぎられており、テレビなどには一切出なかった。その露出の少なさが「シホ」の価値を高めている部分はたしかにあった。

きょうの紫帆は、真治につきあって七時半ごろに起きたが、昨日からつづく頭痛がだいぶひどくなっていた。

この年にかぎったことではなく、いつも夏が過ぎて秋の気配が空気にまじってくるころ、頭痛に襲われるのだ。そこで真治を送り出してから頭痛薬を飲むと、またベッドに横になった。

眠りに落ちてからどれぐらいの時間が経っているのかわからなかったが、枕元に置いた携帯が振動する音で、紫帆は目が覚めた。

ほうっておこうかと思ったが、ズキズキとうなじのあたりが脈打つような頭痛に襲われているときに、ズーッ、ズーッという鈍い振動音は不快だった。

(誰なの……)

紫帆は携帯を引き寄せて開くと、眉間にしわを寄せて液晶画面を見た。

服部《はっとり》、と出ていた。

モデル事務所で紫帆の担当マネージャーをしている服部敦《あつし》だった。四十代半ばのベテランで、業界臭をふんぷんとまき散らすタイプの男だったが、紫帆の仕事の流儀は尊重してくれていたので、信頼はおけた。

「はい……」

と、紫帆が力のない声で答えると、服部はすぐにそれを察してきいてきた。

「寝ていたのか」

「ええ、なんだか頭痛がひどくて」

「そりゃ起こして悪かったな。風邪か？」

「いえ、季節的なものだと思います」

「季節的？」

「毎年、夏が終わってしばらくすると、こうなるんです」

「夏バテの後遺症かい」

「かもしれません」

「あんた、スリムで体力がなさそうだからなあ。ま、その華奢《きゃしゃ》なところが魅力なんだが。つぎの撮影は三日後だから、それまでには治しといてくれよ。ところでダンナはいまどうしてる？」

　服部は、もちろん紫帆が結婚していることは知っていたし、彼女の夫が二歳下で、キー局のニュースワイドでたびたび顔をみせる報道レポーター・中尾真治だということも知っていた。

　だが服部は、そうしたプライバシーを話題にすることはこれまで一切なかっただけに、紫帆は意外に思って問い返した。

「中尾はさっき会社に行きましたけど……どうしたんですか」

「じゃ、ダンナはまだ知らないのかな」

服部のもったいぶった言い方に、紫帆は不安が募ってきた。

「中尾になにかあったんですか」

「燃えてるんだよ。大火事だ」

「火事？　どこが？」

紫帆はベッドに片肘をついて起き上がった。

ズキン、と後頭部が痛んで、顔をしかめた。

「ダンナのブログが、だよ。中尾真治氏のブログが炎上しているんだ」

2

「うちの経理に、テレビでよく見るおたくのダンナのファンだという女子社員がいるんだが、彼女がさっき心配そうに知らせてくれたんだよ。紫帆さんのご主人のブログが炎上しているみたいなんですけど、だいじょうぶでしょうか、って。あんた、知らなかったのか」

「ぜんぜん」

と、答えてから、紫帆はベッドから下りて立ち上がった。

「彼がブログをやっているのは知ってますけど、毎日更新しているわけではないので、私もたまにしか覗かないんです」

と、答えながら、紫帆は寝室を出て、携帯を耳に当てたままリビングのテーブルまで歩いていった。歩くたびに頭痛が波状攻撃で押し寄せて、吐き気さえ催した。

リビングの掛時計は、午前十一時を回ったところを指していた。真治が出かけたあと、二時間近く寝ていたことになるが、少しも頭痛は改善されていなかった。

その不快感に耐えながら、紫帆はテーブルの端に置いた自分専用のノートパソコンの前に座ると、その電源を入れた。

「問題となっているブログ記事はゆうべアップされたものらしいんだよ」

紫帆の耳もとで服部の声がつづける。

「ダンナは、その記事がどんなにすさまじい反響を巻き起こしたのかを知らないまま寝て、朝起きてもブログのコメント欄をチェックもせずに会社へ行ったのかね」

「と思いますけど」

「おかしいなあ、誰かメールとかで知らせてくれないのかね」

服部はいぶかしげな声を出した。

「ま、どっちにしてもマスコミの人なんだから、出社したらすぐに自分のブログが炎上していることを聞かされるだろう。いまごろ大あわてしているところなんじゃないのか」

「ブログが炎上って……彼が書いた内容に批判のコメントが殺到したということですよね」

パソコンの応答を待ちながら、紫帆は携帯の向こうにいるマネージャーにきいた。

「そうだよ。世の中には炎上マニアってやつがいる。ネット上で問題発言を嗅《か》ぎつけると、その発言者のサイトに批判コメントをただちに書き込むのではなく、騒動を拡大する方向へ持っていくねらいで、問題発言をコピーして、ケタはずれにアクセス数の多い巨大掲示板サイトに投稿するんだ。中尾真治っていうレポーターがこんなことを書いているけど、サイテーだな、こいつは、っていうふうにな。

そういう炎上マニアが火をつけると、いままで中尾真治にまったく興味を持たなかった連中が一斉にブログにアクセスして批判の書き込みをすることになる。そのねずみ算式ともいえる爆発的なアクセス増加は、ときにブログのサーバーがダウンしてしまうほどだ。まさに大炎上だよ。

仮にサーバーがダウンしなくても、読むに堪えない誹謗中傷《ひぼうちゅうしょう》、罵詈雑言《ばりぞうごん》の嵐に、ブログのあるじが精神的にダウンする。その大火事を消火するには謝罪をしたのちにブログそのものを閉じるより方法がない。このとき、謝罪もなしにいきなりブログを閉鎖したら、またその対応に批判が集まる。じつにややこしい世界だよ」

服部が話しているうちにパソコンが立ち上がった。紫帆はインターネットのブラウザを開き、「お気に入り」に登録してある「中尾真治のシンジられない話」をクリックしようとした。

が、そこで指が止まった。

夫がどんなことを書いたのか不安になって、すぐには覗くことができなかった。

3

「中尾真治のシンジられない話」というブログは、真治が昼のニュースワイドでレギュラーレポーターとなった一年前に立ち上げたものだった。

取材記者には守秘義務があるから、もちろんブログで日常の取材活動について詳細を明かすことはできない。そうした制限はあるものの、真治は昨今の世相について自分の率直な感想を書き綴り、それがなかなかおもしろいと評判を呼んでいるのは紫帆も知っていた。

局のプロデューサーも、ブログで書いていいことと悪いことの区別をちゃんとつけていれば、番組の宣伝になるからかまわないと容認していた。

ときには辛辣《しんらつ》な批判が届くこともあったらしいが、紫帆が知るかぎりでは、真治はとくにそれを気にした様子もなかった。つまり「炎上事件」は過去に一度も起きていなかったはずである。


「それで……」

マウスにのせた紫帆の人差指は、クリックの動作をする寸前で止まったままだった。

「中尾はどんなことを書いているんですか」

「それは自分の目で確かめてみな」

服部の声が厳しくなった。

「ひとつだけ言っとくとな、紫帆、あんたのダンナがなにをやろうと、うちの事務所が関知する話じゃない……というふうに、おれが無関心を装うと思ったら大間違いだからな」

「どういう意味ですか」

「ダンナのイメージダウンはカリスマ主婦モデル『シホ』のイメージダウンにもなる、

ってことだよ。ブログの炎上騒動を引き起こすようなダンナがいれば、妻の印象も悪くなるってことなんだよ。だからシホの担当マネージャーとして、おれがこの炎上騒ぎに無関心ではいられない。わかったかい」

「わかりました」

「だったら、ダンナと話をして、その後どういうふうに事態を収めることになったのかを聞き出して、おれに報告してくれ」

「はい」

「とにかく、おたくのダンナも」

大きなため息をついてから、服部は言った。

「原爆記念日とか終戦記念日の前後に書いたならまだわかるけど、なんで九月のいまになって原爆のことをわざわざ書くかね」

「原爆？」

紫帆が驚いた声で問い返したが、それには服部は答えなかった。

「じゃ、よろしくな」

服部からの電話が切れるのと同時に、紫帆の右手人差指がマウスをクリックした。

夫のブログ画面が開いた。

紫帆はめまいを覚えた。

原子爆弾は日本人が落とした

それが昨日深夜に投稿された、最新のブログ記事のタイトルだった。

4

「これまでに判明している事件の背景を、簡潔にご報告申し上げます」

同じころ、大森警察署の一室で行なわれている捜査本部の会議では、二日前に起きた風俗嬢虐殺事件について、佐野警部補が報告をしていた。

「被害者・榎本未美は、京浜急行黄金町駅近くにあるヘルス店『エンジェルヘア』に勤務する風俗嬢で三十二歳。同店には二年前の秋から勤めており、犯行現場となったアパートにも同時期に入居しております。それ以前の職歴は現在調査中ですが、二十五歳ごろ東京にきている模様です。

出身地は広島市で、その広島から昨日、両親が上京してきました。しかし、娘の殺され方に激しいショックを受けており、被害者の経歴などについて詳細はまだ聞き出せる状況にはありません」

捜査資料のページを繰りながら報告をつづける佐野の横には、警視庁捜査一課からやってきた志垣警部と和久井刑事も座っていた。

「殺される前夜の――というより、日付的には当日の未明になりますが――被害者の行動について判明しているところを申し上げます。彼女は店で午前四時ごろまで接客をしており、そのあと四時半ごろに店を出て、近所で終夜営業をしているラーメン屋に同僚二名と入り、そこで餃子《ぎょうざ》をつまみにビールを飲みながら始発電車の時刻を待ったようです。

そして仲間の二名とは逆方向の、品川行き始発電車にひとりで乗り込んだのが、生きている榎本未美の姿が目撃された最後となりました。黄金町駅の始発は午前五時十分です。日の出時刻の前ですが、東の空は明るみかけていたでしょう。

なお、その二分後に反対方向の始発電車に乗り込んだ同僚たちに関しては、アリバイが確認されております。また風俗店は無届けで終夜営業を行なっておりましたが、それは本件に直接関係がありませんので、ここでは詳細を割愛させていただきます。

では、具体的な犯行の模様に移ります」

佐野警部補は、資料の新しいページを繰ってつづけた。

「司法解剖の結果、被害者の死亡推定時刻は一昨日、九月十二日の正午から午後二時ごろにかけてと考えられております。店の同僚などから聞き出したところでは、被害者はだいたい正午前後に起きるのを習慣としていたようですが、外部からドアや窓をこじ開けて侵入した形跡はありません。従って、犯人がどのようにして室内に入ったのかは、三通りのケースが考えられます。

第一は、犯人が堂々とチャイムを鳴らして訪問し、被害者にドアを開けさせた場合。第二は、被害者がすでに起きており、昼間だからと安心して不用心にも玄関の鍵を開けたままでいたところを勝手に入り込んだ場合。

しかし、ここで被害者が全裸で両手両足首に手錠をはめられて拘束されたのちに、残酷な仕打ちを受けて殺された状況を考慮に入れなければならなくなります。被害者に全裸で寝るという習慣でもないかぎり、被害者はネグリジェかパジャマなどを着て寝ていたか、さもなければ洋服に着替えて起きていたか、そのどちらかです。そこへ犯人がやってきた。

刃物をちらつかせれば、手錠をかけることじたいは、それほど難しくなかったでしょう。犯人が自分でやらなくても、被害者自身にかけさせることだって可能です。そうやって抵抗を封じてから、さらに口をガムテープでふさぎ、叫び声も出せないようにした、と考えるのが妥当です。では、着ていた服はどうしたんでしょうか」

佐野警部補は、もったいをつけるような間を置き、一同を見回してからつづけた。

「犯人が被害者を力ずくで裸にしてから手錠をかけたとするのは非常に無理がありま す。脱がせる段階で、猛烈な抵抗が予想できるからです。では、被害者にまず裸になれと命じてから、さらに手錠をはめさせたのでしょうか。被害者の職業を考慮に入れれば、命が助かるならば、裸になれという命令に従うことにそれほど抵抗はなかったかもしれません。

しかし、そのとき寝ていたか起きていたかに関係なく、被害者がなんらかの着衣をまとった状況で手錠をはめられたとしたら、そこから彼女が全裸になるにはどうしたらいいんでしょう」

「着衣を切り裂くよりないな」

「そうです、署長。もっともシンプルな服装として、ネグリジェにパンティという恰好を想定しても、手錠をはめたのちに全裸にするには、それらを包丁とかハサミを使って切り裂かねばなりません」

「これだけの猟奇殺人を行なった犯人だから、それぐらいのことはやりかねないと思うが」

「私どももそれを考えました。しかし現場には、切り裂かれた衣類などが残っていないのはもちろん、そうした行為があったときに必ず出るはずの微細な繊維片さえ採取されませんでした。そこで犯人の侵入方法について、第三のケースが想定されてくるのです。すなわち、犯人は侵入したのではなく、訪問したのでもなく、最初からそこにいた、というケースです」

佐野警部補の言葉に、署長の眉が動いた。

「というと？」

「被害者と性的な関係を持っており、アパートの合鍵も渡されていた男が犯人とすれば、被害者がベッドでその男と裸で寝ていても不思議ではありません。その男が、突然、邪悪な殺人者に変身した——そう考えるのが、もしかすると最も合理的な推理かもしれないのです」

「しかし、被害者には性的暴行の跡も、合意のうえでの情交の跡もなかったんだろう」

「ありません。けれどもベッドのシーツや掛けぶとんからは、被害者以外のＤＮＡが採取されています。男性の体液も採取されました。ただし、ひとりとはかぎらないため、その分析にはまだ時間がかかりそうです」

「複数の男をアパートに連れ込んでいた可能性があるわけだ」

「そうです。ちなみに室内のあちこちから被害者以外の指紋、掌紋、さらに裸足で歩いた痕跡や毛髪も採取されていますが、これまたひとりの人物に特定はできません。ただし、その中に被害者の血液が付着したものはありません。

すなわち、犯人はビニール手袋などを装着して犯行に及んだことが推測されます。また犯人は、犯行後に現場のバスルームでシャワーを浴び、返り血を洗い流したようですが、バスルームからは第三者の毛髪は見つからなかったものの、配水管をはずして調べたところ、複数の男性のものとみられる毛髪が採取されました」

「いろんな男が出入りしていれば、その中に犯人の痕跡も混ざり込んで見えなくなる――そういう状況か」

「はい。なお、ドアノブからは被害者自身の指紋も含めて、まったく指紋のたぐいが検出されておりません」

「犯人が出がけにドアノブを拭いたんだな」

「そのように思われます」

「では、被害者の殺害状況についての説明を頼む」

署長の指示で、佐野は別のファイルを手に取った。そこには、目を覆いたくなる殺害現場の写真がカラーで多数コピーされていた。

捜査会議に臨む捜査員たちの顔が、一斉に険しくなった。

5

まもなく三十歳の大台に手が届く糸山慶彦《いとやまよしひこ》は、与党代議士の私設秘書を務めていた。いずれ自分も政界に出る夢を持っていたが、まだいまのところは修業の身である。

彼はこどものころから強度の近眼だった。

いまでこそレンズ技術が発達したおかげで分厚いレンズをかけなくてもすんでいるが、小学生のころはメガネをかけた姿がコンプレックスで、そのことでずいぶんいじめられたりもしていた。

その時代に形成された気弱な性格は、二十九歳の現在も直っていない。そこが代議士になる夢を抱いている慶彦が、自分でもハッキリと認識している最大の欠点だった。

いま仕えている「親分」のような厚かましいバイタリティが決定的に欠けていたし、これからもそれを身につける自信はなかった。

慶彦の「親分」の東京事務所は、国会議事堂とは皇居をはさんで反対側になる千代田区一《ひと》ツ橋《ばし》の古びたビルの三階にあった。ビルのすぐそばには東京メトロ東西線の竹《たけ》橋《ばし》駅がある。

年配の政治家の例に洩れず、六十代後半にさしかかった慶彦の親分はＩＴ関係が苦手で、パソコンはいじれないし、いまだにメールを自分で打つこともしなかった。さすがに携帯は使っていたが、あくまで「便利な電話」としての利用であり、携帯でメールを打つこともしなかった。

その代役を仰せつかるのが慶彦だった。親分の選挙区である広島出身というだけで目をかけてもらい、公設秘書よりも信頼を得ていた。だから、対外的に洩れると大ごとになるような内容の政治的マル秘メールも、妻に隠れて浮気をしている女との連絡メールも、みな慶彦に打たせていた。

そこまで信頼されている糸山慶彦の、毎日のルーティンワークに、ネット世界における最新情報を収集し、それを親分に報告する仕事があった。

大手新聞社のニュースサイトから、2ちゃんねるの書き込みに至るまで、インターネット世界で話題になっている種々雑多な情報を、秘書の慶彦に吸い上げさせていたのだ。

「ようするに『情報なう』を集めるのがおまえの仕事というわけだ」

最近になってようやく覚えたツイッター用語の「なう」を得意げに用いて、親分は慶彦に言った。

「その中に、おれに関する悪い評判も含まれていていい。そういうのも遠慮なく、隠さずどんどん報告してくれ。新聞の切り抜きなんて、もう時代遅れだからな」

自分自身はじゅうぶん時代遅れになっていたが、その遅れを若い私設秘書に任せて取り戻そうとしている点では、親分は賢い判断をしているといってよかった。

慶彦が起きるのは、前夜がどんなに遅くても午前五時である。起きるとすぐにパソコンを開いて、朝一番の情報収集にとりかかる。

この日——九月十四日の朝の時点では気づかなかったが、事務所に出勤して雑用をこなし、そろそろ早めの昼食に出かけようかという時刻になって、慶彦の目を釘付けにしたひとつのネット記事があった。

《人気若手レポーター中尾真治さんのブログが炎上。原爆に関する問題発言がきっかけか》

大手新聞社の社会記事欄にその見出しを見つけると、慶彦は顔色を変えてニュースの全文を読んだ。それから中尾真治のブログのURLを検索して、そこへ飛んだ。

炎上を受けて接続不能になっているかと思ったが、まだサイトにはつながった。

慶彦は「原子爆弾は日本人が落とした」という題名の文章をむさぼるように読んだ。記事本文のあとには、ものすごい数のコメントが並んでいたが、そんなものには興味がなかった。中尾真治が書いたことに世間がどう反応しようが、それはどうでもいい。

慶彦がそのブログから目を離さなかったのは、その内容が、彼自身に関わる問題である可能性があったからだ。

(なんでだ……)

問題となっているブログの記事を読み終えた慶彦は、青ざめた顔で首を横に振った。

(なんで、いまになって真治はこんなことを書くんだ)

彼の脳裏には、社会に出て以来、一度も会ったことのない昔の遊び仲間の顔が、当時の姿のまま浮かび上がっていた。

テレビを通じて見ている現在の姿ではなく、十八年前、小学五年のときの顔で……。

6

富山県の県庁所在地である富山市の中学校で理科を教える三十過ぎの女性教師・浅《あさ》野里夏《のりか》は、自らが担任を務める二年A組の授業でテストを行なっていた。昼休み前の四時間目だった。

名前が「リカ」だからというせいではないだろうが、里夏は小学生のころから理科の授業が好きだった。そして、理科の成績はつねにクラスでトップだった。おかげで「リカリカ」というニックネームをつけられた。理科が得意な里夏ちゃん、という意味で。

そんな彼女の将来には二通りの選択肢があった。科学分野の研究者になるか、こどもたちに科学を教える立場になるか。

研究者になったほうが、最先端の科学にふれることができる。だが、里夏は迷うことなく教師の道を選んだ。それも中学校の教師を。

失われた中学の時間を、別の形でいいからもう一度取り戻したかったからだ。生徒としての時間は二度と帰ってこないが、教師として生徒とふれあう形で、忌《い》まわしい記憶に塗られた中学校生活をリセットしたかった。

そして教員試験に合格し、姉の嫁ぎ先である富山で中学教師の職を得たときには、とうとう夢がかなったと思った。

その中学の生徒たちは、いまどきめずらしく純朴だったし、三学年すべてを見渡しても、荒れたクラスはどこにもなかった。その純粋な瞳の輝きを見たとき、自分の選んだ道は間違っていなかったと思った。

だが――

忌まわしい過去が追いかけてきた。

里夏は教卓に向かって座り、男女の生徒たちが試験用紙に向かって黙々と鉛筆を走らせるのをしばらく眺めていたが、やがて本を読むふりをして、机の陰でこっそりと携帯を操作しはじめた。

生徒に見つかったら問題になるかもしれないが、一昨日、東京で起きた「あの事件」の続報を確かめずにはいられなかった。

彼女が開いたニュースサイトの記事一覧のはじめのほうに、こういう見出しが出ていた。

《大田区の女性惨殺事件、犯人の手がかりはいまだつかめず》

里夏はその見出しをクリックして、本文を読み込んだ。

《十二日に都内大田区大森東のアパートで惨殺死体となって発見された飲食店勤務、榎本未美さん（32）の事件で捜査にあたる警視庁捜査一課と大森署は、十四日朝現在、いまだ犯人の特定につながる証拠は得ていないとして、広く情報の提供を呼びかけている。

なお、金品が物色された様子はない一方で、榎本さんが刃物によって受けた傷の数は、顔面から両脚に至るまで全身で七十五ヵ所にも及ぶことが明らかになった。とくに腹部は内臓がこぼれ出るほど深く切り裂かれており、事件の背景に深い怨恨がある可能性が指摘されている》

大手マスコミのニュース報道では「飲食店勤務」という肩書きになっていたが、スポーツ紙や芸能ニュースサイトでは、未美の職業ははっきりと「風俗店勤務」とか

「ヘルス嬢」などと書かれていた。

　里夏としては、報道を通して伝えられる未美のすさまじい殺され方もショックだったが、未美の職業を知ったときも衝撃を受けた。

　十八年前は同じ中学校のクラスメートだったのに、十八年後、自分は中学校の教師として理科を教え、二年生のクラス担任にもなっている。保護者会では、自分よりも年上の母親たちと対等かそれ以上の貫禄をもって渡りあっていた。

　しかし未美のほうはといえば、横浜の風俗店で男たちに刹那《せつな》的な快楽を与える日々を送っていたのだ。里夏は、かつての仲間のそんな姿を想像したこともなかった。

　そして何者かに惨殺された。

（二十年近くも別の人生を送っていたら、いくら昔の仲間でも、私とはもうぜんぜん関係ない生き方になっている）

　机の陰に隠した携帯から顔を上げ、試験に取り組んでいる生徒たちの姿を見渡しながら、里夏は、標準語から故郷の言葉に変えて考えはじめた。

（うちは中学んとき、未美とあづさに引っぱられる形で仕方なしにワルの仲間に入れられ、こんなん、うちのキャラと違うと思うとりながら、目をつけられるんが恐ろしゅうて、思いっきりワルのふりをした。めちゃくちゃ荒れたふりをした。

じゃけど中学を卒業して、未美たちと別れて別の高校に入ってからは、うちは元のうちに戻った。じゃけ、高校以降のうちを知っとる人には、いまのうちの姿が自然でも、中学時代のうちを知っとる人間は、中学校の教師になったと聞いたら耳を疑うじゃろ。あの不良グループの里夏が、いま同じ年ごろの生徒たちを教育者として指導しとるなんて、信じるはずがない。

それに較べて未美は……立ち直れんまんま転落していったんじゃね。あのまんま、ずるずると……。ほんで最悪の形で人生を閉じた。たった三十二年の人生を。バカじゃわ、未美。この歳になってもまだヘンな連中とつきあっとるけえ、そういう死に方をするんよ)

里夏は、あえてそう思おうとした。

すなわち、榎本未美が猟奇的な殺人事件の犠牲者となったのは、中学卒業後の彼女の人間関係にすべての原因があるのだ、と。

だが、一抹の不安が里夏の脳裏をよぎった。そして、その不安を確かめる電話をかけずにはいられなくなった。三年前、あることをきっかけにして「私たち、二度と連絡をとりあうのはやめようね」と約束したかつての仲間に……。

(でも三年も経ったけえ、携帯番号変えとるかもしれんね)

ふたたび机の下で携帯を操作し、里夏は電話帳を検索した。三年間、一度もかけたことがないまま、電話帳にキープしている番号が出てきた。

（つながらんかもしれんけど、とにかく四時間目が終わったら、この番号にかけてみようかねえ。ひとりでよけいなことを考えとうないけえ）

携帯の画面に出た番号を見ながら、里夏はそう決めた。

そしてふたたび顔を上げ、テスト問題と取り組んでいる生徒たちの姿を眺めながら、心の中でつぶやきつづけた。

（うちは、未美とは違う。彼女の人生と、うちの人生とが交わることは、もう二度とないじゃろう）

7

「犯行に用いられた凶器は包丁と推測されますが、キッチンに残された包丁からは血液反応は出ていないため、犯人が凶器を持参し、犯行後にそれを持ち去ったものと考えられます。これに関しては、現場周辺に遺棄されていないか、捜索を続行中です」

大森署の捜査会議では佐野警部補の説明がつづいていた。

「被害者は、先ほど申しましたように両手両脚におもちゃの手錠をかけられて拘束され、さらにガムテープで口をふさがれ、声を出せない状態に置かれました。そのうえで、刃物でなぶり殺しにされております。最初はベッドの上で切りつけられ、その苦痛に悶《もだ》えるうちにベッドから転落したのか、それとも犯人に突き落とされたのか、畳の上に落ちてからもなお執拗《しつよう》な攻撃を受け、最終的に、顔面から太ももに至るまで、じつに全身七十五ヵ所に及ぶ創傷《そうしょう》を受けております」

捜査員全員が、さまざまな角度から撮られた遺体写真に見入っていた。もしも会議室を天井から俯瞰《ふかん》したら、それはすさまじい光景になるはずだった。

「そしてこれらの傷の程度ですが、きわめて浅いかすり傷のようなものから、内臓がこぼれ出すほど深くえぐられたものまで、極端に強弱の差があります。おそらく浅い傷は、いきなり致命傷を与えず、なぶり殺しといいましょうか、苦痛を与えるために、わざと軽く切ったのではないかと思われます。まことに残酷のきわみです。

では、どれが致命傷に至ったのかといいますと、これほど傷が多いと、それを特定するのは無理……というよりも無意味だと思われます」

「たしかに」

署長が重苦しい声でつぶやいた。

「全身を七十五ヵ所も切り裂かれた被害者において、致命傷を特定するのは意味がないことかもしれない。いずれにしても、激しい怨恨が動機であるのは疑いようがないな」

「おっしゃるとおりだと思います。そして、なんといっても異常なのは、絶命した被害者の背中に太い黒字の油性ペンで『安らかに眠ってください』と大きく書き殴っている点です」

佐野の言葉に合わせて捜査員たちは、遺体の背中に書き殴られたメッセージを拡大した写真に目を落とした。

「これほどの凶行に及びながら、さらに遺体を冒瀆するごとく、安らかに眠ってください、とは、なんという悪趣味なメッセージだろうと、私は最初思いました。しかし、その文字は犯人の怒りを投影してか、一部は激しく震えて乱れており、そこに尋常ではない強いメッセージを感じ取る次第です。

しかも捜査一課の和久井刑事によって、このメッセージには、被害者の出身地である広島と関連があるのではないかという見方が浮上してまいりました。では、その件について和久井刑事から」

佐野警部補にうながされると、和久井は隣に座る志垣警部に小声でささやいた。

「いいんですか、ぼくが発言して」

「もちろんだ」

志垣は当然といった態度でうなずいたが、和久井はなおも重ねてたずねた。

「いつもだったら、部下の手柄は自分の手柄にするくせに」

「そういう内輪の話をするんじゃないよ」

ふたりのやりとりに、くすくすと笑い声が洩れ、会議室によどんでいた重苦しい空気が少しだけゆるんだ。

「えー、それではご報告させていただきます」

ぶすっとした顔で腕組みをする志垣の横で、和久井が立ち上がった。

「これはまだマスコミには発表していませんが、犯行現場となった寝室の壁に、一枚の油絵を入れた額縁が掛かっておりました。およそ横が六十センチで縦が四十五センチ、12号サイズの横長の絵です。これですね」

和久井はカラーコピーされた捜査資料の最終ページを広げて指さした。夜空の一角に浮かぶ満月の光に照らされた原爆ドームの絵だった。

「報告書に書きましたとおり、額縁周辺の壁に飛び散った血しぶきとの関係から、この絵は被害者を殺したのちに、わざわざ犯人が壁に掛けたと推測できるのです。そしてここに描かれた原爆ドームですが、ご承知のとおり、原爆ドームを望む平和記念公園につくられた原爆死没者慰霊碑には、こういう碑文が刻まれています。『安らかに眠って下さい 過ちは繰返しませぬから』と……」

和久井は捜査資料のページを戻し、遺体の背中を大写しにした写真を出して言った。

「被害者の背中に書かれた『安らかに眠ってください』は、文字づかいに一部違いはあるものの、慰霊碑の碑文から採ったものだとは考えられないでしょうか。そして、わざわざ原爆ドームの油絵を掲げたところからみても、事件の根源は広島にあるのではないかという気がするのです」

和久井が凛《りん》とした声を張り上げる隣で、志垣警部は腕組みをしたまま目を閉じていた。

「ただ、気になるのは荷物が多すぎることです」

「荷物が多い、とは？」

いぶかしげに、署長が問い返した。

「犯人の荷物が多い、ということです」

和久井が答えた。

「さきほど佐野警部補が、ひょっとすると犯人は被害者と関係のある男で、最初から部屋の中にいたのかもしれない、という説を出されました。仮にそうだったとしても、犯人にとって、これだけの状況を作り出すための品物が多すぎるんです。まして、犯行直前に侵入したとなれば、そのさいの手荷物が多すぎるんです」

和久井は一同を見回しながらつづけた。

「犯行に使う刃物、被害者の拘束に使うガムテープとおもちゃの手錠二個、そして指紋をつけないための手袋、遺体にメッセージを記すための太い油性ペン——ここまでは犯人が準備するのは当然としても、では、額縁入りの油絵はどうでしょう。この大きさではリュックにも入りませんし、これから人を殺しに行くというのに、人目にもつきやすい。犯人は、なにかのメッセージを伝えるために、わざわざこの油絵を被害者宅まで運んだのでしょうか。

油絵は被害者自身が描き、部屋のどこかにあったという考え方もできなくはありません。けれども、もしも犯人が犯行現場にわざわざ原爆ドームの油絵を持ち込み、それを壁に掛けたとすれば、やはり事件を解く鍵は、被害者の出身地でもある広島にあるとしか思えないのです。それも原爆ドームに」

「ただですな、署長」

そのとき、いきなり志垣が立ち上がった。

「原爆ドームにこだわるのもアリかもしれませんが、それとはべつに、ひとつ私が気になることがあるのです。それは、被害者の左乳房に三センチほどの大きさで『0《ゼロ》』という数字らしきタトゥーが彫られている点です。これは刺青と呼ぶべき種類のものではありません、タトゥーです」

志垣がわざわざその違いを強調すると、隣にまだ立ったままの和久井が、あっけにとられた顔になった。

「被害者のような若い世代がタトゥーという認識で彫る図柄には」

志垣は、自信満々の顔でつづけた。

「ファッション的な要素だけでなく、メッセージ的な要素が含まれているケースが多々あります。とくに数字の場合は……。ですから、彼女の左乳房に彫られたゼロのタトゥーは、ゼロじたいに深い意味があるとみるべきではないでしょうか」

「警部、それはぼくのセリフのパク……」

パクリ、と言いかけたところで、志垣が見えないところで和久井のすねを蹴った。

「いてて」

和久井は飛び上がりかねない勢いで痛がったが、志垣は知らん顔でつづけた。

「そしてもしかすると犯人は、このタトゥーの存在を確かめるために、被害者を裸にしたとは考えられないでしょうか」

「あ……」

こんどは和久井が、別の意味であっけにとられた顔になった。自分がまったく考えてもみなかった着想を志垣が口にしたからである。そして、ほかの捜査員たちもまったく同じ反応だった。

「さすがだな、志垣警部」

大森警察署長が感心した声を上げた。

「いや、ほんとにさすがだよ。目のつけどころが違うぞ」

「おそれいります」

署長の称賛に、志垣は深々と頭を下げた。そして顔を上げると、和久井の耳元でささやいた。

「おまえも修行が足りんな」

8

長野県南部の八ヶ岳《やつがたけ》山麓《さんろく》は、さわやかに晴れ上がっていた。緑の草原が広がるその一角に、リゾート施設のように思える白い円形の建物があった。

だが、そこは薬物やアルコールの依存症から離脱するためのリハビリセンターだった。

まもなく三十歳を迎えようとする飯島宏《いいじまひろし》がはじめて覚醒剤《かくせいざい》に手を染めたのが十七歳のときだった。

広島の原爆記念公園や原爆ドームから東に一キロほど行ったところに、広島市でも指折りの歓楽街があった。そこで声をかけてきた覚醒剤の売人から一万円で合成麻薬を購入し、まだ試しもせずにポケットに入れてふらついていたところを警察官に怪しまれて補導された。

そのときは少年でもあり、未使用だったこともあって甘い処分で済んだが、高校はただちに退学処分となった。

しかし、どうせ捕まるんだったらクスリの快感を味わってからにしたかった。後悔はしたが、クスリに手を出したという反省ではなく、ドジを踏んだ、という種類の後悔だった。

だから成人した直後にふたたび覚醒剤に手を出した。そして捕まった。その執行猶予がついたが、猶予期間中におとなしくしていられる彼ではなかった。その後、さらに二回逮捕を繰り返し、執行猶予のつかない実刑を二度にわたって受け、ようやくことしになって出所した。

そして父親から、ここで更生できなければもう親子の縁を切ると言われて、一週間前、ほとんど強制的に入所させられたのが、この施設だった。

そこでは薬物からの離脱をめざしてさまざまなプログラムが組まれていたが、そのひとつに断酒会でもよく行なわれている「体験を語る集い」があった。この施設では「告白会」と呼ばれていた。

十人前後が車座になって椅子に腰掛け、ひとりずつ順番に薬物体験について語るもので、ただ漠然と思い出話を語るのではなく、毎回具体的なテーマが決められていた。飯島宏が参加した最初の告白会では、「禁断の薬物に手を染めたときの私の状況」というテーマが与えられた。

まず最初に講師が、補足説明を行なう。その夜は、四十代の女性講師だった。

「『禁断の薬物に手を染めたときの私の状況』という本日のテーマですが、これはみなさんに薬物に手を染めた動機を語ってもらうのではありません。もちろん、結果としてそういう話になるのはかまいませんけれどね。『なぜ私は薬物に手を染めたのか』というストレートなテーマにしなかったのはどうしてかというと、単純に理由を問えば、みなさんの答えは決まっているからです。『ちょっとした好奇心から』か『ストレスがたまっていたから』、このふたつ以外にないんですよ。そうじゃありませんか？」

パイプ椅子に座って車座になった十人の中で、うなずく者が大勢いた。

「ここにいるみなさんは、全員が法廷というものを経験しています。違法薬物の不法所持や使用で捕まって、裁きにかけられた経験を持つ人ばかりです。ですから、全員がその裁判でこう問われた経験があるはずです。『なぜ、あなたは薬物に手を染めたのですか』と。でも、その質問ほど無意味なものはないんです。だって、自分から積極的に手を染めた場合、いま言ったように答えは二種類しかないんですから。好奇心かストレスか。そうでしょう？　そんな質問からは、個別の事情は推し量れません。

それよりもだいじなことは、薬に手を染めたとき、みなさんがどういう状況に置かれていたのかを思い返すことです。そうすれば自然とわかってくるはずです、その状況において薬物に頼るのではなく、どういった行動をとるべきだったのかが」

そうした講師の前置きがあってから、ひとりずつが座ったまま個人的な事情を語りはじめた。

講師が最初に指名した中年男性を皮切りに、時計回りに告白が進んでいく。

最初の男性は、苛酷《かこく》な仕事のノルマに耐えられず、睡眠薬自殺を三度繰り返すなど強烈な自殺願望に取り憑《つ》かれていたと語り、二人目の女性会社員は管理職に昇進したとたん、部下になった男性社員たちからイジメの総攻撃に遭って苦しんでいたと語り、三人目の若い男性は、セックスの味を覚えて夢中になっていたと語り、四人目の中年女性は、家庭生活がいかに虚しいものであったかを涙を流しながら告白した。

そのように途中で泣き出す者もいれば、苦痛で言葉が途切れる者もいた。

だが、本日の告白会でのルールは、告白者に対する質問、批判、感想、激励などは一切述べてはいけないことになっていた。だから、言葉が詰まっても講師以外の者が声をかけてはいけない。

告白会は、「人生の分岐点における正しい選択」に気づかせることが目的で、その率直な自省を導くには「こんなことを言ったら、人からなんと言われるかわからない」という予防線をあらかじめ排除しておく必要があった。

だから語りっぱなしである。そして話が終わったら、ほかの全員が拍手をして、告白の勇気をたたえる。そしてつぎの者に移る。講師からも発言に対する評価は行なわない。

最初はぎこちない雰囲気があったが、率直な告白がつづくうちに、あとに発言する者ほど舌が滑らかになってきた。

飯島宏の発言順は八番目だった。

（たしかに講師の言うとおりだ。裁判で薬物に手を染めた動機をきかれたけど、好奇心とストレス以外に、理由なんてないんだよ。それよりも重要なのは「個別の事情」だ。そのことはすごくよくわかる。そしておれの場合は、それがめちゃくちゃ特殊なんだ。ありえないぐらいに特別な事情……）

それをありのまま話そうか話すまいか、迷った。ほかの九人や講師がどんな反応をするのかという心配もあった。

「ヒロシさん」

発言者に対する拍手が終わったあと、講師に下の名前で呼びかけられ、宏はハッとなった。考えごとをしているうちに自分の順番がきていた。

9

「あ……えーと、宏です」

この施設では、全員が下の名前で呼ばれるし、自分自身のことを言うときも、苗字ではなく下の名前で呼ぶ決まりだった。身内や友人以外でファーストネームで呼んだり呼ばれたりする習慣のない日本では、それに慣れるだけでも宏は苦労した。

しかも彼は、敬語でしゃべることが苦手だった。

「おれは二十九歳です。最初にクスリで捕まったのは十七のときで……でも、持っていただけで、使ってはいなかった。実際にやった最初は二十歳のときだった」

宏は、周りの人間の視線をまともに見る勇気がなくて、うつむいたまま語りつづけた。

「なんで、おれがクスリに手を出したか、っていうことだけど」

「ヒロシさん、動機とか理由じゃなくて、そのときのあなたの状況を話してくだされぱいいのよ」

「あ、そっか……そうだった」

女性講師に注意され、宏はうなずき、そしてためらったのちに、思い切って顔を上げて言った。

「おれ、幽霊に苦しめられていた。だから、逃げる場所がほしかったんだ」

講師は表情を変えなかったが、ほかの九人は一斉に驚きを顔に表わした。それを見て、宏は、言うんじゃなかったと後悔したが、いったん口にしたら、徹底的に吐き出すよりなかった。

「その幽霊は、原爆ドームに出るんだ。……あ、おれ、広島出身なんだ。それで、その幽霊なんだけど、原爆の犠牲者とかじゃない。小学校五年生のときに、おれ、人殺しの場面を見てしまったんだ。だけど、こどもだから止めることもできなかったし、警察を呼ぶこともできなくて……」

　宏の顔が、またうつむきはじめた。

「そのうちに、おれ、袋だたきになってる人と目が合った。ヘルメットがはずれて、頭からすごい量の血が流れていた。真っ赤に染まった顔の中から、ふたつの目がキョロキョロ動いてた。その目が、見てないで早く助けを呼んでくれ、っていうふうに言ってるのがわかった……。でも、おれ、ホントなにもできなくて」

　そのとき、質問禁止にもかかわらず、宏の正面に座った年配の女性が問いかけてきた。覚醒剤をはじめたときは、虚しい夫婦生活を送っていたと泣きながら告白した、ユキエと名乗る女だった。

「けっきょくその人、死んだわけ？」

「うん」

「ヘルメットをかぶってたらしいけど、バイクに乗ってたのかな、その人」

「バイクに乗ってたところを倒されて、そこを襲われたんだ」

「じゃ、暴走族どうしのケンカなんだ」

「わからない。おれ、小学生のときだったから」

「あなたの話し方からすると、ずいぶん大勢に襲われてたみたいだけど」

「いや、三人……だったかな」

「その一部始終を見てたのね、あなたは」

「そうだよ」

宏の告白内容があまりにも重大なものだったので、講師もルール違反の質問をつづける女性に注意するのを忘れて聞き入っていた。

「で、犯人は捕まったの?」

「……」

「どうなの」

「よくわかんない」

宏はそっぽをむいて、窓越しに見える高原の緑に目をやった。やっぱり、こんな告白はしなきゃよかったと後悔しはじめていた。

「わからないって、どういうこと」

「おれ、ちっちゃかったから、そのあとどうなったのかは知らないんだ」

宏は、こまかいことを追及してくる女に向き直って答えた。

「でも、警察には話をしたんでしょ、あなたが見たことを」

「いちおう」

「親には？」

「いちおう」

「でも、犯人は捕まってないのね」

「だから、よくわかんないんだって」

「で、その殺された男の人が……男の人よね？　その彼が幽霊になって出るわけだ。原爆ドームに」

「うん」

「原爆ドームのところに、実際に立っているのが見えるわけ？」

「それもあるし、夢の中にも出てくる。原爆ドームの場面が。そこで血まみれの男が、なんで助けを呼んでくれなかったんだ、って、おれのことを責めるんだ」

「責められたって仕方ないじゃないねえ。あなた、小学生だったんだもんねえ」

ユキエは、やけに親しげな調子で質問をつづけた。

「じゃ、人殺しがあった場所は原爆ドームのそばだったんだ」

「すぐそばじゃなくて、原爆ドームから川を二本はさんだ対岸の路地だった」

「その事件って、真っ昼間に起きたの?」

「いや、夜」

「夜の何時ごろ?」

「九時かな」

「小学校の五年生が、そんな時間に出歩いていたんだ。塾帰りだったのかしら?」

女性の問いかける口調が刑事のようになってきたので、ようやく講師が割って入ろうとした。

が、その気配を察して、女性はさらに早口でたたみかけた。

「あたしね、推理小説が大好きでよく読むんだけどさ、あなたの話聞いてると、なんか大事なことを隠してる、って感じがするのよね」

「え?」

宏の顔がこわばった。

「襲われている人と目が合った、って、あなた言ったわよね」

「ああ」

「夜なのに、そういう目の表情まで見えたの？　遠巻きにして見ているような距離で、そこまでわかるものなの？」

「いや、見えなかったかもしれない」

「だけどいま、男の目が訴えているのが見えたと言ったじゃない」

「もう二十年近い昔のことだから、正確に覚えていられるわけじゃないよ」

ようやく、そこで講師が割り込んだ。

「ユキエさん、ここは告白の場であって、質疑応答の場ではありませんから」

「ってなこと言っちゃってさ。先生だって、いま興味津々って顔で聞いてたじゃない」

ユキエは、ハイテンションな口調になって言い返した。

「ずるいわよ、先生、ヤジウマ役を人に押しつけといて、自分だけいい子になるのはさ」

「そういうわけではありません」

「そういうわけなのよ。先生だって知りたいでしょ。そして、ひとつの疑惑が頭をかすめてるでしょ？　だから、私が代わりに言ってあげるわよ。この人が幽霊に悩まされるほんとうの理由、それはね」

ユキエは得意げな表情で言い放った。

「ほんとうは、あんたがその男を殺したからなのよ！」

大声で断定し、ユキエは宏の反応を待った。

だが、彼が顔を引き攣《つ》らせたままなにも言わないので、さらにつけ加えた。

「自分が犯人なんだから、夜だって相手の顔がよく見えたわけよねえ」

全員が宏の反応を待った。講師までが、宏のつぎの言葉を待っていた。

「ありえねえって」

宏は激しく首を左右に振った。

「おれはそのとき小学校の五年生だったんだ」

「関係ないわよ。いまどきの小学生なんて、平気で人殺しができるわよ」

「おれは、いまどきの小学生じゃなくて、十八年前の話をしてるんだ。わかってんのか、おまえ」

「はい、わかっていますわよ。ええ、わかってますとも。やだわ、ヒロシさん、妙に興奮してきちゃってるじゃない」

そういうユキエが、異様に感情を高揚させていた。彼女自身も薬物依存症から抜け出せていなかったから、興奮しはじめると止められなくなる。

「推理小説とかだと、目撃者が真犯人に決まってるのよ。だから、あんたが話しはじめたときから怪しいなと思ってた。あのね、十八年前ってことを強調するけど、そりゃあんたがこどものころは殺人の時効は十五年だったかもしれない。殺人犯は逃げ得だった。けど、それが二十五年に改正されて、いまは死刑に相当するような殺人罪には、時効ってものはないのよ。そこをわかってて告白してんの？　あんたは、まだいつでも逮捕される立場なのよ」

「ふざけんなよ、ババア！」

宏も興奮して立ち上がった。

「おれは殺してなんかいねえよ！」

騒ぎを聞きつけた施設の男性職員が数名、走ってやってきた。だが、宏もユキエも収まりがつかなくなっていた。

「じゃあ、こうなったらなにもかも言ってやる。バイクに乗っていた男を袋だたきにして殺したのは、女子中学生だよ。三人のヤンキーだよ。だけどおれたち、そいつらに脅されていたから、ほんとのことが言えなかった。そして、ウソを警察に言ったんだ。襲ったのは暴走族の男たちだ、っていうふうに。だから犯人はまだつかまっていない。そして、殺された男が、ウソをついたおれたちのことを怨んで、化けて出るんだよ。そういう怖さを紛らわせるためにクスリに手を……」

「ちょっと待って」

ユキエが片手を突き出してストップをかけた。

「いまあんた、『おれたち』って言ったわよね。じゃ、ほかにもいるのね。人が殺されるところを見ていた友だちが」

「もう、この話はやめましょう」

女性講師が我に返って、ようやくブレーキをかけた。

「まだ告白をしていない人がふたり残っています。宏さんの話はこれでおしまい。そして、みなさんはここで行なわれる告白会のルールを、もういちど思い出してください。どんな話が飛び出してきても、ほかの人たちは聞くだけです。いいですね」

「よかないわよ！」

ユキエがつばを飛ばして怒鳴り散らした。

「先生は、すぐ警察を呼ばなきゃダメでしょ。この男は迷宮入りの殺人事件の鍵を握ってるのよ。だから一一〇番をして……」

ユキエの言葉は、最後までつづかなかった。体格のいい男性職員ふたりが両脇から抱え込み、彼女を告白会から強引に退席させたからだった。

「宏さんは、だいじょうぶですか？」

女のわめく声が遠ざかってから、講師がきいた。

「落ち着きを取り戻せたら、引きつづきこの場に残っていてもいいですけど」

「ああ、だいじょうぶだ。あのクソババアがいなくなってくれれば」

飯島宏は額の汗をぬぐってから、椅子に腰を下ろした。そして、陽光に輝く外の緑を見やって、独り言のようにつぶやいた。

「幽霊に呪われる苦しみなんて、そうなった者じゃないとわかりっこない」

10

理科のテストが終わり、四時間目の終わりを告げるチャイムが鳴ると、浅野里夏は集めた答案用紙を持って職員室に戻り、それからすぐに昼休み時間を利用して学校の外に出た。

そして学校が見えない場所まで遠ざかってから、携帯の電話帳を検索して、「あ」の欄に「アヅサ」という名前で登録された番号に電話をかけた。もちろん、こちらの番号は通知した。

三年ぶりの接触なので、この携帯番号は通じないかもしれないと思っていたが、コール音が鳴りはじめたので、里夏は緊張しながら相手の応答を待った。頭上で輝く太陽が、やけにまぶしかった。

八回のコール音を聞いたのち「はい」という女性の声が聞こえたとき、里夏はそれを録音された応答メッセージだと思った。それほど機械的な声だった。そして「沢村です。ただいま電話に出られませんので」という言葉を予測して待った。

だが、「はい」のあとに沈黙がつづいた。里夏もすぐには言葉を出せなかった。

すると、向こうから問いかけてきた。

「どちらさまでしょうか」

番号通知にしているにもかかわらず、相手はそう問いかけてきた。中学時代の友人である沢村あづさの声質に似ていたが、自分と同年代より、もっと年輪を感じさせる声だった。

(あづさは、この三年で急に老けたのだろうか)

戸惑いながら、里夏は答えた。

「あの、里夏です」

「リカ?」

「あなた、あづさでしょ？　……じゃないの？」

「あづさは亡くなりましたけど」

「え？」

衝撃で頭の中が冷たくなった。

「わたくしは沢村あづさの母でございます」

あづさの携帯に出た相手は、気取った口調で自己紹介をした。

「あ……私はあづささんと中学時代の同級で、浅野里夏と申します」

ショックで自分の声が震えているのを認識しながら、里夏はあわてて言った。

「いま富山県の中学校で教師をしています」

「存じております」

「え？」

「あなたが富山で先生をなさっていることは、あづさから聞かされておりましたわ」

あづさの母は、意図的に冷たく突き放すような気取った話し方をしていると、里夏は感じた。

中学のとき、あづさは自分が荒れまくった原因は母親のせいだと吐き捨てるようにつぶやくのを、里夏は何度も聞いていた。

(母親は内科の女医だけど、うち、病気になってもああいう医者には絶対診てもらいとうない。人間の心がないいけ、あの人には。あれでよう医者をやっとられるわ)

そんなあづさの言葉が思い起こされる対応だった。だが、あづさの母は予想を超えたリアクションをしてきた。

「でもね、浅野先生、いちいち弁解のように現在の職業をおっしゃらなくてもいいんですのよ」

「弁解のように、って、どういう意味でしょうか」

「先生になったから、自分は別の人間に生まれ変われたとでもおっしゃるおつもり?」

「……………」

あづさの母が皮肉っぽく匂わせた言外のニュアンスを察し、里夏は押し黙った。

だが、どこまでの皮肉を言っているのかがわからない。うちの娘といっしょに不良グループにいたくせに、という程度のイヤミなのか。それとも、もしかして……。

「あなた、あづさが死んだのをごぞんじないのね」

「そうです」

「ということは、最近はあづさと連絡を取りあっていらっしゃらなかったのね」

「はい。それであづさは……あづささんは……」

里夏は気を取り直して問い返した。

「いつ亡くなったんですか」

「ちょうど一週間前です」

「じゃ、九月七日」

「ええ」

「原因は」

「浅野先生は、なにが原因であづさは三十二歳の若さで旅立ったと思われます？」

浅野先生という呼び方に、いちだんと濃厚な皮肉が込められていた。

「なにが原因……って……」

「自殺を想像してらっしゃるでしょ」

そのとおりだった。しかし、はい、とは言えない。

「あなたもあづさと同じ罪を背負った人間ですから、まずはそう考えますわよねえ」

（知られている！）

里夏は、恐怖で凍りついた。

（あづさのお母さんに、ぜんぶ知られている）

「だけど自殺ではありません。あづさはね、病気で死にました。進行の早い膵臓がんです」

「がん……」

「倒れたのは先月のなかばでね、運び込まれた病院で検査を受けた時点では手遅れでした。余命三ヵ月と診断されたのに、実際には三週間でしたわ」

「そうだったんですか。ご愁傷様です」

「ありがとうございます。けれども、お線香をあげに行きたい、なんてお定まりのことはおっしゃらないでちょうだいね。あなたが広島にこられることは、沢村家としては迷惑ですから」

「私が、昔の不良仲間だからですか」

「あら、その程度のことで、わたくしがツンケンしてると思われまして？　世の中にはね、浅野先生、取り返しのつくことと、つかないことがございますのよ。たんに思春期のころにスケバンっていうんですの？　ヤンキーっていうんですの？　その手の不良少女だったというだけならば、わたくしだってもっと鷹揚《おうよう》な対応をとりますわよ。

それだけなら、取り返しのつく過去ですから。

その点では、うちの娘だってしっかりと更生しましたし、ましてあなたの場合は学校の先生になられたんですものねえ。きっと若い子たちに、命の尊さも教えていらっしゃるんでしょうし、そんな立派な教育者に向かって、お線香をあげにきてくれるな、なんて失礼は申しませんわよ。昔、不良少女だったということだけでは。

けれども、あなたやあづさがしたことは、取り返しのつかない過ちでございましょ？　時計の針を元に戻すことのできない種類の過ちでございましょ？　違いまして？」

「……………」

「あのね、浅野先生、あなたがこのタイミングで、しばらくぶりにあづさに連絡をとってきた理由は、とってもよくわかりましてよ。二日前に東京で起きた殺人事件のことで、大変あわてていらっしゃるんでしょ？」

「そう、です」

もはや隠し立てをしてもはじまらないと思った里夏は、正直に答えた。

「私とあづささんと榎本未美の三人は、中学二年の夏、原爆ドームのそばで……」

「その先はおっしゃらないで！」

あづさの母・沢村静子は、はじめて激しい感情を言葉に表わした。

「反省の言葉も、後悔の言葉も何の意味もありません。それにあづさは、死をもって罪を償いました。あの子が病気に襲われたのは、私は神さまの罰を受けたのだと思っておりますわ。そして、榎本未美さんが殺されたのも神さまの罰を受けたのでしょう。となると、残るはあなたひとりですわよね、浅野先生」

「なにを言うんですか！」

「お気をつけあそばせ。あなたたちに怨みを抱いている人間は、とっても残酷そう。殺されるときは、大変に恐ろしくて、しかも痛い思いをさせられるようですわ。いまのうちから覚悟なさいませね」

「そんなこと、ありえません」

近くの電柱にもたれかかりながら、里夏は甲高い声で言い返した。

「昔の復讐だなんて、ありえない。未美は最近の男関係でああなったんです。そして、あづささんは不運にも若くして重い病に倒れられた。たまたまそのタイミングが重なっただけです。ぜんぶ偶然です」

「さすが学校の先生、風俗嬢になったお友だちを、とっても強い偏見の目で見てらっしゃること」

「……」

「ねえ、浅野先生。あなた0磁場教《ゼロじばきょう》って知ってらっしゃる？」

「ゼロジバキョウ？　なんですか、それ」

「0磁場はごぞんじない？」

「知りません」

「理科の先生なのに？」

「そんなもの、学校で教えませんから。ジバっていうのは、磁力の場のことなんですか」

「じゃあ、あなたにおたずねするけど」

あづさの母・沢村静子は、里夏の問いには答えずに、新たな質問を投げかけた。

「あなた、タトゥーをしていますか」

「しているわけないでしょう。私の職業で」

「見えるところならまずいでしょうけれど、ふだん見えないところなら、先生という職業でもしているかもしれないじゃない」

「どこですか」

「おっぱいよ。左のおっぱい。そこに数字のゼロを彫っていない？　斜めに線の入ったゼロの数字を」

「タトゥーなんて、どこにもしていません」

答えてから、里夏はすぐに問い返した。

「あづささんはしていたんですか」

「ええ、していたわ。私はぜんぜん知らなかったけれど、あの子がいちばん頼っていた叔父がね——私の実の弟なんだけど——叔父があづさから打ち明けられていたの。左の乳房にゼロのタトゥーを彫ったと。0磁場教の信者になると、男も女も、斜線の入った0の数字を心臓の上に彫り込むんですって。あの子、入院中も私には身体を拭かせなかったけれど、最後の最後で私は見ることができました」

「それ、宗教なんですか」

「どうかしら。ひょっとするとお守りかも」

「お守りって？」

「殺されないためのお守り。でも、効かなかったみたいね。ま、浅野先生も、せいぜいお気をおつけなさいませ」

そして電話は切れ、二度とつながらなかった。

里夏は携帯を握りしめたまま、身体の震えを止めることができなかった。

第三章　ブログ大炎上

1

夫がブログに書き記した内容を読んで放心状態となっている中尾紫帆は、テーブル上の携帯が振動していることにようやく気がついた。

うつろな目で掛時計を見ると、いつのまにか午後の一時近くになっていた。モデル事務所の服部マネージャーから電話があり、驚いて夫のブログをチェックしてから、まもなく二時間になろうとする。

その間、ずっとリビングのテーブルに向かって座りっぱなしだったが、時間の意識が飛んでいた。

まだ夫には連絡を入れていなかった。その勇気が出なかった。できれば今夜、彼が帰ってから、直接面と向かって事情を聞きたかった。なぜ、こんなことを書いたのか、と。

真治も紫帆自身も、世の中にある程度名を知られた存在である以上、ブログ炎上への対応はぐずぐずしていられなかった。それでも夫の携帯に連絡を入れる勇気が出なかった。なぜ、こんな異常な行動に出たのか、その真意を知るのが怖かった。

それに、この時刻になってしまえば、真治は電話に出られない。彼が平日の午後にレポーターとしてレギュラー出演している昼のニュースワイドが、すでにはじまっているからだった。

携帯の振動がつづいている。紫帆はぼんやりとしたまなざしで、光を点滅させながら振動音を立てている携帯を見つめていた。

いつのまにか頭痛は治まっていた。ノートパソコンの隣に薬の瓶と半分ほど水が入ったコップが置かれていた。無意識のうちに頭痛薬を飲んでいたのだ。

(きっと服部さんから催促の電話だな。ダンナと話はできたのか、って)

ところが液晶画面には服部の名前ではなく、090ではじまる別の番号が出ていた。名前が出ていないということは、向こうは番号通知でかけてきているが、こちらの電話帳にはデータ登録をしていない相手ということだ。

紫帆は出るのをためらった。だが、自分の指が反射的に通話ボタンを押してしまった。

「はい……」

それだけ言って、紫帆は相手の出方を待った。

「紫帆さん？」

若い男の声がきいてきた。

「どちらさまですか」

「ごぶさたしています。井原《いはら》です。井原星司《せいじ》」

「井原さん！」

心臓が高鳴った。

こんなタイミングで電話をかけてくるとは想像もしなかった相手だった。

十八年前、高校三年の若さで殺された兄・純太《じゅんた》が最も親しかった同級生。そして彼は、親友の妹である紫帆にずっと恋をして、兄を失って悲嘆のどん底に沈んでいた紫帆を支えてきてくれた人。

紫帆が小学校を卒業するときまで、一家は広島市ではなく、そこから直線距離で二十キロほど東南にある呉《くれ》市に住んでいた。星司も呉の出身だった。同じ時期に同じ場所で生まれ育っている事実も、ふたりに見えない絆をもたらしていた。紫帆の最初の結婚のときでさえ、その絆は切れなかった。

しかし三年前、紫帆がいまの夫と再婚する道を選ぶと、静かに去っていった——それが井原星司だった。

だから彼の携帯番号は、真治との結婚と同時に電話帳から削除した。しかし三年前までは、星司の携帯番号は短縮ダイヤルの0番に登録してあった。最優先でかけられるように。

星司は兄と同い年であるだけでなく、兄と顔立ちもしゃべり方もよく似ていたから、彼を見るたびに紫帆は「お兄ちゃんが生きていれば、こういう感じなんだ」と思わずにはいられなかった。

紫帆より五つ年上の星司がどんどん大人になっていく様子は、最愛の兄・純太が生きていればこうなるというシミュレーションそのものだった。

事件があってからしばらくすると、紫帆は亡き兄の親友と、すでにこの世にいない兄との区別がつけられなくなる精神状態に陥っていた。そして紫帆は、井原星司を兄の代理として愛しはじめた。

それは通常の男女の愛とは違っていた。アカの他人なのに、兄妹愛を星司に感じていたのだ。だからそこに性欲など介在するわけがなかった。

ところが星司の側は、そうはいかなかった。当然のように紫帆を抱きたいと思い、さすがに紫帆が中学生であるうちは、そうした欲望を抑えていたが、紫帆が高校に上がり、ボーイッシュな美少女の魅力をますます増してくると、星司は欲望を抑えられなくなった。

だが、紫帆は抱かれることを拒みつづけた。それならば早く結婚をしてくれ、と星司はせがんだ。結婚して正式な妻になれば、そんな問題はないだろうと。

紫帆も混乱した。十九歳のときの結婚は、その混乱を断ち切るための衝動的なものだった。だから長続きはしなかった。

星司のことは大好きなのに、しかもひとりの男性としても大好きなのに、彼が男の欲望をあらわにしてくると拒絶反応しか示せない。星司は兄・純太の分身だからだ。

そして、離婚後も星司からの再三にわたるプロポーズを拒みつづけた。

そうこうしているうちに、紫帆は二十代の後半にさしかかり、とうとう中尾真治という別の男を二度目の夫として選ぶことになった。

「わしが純太の代用品じゃいうんは、最初からわかっとった」

中尾真治と結婚することに決め、星司に別れを告げたとき、彼は悲しそうな顔でつぶやいた。

「じゃけえ、わしの愛が強けりゃあ、きっとその立場を変えられると思うとった。……じゃけど、やっぱり無理じゃったんじゃのう。わしは、あんたのお兄ちゃんに似とるという、ただその理由だけで、紫帆ちゃんにとっての存在価値があったわけじゃのう」

紫帆としては、そのとおりだっただけに、聞いていてつらい言葉だった。申し訳ないと思った。


結婚相手に選んだ中尾真治は広島市の出身で、紫帆より二歳下だった。つまり、兄が殺されたときに紫帆は中学一年生だったが、真治は小学五年生だった。中学生と小学生とでは、二歳差でも大人とこどもほどの違いを感じるが、結婚したときの年齢になると——紫帆が二十八で、真治が二十六だった——不思議なもので、違和感はまったくなかった。

紫帆は高校を卒業するまでは広島にいたが、十八のときに東京に出て、そのときから雑誌モデルをやっていた。

真治は、そんな紫帆を追いかけるようにして、やはり高校を出てから二年遅れで東京に出てきた。星司と同じように、真治も紫帆の最初の結婚で彼女をあきらめるようなことはしなかった。そして大学には行かず、新宿にあるマスコミ専門学校に通い、いまの制作会社に入った。

ふたりの結婚式に、井原星司は呼ばなかった。

星司との別離から、早くも三年が経っていた。

三十六歳になった井原星司は、サイエンスライターとして宇宙科学分野を専門に精力的な取材と執筆をつづけており、紫帆は本屋の店頭や広告などで彼の著作を見ることもしばしばあった。

紫帆は、星司のそんな活躍を見るたびに「お兄ちゃんも生きていれば、いまごろいっぱい本を出していたかもしれない」と思った。兄の純太は高校のころ、将来はジャーナリストになりたいと言っていたからだった。文章を書くことも好きだった。

兄の本を、書店で見かけて買うことができたら、どんなに幸せだろうと思ったが、それがありえない想像であることに気づかされると、つらくなって涙が出た。だから井原星司の本を買うことは決してなかった。

それにしても、なぜ星司が三年ぶりに電話をかけてきたのか、紫帆はすぐにはわからなかった。彼は二十代のときに呉から東京に出てきており、三年前と変わりがなければ、東京西部の立川《たちかわ》に住んでいるはずだった。

紫帆と真治のマンションは、江戸川区南葛西にある。目の前を流れる旧江戸川をはさんだ対岸は東京ディズニーランド、つまり千葉県との県境に面した場所に紫帆は住んでいた。会おうと思えば、すぐ会える距離に、複雑な意味で「好きな人」は住んでいた。

いまでも紫帆は、星司が好きだった。決してきらいになったから別れたのではない。その存在を不快に思っているわけでもなかった。それどころか、いまだに星司は「お兄ちゃんの分身」という位置づけにあった。

だから、会おうと思えばすぐに会える場所に彼がいるのは、ある意味で危険だという気もした。

2

「携帯、変わっとらんかったね」

井原星司は、三年前と変わらぬ親しみをもって言った。

「はい、変えていません」

紫帆のほうは、距離感を置いた標準語で答えた。

かつて、星司を死んだ兄代わりに慕っていた時期は、いつもお兄ちゃんに話しかける妹の口調だった。だが三年の空白が、紫帆の星司に対する態度をよそゆきなものにしていた。

その素っ気なく感じられる礼儀正しさは、紫帆が昔の感覚を取り戻さないための警戒心から出ていたのだが、星司のほうはそれをさびしく思う気持ちが口調に滲《にじ》み出ていた。

「ほんで電話をかけた用件じゃけど、中尾君のブログが炎上しとるのは知っとる?」

「はい」

短く返事をしながら、ああ、星司さんにも、もう知られているんだ、と、紫帆はブログ炎上の規模の大きさと、その騒動が伝わる速さを実感した。

同時に、そんなことで電話をかけてきてくれなくてもいいのに、と思った。

「そのことで、彼と話はしたん？」

「いえ、まだです」

「そんなら、中尾君がなんでああいう投稿をアップしたんか、その理由もわかっとらんのじゃね」

「はい」

「紫帆ちゃんは、ブログそのものは読んだん？」

「読みました」

すでに三十一歳になった紫帆を、星司は依然として「ちゃん付け」で呼んでいる。それが紫帆に錯覚を甦《よみがえ》らせる。井原星司イコール兄の純太という錯覚を……。

「どんな感想を持ったん？」

「そうですね……」

紫帆は携帯を耳に当てたまま、目の前のパソコンを見た。

画面には、問題のブログが出たままになっていた。更新ボタンを押さないと最新のコメントは見られないが、さきほど開いた時点で、コメントの数は五百件を超えていた。ふだんの反応は多くても三十件程度だったから、ケタはずれの増え方だった。そして、そのほとんどが真治が書いた内容に対する感情的な批判だった。

この二時間のうちに、さらに膨大な数の批判コメントが寄せられているのは間違いなかった。テレビで顔や名前を知られているだけに、抗議コメントの増加には歯止めが利かなかった。

「感想と言われても、とくにありません」

頭痛薬を飲むときに使った水が、まだコップの半分ほど残っている。紫帆はそれを一気に飲み干してから、改めて口を開いた。

「真治だってマスコミにいる人間ですから、こういう文章をブログに書けば問題になるのはわかっていたはずです。なのに、彼がどうしてこんなことをしたのか、私にはぜんぜんわかりません」

「ほうか。でも、わしにゃわかる。じゃけえ、あんたに連絡を急いで入れにゃあいけんと思った」

「星司さんに、真治がこんなことをした理由がわかるんですか」

「そんなんじゃなかったら、こんなおせっかいはせん」

星司はきっぱりと言った。

「いまでもわしは紫帆ちゃんのことを好いとる。じゃけど、もうあんたは人妻じゃ。その立場はよう心得とる。ダンナの騒ぎにかこつけて、またよりを戻そうゆうケチなことは考えとらん。ええか、紫帆ちゃん、中尾君の行動は、おそらく一昨日、大森で起きた殺人事件と関係があるんじゃ」

「殺人事件って？」

「知らんの？　風俗嬢惨殺事件のこと」

「知りません」

「殺されたんは広島出身の女で、いま三十二歳。年齢からわかると思うんじゃが、紫帆ちゃんの一年先輩なんよ」

「先輩って？」

「榎本未美——これが殺された女の名前じゃ。聞き覚えは？」

「ありません」

「警察は被害者の出身校を具体的に発表しとらんのんじゃけど、彼女は紫帆ちゃんと同じ中学を卒業しとる」

「なんで星司さんがそんなことまでわかるんですか。星司さんは私と同じ中学じゃないのに」

「調べたんじゃ」

「調べた？」

紫帆はいぶかしげな声を出した。

「それも星司さんの仕事なんですか」

「サイエンスライターとしての仕事じゃ、もちろんない。個人的な仕事じゃ。というより、わしに課せられた義務なんじゃ」

星司は一気にまくし立てた。

「わしはきょうまでの十八年間、ずっと答えを探し求めとった。わしの無二の親友、児島《こじま》純太を殺したのは誰なんか、ゆうことを」

3

（児島……）

ひさしぶりに聞く、かつての自分の苗字を紫帆は心の中で繰り返した。

広島市内にいたときの紫帆は、南《みなみ》という姓だった。その前が児島紫帆だった。

小学校を卒業するのとほぼ同時期に、両親が離婚したからである。そして紫帆は母に連れられて、呉から広島市内に転居した。そのときに苗字が父方の児島から母方の南に変わった。

その転居が、大好きな兄と別れて暮らすことになった日だった。当時高校二年から三年になろうとしていた兄・純太のほうは父に引き取られ、これまでどおり呉に住みつづけることになったからだ。

二十キロほどしか離れていない呉と広島は、いまでこそ「すぐ隣」という感覚で捉えられるが、小学生から中学生になろうとするころの紫帆にとっては、絶望的な距離だった。

井原星司は、兄・純太とは小学校から高校までずっと同じ学校で、しかも親友だった。だから紫帆は、幼いころから星司を知っていたし、星司に遊んでもらった記憶もたくさんあった。

そんな経歴の紫帆にとって、こどものときの苗字をひさしぶりに耳にして、一気に呉時代の光景が脳裏に甦った。

「紫帆ちゃん、聞いとる?」

耳に押し当てた携帯から、問いかける星司の声が聞こえてくる。

「とにかくこの件で会ってもらいたいんよ。電話では話しにくいことが、ようけえあるけえ」

「会うって、いつですか」

「できりゃ、きょう……というより、いま」

「いま？」

「じつは、あんたんちのマンションの前から電話をしとるんじゃ」

ザワッと、急に紫帆の腕に鳥肌が立った。

「もしかして……」

と、星司が紫帆の一瞬の沈黙をすばやく感じ取って言った。

「わしのことをストーカーみとうに思うた？」

4

「えー、私はいま一昨日、榎本未美さんが殺されたアパートの前にきております」

民放テレビの昼のニュースワイドでは、レポーターの中尾真治が大田区大森東一丁目にある古びた木造アパートの前から中継を行なっていた。

「榎本さんは一昨日の昼すぎ、このアパートの二階にある部屋を訪れた何者かに全身をメッタ刺しにされて殺されました。いまだに犯人は捕まっていませんが、警察の発表によれば、榎本さんが受けた傷の数は、なんと全身で七十五ヵ所だということです。その一方で、室内が物色された様子はなく、現金や貴重品も盗られた形跡がないことから、個人的な怨恨が動機であるとみて、榎本さんの交友関係を中心に調べを進めている模様です」

「中尾さん」

スタジオのメインキャスターが呼びかけてきた。

「警察は、まったく犯人の目星がついていない様子なんでしょうか」

「それにつきましては、なんとも言えません」

二階建て木造アパートを背景にしたアングルで、まばゆい日差しのせいか、顔をしかめながら真治は答えた。その顔には玉の汗が浮かんでいる。

「捜査当局は事件発生当日夜、そして昨日の夕方と、これまで二度にわたって記者会見を行なっていますが、殺害状況について発表された事実は、それほど多くありません。現在は、榎本さんが勤めていた横浜の飲食店での顧客関係を中心に、なにか個人的なトラブルがなかったか、調べを進めているものとみられます」

（真治……）

千代田区にある与党代議士の東京事務所で、糸山慶彦はその生放送を見ながら、度の強いレンズの奥にある細い目をさらに細くした。

（おまえがブログに問題発言をのっけた理由、おれにはわかってきたぞ。おまえ、わざとやったよな。わざと世間的に問題となるような過激なタイトルと内容にしたんだろ？

その狙いはふたつある。ひとつは、自分が騒動の主役となって目立つことで、おれと宏からの連絡を待つためだ。とくに宏だ。

おたがい、社会に出てからは一度も会っていないけれど、おれの身元は明らかだから、おまえがその気になれば、いつでも連絡はとれる。だが、飯島宏はいまどこでなにをしているかサッパリわからない。ヤツは覚醒剤の泥沼にズブズブにはまって何度も逮捕されているから、ひょっとすると、まだ刑務所の中かもしれないし、出所していれば暴力団の一員になっているかもしれない。そんな宏に連絡をとる方法があるとすれば、自分が目立つしかない。そうだよな、真治。

そしてもうひとつ、冷静なおまえらしくもない過激な原爆発言をした理由は、ブログで問題発言をすることによって、いまの仕事をはずされるのをねらっているからだ）

慶彦はソファから腰を浮かせて前のめりになり、中尾真治が出ているテレビの画面にどんどん顔を近づけていった。

(いまの時代、有名人・一般人の区別を問わず、ブログやツイッターでの失言は、即座に袋だたきの対象となる。集団ネットリンチで精神的に立ち直れないぐらいボコボコにされてしまう。その風潮を、おまえは逆用したんだ。

そうじゃなかったら、世論の道理というものをわきまえているマスコミ人のおまえが、あんな無茶なブログを書くわけがないんだ。

第一、ヤバすぎるだろ、原爆に関する不謹慎発言なんてさ。過去に大臣のクビだって飛ばしてきたテーマじゃないか。だけど……だからこそ、おまえはそのタブーに足を踏み入れた。自ら進んでテレビ局からお払い箱にされるために。

だってつらすぎるよな、真治。榎本未美がひどい殺され方をしたという事件を自分で取材して、テレビの前でレポートするというのは……。だからブログに危険なテーマで過激な発言をして、非難ごうごうの騒ぎを起こして、レポーターの仕事をクビになろうと考えた。だよな?

もちろん、それはおまえ自身のレポーター生命を縮めることになる。っていうか、もうテレビ局に使ってもらうチャンスは二度とこないだろう。テレビは安全運転第一だから、この手の舌禍《ぜっか》事件をネットで引き起こした人間は絶対に使わない。日本のテレビ番組でレギュラーとして使ってもらうには、政治的に過激な主張をしちゃダメなんだよ。おまえは、そこを百も承知だからこそ、自ら破滅した。榎本未美の事件を自分でレポートしつづけるよりはマシだからだ。なぜならば、おれたちは小学校五年生のときに……）

「おい、糸山」

いきなり親分の声がしたので、慶彦はびっくりしてテレビから反射的に離れた。画面に夢中になっているうちに、国会議員をやっている親分が部屋に入ってきたことに気がつかなかった。

「近すぎるよ、おまえ。近すぎる、テレビに」

親分は、自分の手のひらを目の前に近づけて言った。

「ただでさえド近眼なのに、もっと悪くなるぞ。少し離れて見なさい」

「は、はい。あの、べつに、いいんです、こんなワイドショー見なくたって」

慶彦は、あわててリモコンでテレビの電源を消した。

5

中尾真治が所属するテレビ制作プロダクション「ヴェガ」の親会社にあたる民放テレビ局では、編成・制作・報道の三部門を統括する最高責任者である取締役編成局長の前で、報道部長が苦々しい表情で報告をしていた。

「この放送が終わって中尾が取材先から戻ってきたら本人から事情をよく聴きますが、きょうをかぎりに彼を番組から降ろすよう、さきほどプロデューサーに指示を出しておきました」

「で、今後は？」

その中尾真治が大森のアパート前から中継を行なっている自局のオンエア画面をモニターで見ながら、編成局長がきいた。

「後任はまだ決めていませんが、こんどは局アナになると思います」

「いや、私がきいているのはレポーターの後任のことではない。今後の中尾真治はどうなるのか、とたずねているんだよ」

「あいつの今後ですか？」

なにをいまさらそんなことを気にするのか、という顔で、報道部長は編成局長の顔を見た。

「そんなの知ったこっちゃないですよ。ヤツはうちの社員じゃありませんから。いくら系列会社の人間でも、もう使えない。ヴェガの制作部長も、さっき謝りの電話をかけてきました。彼も、中尾の出演は明日から辞退させたいと言ってましたよ。

そもそも、彼のブログで取り上げていた問題は、すでにＮＨＫが放送したドキュメンタリーがネタ元ですよ。そのことだけでも許せんじゃないですか。他局のネタだなんて」

「ともかく彼が出先から戻ってきたら、私のところへ至急よこしてもらえないかね」

「どうしてです」

「これを見たまえ。きみがくるほんの少し前に某新聞社のニュースサイトに掲載された記事だ。某新聞社のね」

編成局長は、自分のノートパソコンを報道部長のほうへ向けた。そこには、彼らのライバル局と同じ系列にある新聞社が、榎本未美殺害事件に関するスクープを放っていた。

それは、捜査本部の意向で意図的にリークすることが決められた情報で、決定直後、佐野警部補が最も親しい新聞記者に流したものだった。

報道部長が、その記事を食い入るように見つめた。

事件の裏に原爆問題？　大田区の猟奇殺人

《一昨日、大田区内で起きた女性惨殺事件では、現場に原爆被災地である広島と関連づけられる犯人の「メッセージ」がふたつあったことが、捜査関係者への取材で明らかになった。

それによると、ひとつは榎本さんが殺された部屋の壁に掛かっていた原爆ドームの油絵で、状況からみて、犯人が榎本さんを殺したのちに、なんらかの意図を持って飾った可能性が濃厚だとみられている。

もうひとつは、榎本さんの遺体の背中に「安らかに眠ってください」という言葉が黒の油性ペンで書き殴られていたことで、これは広島の原爆死没者慰霊碑に刻まれた碑文と、一部の文字づかいを除けばほぼ同一である。そして被害者の榎本さんが広島出身であることから、事件の背景に原爆問題が関係しているのではないかという見方が浮上してきた》

「やられたな……」

ライバル系の新聞社に出し抜かれたことを知り、報道部長は渋面をつくった。

「それにしても、遺体の背中に『安らかに眠ってください』というメッセージが書かれていたとは驚きですね。そのネタをうちが先に拾っていたら、この放送はどれほど盛り上がったことか」

依然としてアパート前から中継をつづける中尾真治を映し出しているオンエアモニターを見て、報道部長はくやしそうに言った。

だが、そんな報道部長に向かって、編成局長はイライラした口調で言った。

「おい、きみはまだ気づかないのか。いまこの殺人事件をレポートしている中尾真治のブログは、なにが原因で炎上したんだ。原爆発言だろう」

「あ……」

報道部長は、大きな口を開けた。

「それは偶然なのか？」

「いやあ……わかりません」

「中尾の出身地はどこだ」

「さあ、そこまでは」

「ヴェガに電話して大至急調べろ。ひょっとしたら中尾は広島の出身じゃないのか」

「局長……」

報道部長の顔が引き攣っていた。

「まさか局長は、中尾がこの事件に関与していると疑っておられるんじゃないでしょうね」

「そうだとしたら、どうなる」

「冗談じゃありませんよ。シャレにならないでしょう。あいつが取材している殺人事件の犯人があいつだった、なんて展開になったら」

そして報道部長は、編成局長に報告するために用意した、問題のブログのコピーに目をやった。

6

原子爆弾は日本人が落とした

《太平洋戦争末期、昭和二十年の三月ごろから、米軍のB29による日本本土空襲が激しさを増していった。そんな中、杉並区内の老人ホームに拠点を置く参謀本部二部直轄の陸軍特種《とくしゅ》情報部は、グアム・サイパン・テニアンなど日本から二千四百キロ南にあるマリアナ諸島の各基地を飛び立つB29大編隊の通信傍受業務にあたっていた。

電波は暗号化され、本文は解読不能だったが、通信冒頭の「V」+「三ケタの数字」によるコールサインだけは暗号化されていなかったため、ひとつの重要な手がかりを得ることができた。

それはV400番台がサイパンから、V500番台がグアムから、そしてV700番台がテニアンから出撃したB29であるという法則だった。

ところが六月ごろから新たにV600番台のコールサインが登場した。しかも、V400、500、700番台のコールサインを出すB29は百機規模の大編隊であるのに対し、V600番台のコールサインを使うB29は十二、三機にすぎなかった。

そこで陸軍特種情報部は、これを「特殊任務機」と呼んでマークした。だが、そう命名したものの、ではどんな任務を負っているのかまでは、通信文本体を解読できないのでわからない。

そうこうしているうちに、七月十六日、米軍はアメリカ本土のニューメキシコ州で原爆実験に成功した。そして「原爆らしき」特殊爆弾の実験成功の情報は、日本の軍部にも伝わってきた。

それから二十日あまりが経過した八月六日の午前三時、特種情報部はV600番台のコールサインを傍受した。それはアメリカの首都ワシントンに向けた通信で、暗号化されていない部分に「目標に向かって進行中」とあった。

それとはべつに、その日は朝からB29の大編隊が西宮《にしのみや》、今治《いまばり》、宇部《うべ》を爆撃しており、広島城に置かれた軍司令部も、広島の空爆を予測して警戒態勢に入っていた。

午前七時二十分ごろ、コールサインV675で呼ばれる一機のB29が豊後《ぶんご》水道から入ってきたのを特種情報部はキャッチした。そして、その情報はただちに参謀本部に上げられた。

当時、こうしたB29の単独飛来は、そのあとにつづく大編隊による空襲のための気象偵察機であることが常識だった。つまりそのB29は、広島方面への大空襲の前兆といってよかった。

にもかかわらず、参謀本部はこの情報を広島の軍司令部に伝達しなかった。そのため広島における警戒態勢は解除された。

やがて広島上空に大編隊ではなく、たった一機のB29がやってきた。原爆を搭載した「エノラゲイ」である。

午前八時十五分。原爆、炸裂――

二日後の八月八日、特種情報部の中庭で、参謀本部による特種情報部の表彰式が行なわれた。「特殊爆弾」攻撃のさいに使われるコールサイン「V675」を突き止めた功績をたたえるものだった。

だが特種情報部の人間たちは、その上部機関である参謀本部が特殊任務機の飛来を広島の軍司令部に伝えていれば被害はもっと少なくて済んだのに、と悔しい思いを胸に抱いていた。その一方で、もしもこんど同じコールサインのB29が飛んできたら、絶対に追跡して撃墜しなければならないと、堅く心に誓っていたはずだ。

翌八月九日午前六時ごろ、ふたたびV675のコールサインがキャッチされた。広島に原爆を落としたときに使用されたのとまったく同じ電波だった。

その事実は参謀総長・梅津美治郎《うめづよしじろう》に報告されていた。彼の側近である参謀本部の井《い》上《の》忠男《うえただお》中佐が、備忘録にこう書き残していた。

「特殊爆弾／V675／通信上、事前に察知／長崎爆撃5時間前」と……。

どこに落とされるのかはわからないが、わずか三日前に広島を壊滅させた「悪魔の爆弾」を積んだB29がふたたび飛来してくることを、参謀本部は暗号電波の傍受によって五時間も前につかんでいたのだ。

このとき長崎市のすぐ北にある大村飛行場には、戦闘機「紫電改《しでんかい》」の部隊が待機していた。もしも出撃命令が出ていれば、体当たりをしてでも撃墜するとの覚悟を持った戦闘機乗りたちがいた。

この部隊だけでなく、本土防衛にあたる各航空基地に残っている戦闘機部隊すべてに、広島を壊滅に陥れた恐るべき特殊爆弾を搭載した可能性が濃厚な第二の「特殊任務機」飛来を告げ、出撃待機命令を出していれば、問題のB29がどの都市上空へ飛んできても、まったくの無抵抗に終わることはなかったはずだ。それどころか、市民の被害を伴わない海上で撃墜することだってできたかもしれない。

そのころ皇居では最高戦争指導者会議が行なわれていた。この日、ソ連が突然対日戦争に参加した。その情勢を含めて、戦争を続行するか降伏するか、降伏ならば条件は、といったことが論じられていた。

ここには参謀総長の梅津美治郎も出席していた。にもかかわらず、彼は特種情報部がつかんだ「特殊任務機」再飛来の情報について、議題に持ち出さなかった。

それどころか、広島に落とされた特殊爆弾が原子爆弾であることを認識していながら、アメリカがどんどんこれを用いるかどうか疑問である、という発言さえしていたのだ。

その見通しの甘い会議を延々つづけている最中に、テニアン島を飛び立ったB29「ボックスカー」が九州上空にやってきた。

当初の投下予定地は小倉《こくら》。しかし雲に覆われていたために第二候補にターゲットは切り替えられた。それが長崎。

十一時〇二分。原爆、炸裂——

二日後の八月十一日、特種情報部にすべての資料を焼却処分せよとの命令が下った。実際にその証拠隠滅作業にたずさわった情報部員が、テレビカメラの前で証言した。

すべては「なかったこと」にされた。日本軍の諜報能力に関する機密保持という以上の目的がそこにあったと、ぼくは考える。それは「日本人が日本人を見殺しにした」という事実だ。

広島の原爆については、空襲警戒警報を維持することで、少なくとも犠牲者を減らすことはできた。長崎の原爆に至っては、原爆搭載機を迎撃することが百パーセント可能だった。撃墜することがかなわず、結果的に投下されたとしても、最善の抵抗はすることができたはずだったのだ。

緊急事態にまったく対応できない、日本人のバカな頭脳構造が、二度にわたっての原爆を無抵抗のまま落とさせた。ぼくは、そう断言する。

いや、もっと過激に言おうか。原爆は日本人が落としたんだ。そう言って、なぜ悪い。

福島の原発事故が起きたとき、多くの人が「日本はなぜ広島・長崎から学ばなかったのか」と原子力行政を非難した。世界で唯一の被爆国として、放射能の恐ろしさは知っていたはずなのに、という意味で。

でも、ほんとうは広島や長崎から学ぶことはもっとほかにあった。それは緊急情報をなにひとつうまく処理できない日本人のバカさ加減についてだった。そして、いつも犠牲になるのは無力な国民だということだ。それこそが学習しておかなければならないことだった。

その愚かな構図が、原爆投下から六十六年後に、また繰り返された。

大地震による津波被害で福島第一原発が冷却機能を停止した段階は、「特殊任務機」出撃の電波を傍受した段階にあたる。そのあとにつづいて起こる事態を予測し、対応をとる時間がちゃんとあった、という意味で。

その時点で炉心溶融の可能性や、それが引き起こす最悪のシミュレーションを想定していれば、海水の注入判断はもっと早く行なわれた。こんどは、原爆を投下したかつての敵国アメリカからも、さまざまな情報と物理的支援の申し出があった。

にもかかわらず、日本政府は杓子《しやくし》定規な対応に終始し、誰ひとり的確な判断を下さず、まして国の最高司令官は感情的な行動に走るばかりで、不安のどん底に陥った国民に対するメッセージをなにひとつ発信しないまま、時間を無駄にした。

「被爆」と「被曝」——漢字は違うけれど、けっきょく日本国民は無能な為政者たちのおかげで、放射能のヒバク被害をまたこうむった。

それは原発のせいだとしか捉えることができない人たちが大勢いる。東電という企業や原発というシステムを極悪人にして怒りをぶつければ済むと思っている。しかし、災害を拡大させたのは、まちがいなく日本人の頭の悪さなのだ。緊急事態に陥れば陥るほど頭が回転しなくなるという、そのバカさ加減が原因なのだ。

広島や長崎でなにを学んだのか、と非難する人たちは、そういうところに目を向けたうえで批判をしなければダメだろう。日本人の「脳力」がこの程度だったら、原発をなくしたって、米軍基地をなくしたって平和な時代なんかきっこない。


みんなも知っていると思うけど、広島の平和記念公園には原爆死没者慰霊碑というのがあって、そこに刻まれた碑文は、よく論争の的になる。「安らかに眠って下さい過ちは繰返しませぬから」という文章だ。

では「過ち」とは誰が犯したものなのか。その過ちを繰り返すべきではないという反省は、誰がすべきことなのか。

ある人は、原爆はアメリカの非人道的残虐行為なのに、なぜ日本人が反省するのか、と憤った。

ある人は、日本が戦争に突き進んでいったことがこの悲劇を生んだのだから、日本人にも責任があると考えた。

そして双方が不毛なケンカを繰り返した。

そこで、それらの論争を避けるためには、原爆はすべての人類にとっての悲劇であり、「過ちは繰返しませぬから」という碑文は、全人類の平和の誓いを刻んだものだという解釈で収拾を図った。

だけど、そんな教科書的な模範解答のきれいごとだけで進歩があるんだろうか。平和を唱えること、戦争反対を叫ぶこと、脱原発を訴えること――そんなことよりも「脱バカ」こそが、ぼくたち日本人にとっていちばん大切なテーマじゃないのか？

日本という国家のリーダーには国民を守るだけの知能も勇気もなく、それはもう五十年経っても百年経っても、永遠に変わらない現実だと、多くの人が考えている。そのことに異論はないだろう。

でも、なぜ政治が変わらないのか、考えてみたことある？

ぼくはテレビの取材レポーターとして、政争が起こるたびに「街の声」ってやつを拾い歩いてきた。放送に使われる何十倍、何百倍の声を聞いてきた。でも、街ゆく人の九割以上が同じことを答えるんだ。うちの番組だけじゃなく、どこのテレビ局のどの番組が取材したって、同じ答えが返ってくる。

誰が総理大臣になったって、政治は変わらないよ、と……。

じゃあ、なぜ変わらないと思うのか。

こうした投げやりな街の声を、政治に対する絶望だとか、永田町の論理はわかりにくいからだとか、ぼくたちマスコミ側も、そういうワンパターンの結論に押し込める報道をそれこそ「バカのひとつ覚え」でやってきた。

でも、そうじゃないんだよ。誰が総理大臣になっても政治が変わらないのは、政治家だけのせいじゃない。ぼくたち日本人が、まれにみる頭の回転の鈍い民族だからだ。

それゆえに、誰が政治家になっても、誰が総理大臣になっても、先進国の世界基準に到達しない幼稚なものの考え方しかできない。

そこに気づかず、政治家を醒《さ》めたトーンで批判する街の声こそ、バカの代表なんだ。

日本人はみんなバカ。

だから、誰が政治家になっても変わらないんだよ。それを、たんに永田町の腐敗だと考える人々は笑っちゃうくらいバカだし、そのバカさかげんに自分で気づいていないバカは、もう目も当てられないバカ。

ハッキリ言おう。

ぼくはいま、日本にも日本人にもうんざりだ。もう日本人であることをやめたくなっている。

日本人、やめてもいいですか》

7

中尾真治が書いたブログ全文のコピーを、編成局長が声に出して読み終えた。

特別応接室は静まり返っていた。

夕刻の三時三十三分――

放送局ならではの、一秒たりとも狂いのない正確な掛時計が、十秒、二十秒、三十秒とスムーズに秒針を回していた。

ふだんはＶＩＰの来客を通すために使われるその応接室の床には毛足の長い絨毯が敷きつめられ、ドアや壁は会話が外部へ洩れない防音仕様となっていた。そのため沈黙がつづくと、静寂による圧迫感は息が詰まりそうになるほどだった。

室内には総革張りのソファが三つ、コの字形に配置されていた。その中央に取締役編成局長が、左側のソファに報道部長と番組プロデューサーが、これ以上ない渋面をつくって座っていた。

そして右側のソファには、現場からの報道レポートを終えて局に戻ってきたばかりの中尾真治が、まだワイド番組そのものは四時前まで放送がつづいているにもかかわらず、緊急呼び出しを受けて座っていた。

編成局長が、手にしていたコピーをガラステーブルの上に置いた。

そのテーブルの上には、役員秘書の女性が運んできたコーヒーが四人分置いてあり、いい香りを立てていた。だが、それに口をつける者は誰もいない。


「バカはてめえだろ」

最初に沈黙を破ったのは、番組のプロデューサーだった。吐き捨てる、という表現がぴったりの口調だった。

「日本人をやめたいの、日本人はバカだのって、いったいおまえはナニ人《じん》なんだよ。日本人やめたきゃ、勝手にやめろよ。おまえなんか、アメリカでも中国でも好きな外国に行って、そこの国民にしてもらえ。いらねえや、おまえなんて。日本からとっとと出て行け！」

プロデューサーは、テーブルの上に視線を落として黙りこくっている真治の顔を、憎しみをあらわにした表情で睨みつけた。

「だいたいブログに書いてる陸軍特種情報部の話は、ＮＨＫのドキュメンタリーが元ネタだろ。おまえ、そういうことやって恥ずかしくねえのか。なんで民放のテレビ局でしゃべってるおまえが、ＮＨＫの取材ネタをブログに使うんだよ、このボケが。わかってんのか、自分の立場が」

「……」

「それに他局の取材内容は、その局が責任を持つべきものであって、内容の検証もせずに引用するのは同じ放送マンの姿勢として正しいものだと思うのか。え？　おまえのブログが炎上してるって話は放送前に耳に入ってたけど、ここまでひどい内容だとは想像もしなかったよ。先に読んでりゃ、きょうの放送から使ってなかったけどな、おまえのことを」

「……」

「黙ってないで、なんとか言ったらどうなんだよ。口がついてるんだったら、申し訳ありませんのひと言ぐらい出るだろうが」

「ぼくは……」

真治がようやく口を開いた。

「こういうドキュメンタリー番組によって明らかにされた新事実に対して、日本国民がなんの反応も示さないという、その鈍感さを嘆かわしく思っています。何年か前に、政治家が原爆を落とされたのはしょうがないといってクビになったけど、そういう自虐的な発言といっしょにされては困ります。

原爆は落とされなくて済んだかもしれないんです。なのに、なんの手も打たなかった。そういう事実が、当時の情報部員たちによる数々の証言と証拠をもとに明らかになっても、『ふーん、あ、そうなの』でおしまい。どうしようもないじゃないですか。内容の検証がどうこうおっしゃいますが、そうした動きさえもない、完全スルーでしょ、大半の国民は。日本人って、絶望的な鈍感さを持った人種だと思わないんですか。原爆投下を非難したい人は、こういう事実が明らかになっても、目を向けたくないんですよね。それでいて、ぼくがブログでこれに対する憤りを書くと、こんどは猛然と反応してくる。なんなんですか、これって」

「っざけんなよ！」

プロデューサーは、四つ並んだコーヒーのカップから一斉に中身がこぼれるほど激しい勢いでガラステーブルを叩いた。

「そういう問題意識をブログで訴えるのはな、おまえの仕事じゃないんだよ。三十年早いんだよ。若造のくせして、いったいいつからそんなにえらくなったんだ、あん？　教えてくれよ。いつから中尾真治さんは、全国民に説教を垂れるほどビッグになったんでございますか？」

「……」

「なあ、中尾君」

激高するプロデューサーとは対照的に、編成局長が穏やかな声で切り出した。

「きみはまだ二十九歳という若さだが、五年も六年もテレビの世界にいれば、マスコミ人としての基礎的な知恵はついていると思うんだがね。つまり、こういうブログを書けば大問題になることを、きみが予想できなかったとは思えないんだ」

「……」

真治は、また押し黙った。

「すでに、きみのブログに寄せられた抗議のコメントは千件を超えるらしいじゃないか。いかにテレビに出ている有名人といえども、それだけの抗議が殺到した理由がどこにあるか、きちんと反省ができているかね」

「いいえ」

真治は小さく首を横に振った。

「ぼくは、とくに問題発言をしたとは思っていないので、反省はないです」

「なんだ、コノヤロー」

プロデューサーがまた気色ばんだ。

「反省してないだと？　おめえ、サル以下だな」

「まあ、まあ、ここは少し私に話させてくれ」

編成局長がプロデューサーを制した。

「私が思うに、きみのこのブログが多くの人の怒りをかき立てた最大の原因は、最後の段落にあると思うのだ。『ぼくはいま、日本にも日本人にもうんざりだ。もう日本人であることをやめたくなっている。日本人、やめてもいいですか』という部分だ。こういう言い回しはね、原爆投下や福島の原発事故に関して感情的な見解をまくし立てるより、もっと始末が悪い。こんな捨てゼリフを吐く人間ほど腹立たしいものはないよ」

編成局長の口調も顔つきも穏やかだったが、眼光だけは厳しかった。

「『日本人は、日本人は』と繰り返しながら『だから日本人はダメだ論』をぶちまくる日本人ほど不愉快な存在はない。なぜなら、自分だけは別だと棚に上げているからだ。そんなに日本人がきらいなら、あんたが真っ先に日本人をやめればいいじゃないか、という反感を抱かれるのは当然だろう。プロデューサーの言うとおりだよ。実際、報道部長に分析してもらったところによると、きみのブログへの非難コメント内容の九割が、ここの部分に集中しているようだ。しかしね、中尾君」

そこで編成局長は、真治の顔を覗き込むようにしてたずねた。

「これはすべて、きみの作戦なんじゃないのかね」

8

「ぼくの作戦？」

わずかに眉を吊り上げて、真治がきき返した。

「ぼくがわざとブログを炎上させたとおっしゃるんですか」

「そうだ」

編成局長は大きくうなずいた。

「きみはわざとネットユーザーを怒らせた。『ぼくは日本人であることをやめたくなっている』という、燃えやすい揮発性のガソリンをばらまいて、炎上の段取りを自らセッティングした」

「なんのために、ですか」

真治が問い返すと、編成局長ではなく、こんどは報道部長が答えた。

「榎本未美殺人事件の取材からはずしてもらうために、だよ」

報道部長のその言葉に、真治本人よりもプロデューサーのほうがびっくりした。彼は編成局長と報道部長のあいだでブログ炎上の真相について、裏読みが行なわれたことをまったく知らずにいたからだった。

「他系列の新聞のニュースサイトが、昼過ぎにスクープを放った」

「知ってます」

真治は、いちいち説明されるまでもないという口調で、報道部長にその先を言わせなかった。

「中継を終えたあと、ネットをチェックして気づきました。遺体の背中に『安らかに眠ってください』というメッセージが書かれ、壁には原爆ドームの油絵が飾ってあった、という件ですね」

「殺された女性は広島市の出身だということだが」

報道部長が、また口を開いた。

「きみも広島市生まれの広島市育ちだそうじゃないか」

「そうですよ。高校のときまでずっと」

「しかもゆうべ遅くにきみがアップしたブログ記事は、原爆がらみの発言で炎上した」

「だから何なんです」

　真治は報道部長をにらみ返した。

「殺人事件を取材する者と、殺人事件で犠牲になった者のあいだに、たったそれだけの共通点があったら問題なんですか」

「じゃ、偶然だというのか」

「ニューヨークが人種のるつぼなら、東京は地方出身者のるつぼですよ。広島出身のぼくが取材している事件の当事者が、たまたま同郷であったからといって、そんなにびっくりすることなんですか。

　それに広島県人だったら、たとえ直接の被爆体験がない世代だって、原爆というものが深く意識の底に染みついているものなんです。ぼくが高校まで住んでいた実家の二階からは、いつも原爆ドームが見えていました。そういう環境に育ったぼくが、原爆に関して敏感になるのは当然じゃないですか」

「ほう、きみの家の窓から原爆ドームが見えていたのか。被害者の部屋に飾られていた油絵と同じ風景がねえ」

「だから、そうやってこじつけないでください」

苛立った口調で報道部長に言い返すと、真治はコーヒーをがぶっと一口飲んだ。それから、濡れた口もとを手の甲でぬぐってつづけた。

「あのブログは、原爆が落ちた場所で生まれ育った者として、原爆の真実に鈍感な国民に憤りを感じて書いたものなんです。そもそも、ぼくのブログに抗議の書き込みをしてきた連中の、いったい何割が実際に広島や長崎の現地を踏んだことがあるっていうんだ。広島や長崎の原爆投下が、じつは事前に察知されていたという証言が明らかになったことについて、なんのリアクションもしてこなかった連中に、ぼくの発言に文句言う資格なんてあるのか！」

「問題はタイミングなんだよ、中尾くん」

興奮の度合いを強めてきた真治に、編成局長が冷静に語りかけた。

「広島市出身のきみが、原爆問題に敏感であることはよくわかった。平和・反戦・脱原発というお題目を並べ立てるより、原爆投下は防げていたかもしれなかったという新事実に国民はもっと目を向けるべきではないかという怒りもよくわかった。しかしね、きょうは九月十四日なんだよ、中尾君」

編成局長は、ガラステーブルの上に置かれたメタリックシルバーの卓上カレンダーを指さした。

「きょうは八月六日でも八月九日でも八月十五日でもない、九月十四日なんだ。きみがブログを書いた昨日は九月十三日なんだ。原爆記念日や終戦記念日は、もう一ヵ月前の出来事になっている。そんなタイミングで、どうしてこういう内容を書く気になったのかね」

局長は、いったんテーブルの上に置いていたブログのコピーをまた手に取った。

「そこを説明してほしいんだよ。それについて納得のいく説明がないと、我々は、もうひとつの偶然をどう理解してよいのかわからないのだ」

「もうひとつの偶然って、なんです」

「殺された榎本未美の出身中学には、きみも通っていたという偶然だよ」

「調べたんですか」

「調べたよ。ヴェガの総務に問い合わせてな」

局長に代わって、報道部長が答えた。

「ただし被害者ときみとは学年にして三年違っていた。だからきみが中学に入ったときに、榎本未美は入れ替わりに卒業している。同じ時期に同じ校内で顔を合わせていたわけではないようだ。しかし、だ。もしかしてきみは、榎本未美を個人的に知っているんじゃないのか」

「失礼します」

真治はいきなり立ち上がった。

「おい、どこへ行くんだ。まだ局長や部長の話は終わってねえぞ」

プロデューサーが険しい顔で引き留めようとしたが、真治はそれには従わなかった。

「降板します」

真治は言い放った。

「自分から言わなくてもクビでしょうけど、ぼくは番組から降ろさせてもらいます。それだけじゃなくて会社も辞めます。ヴェガにはあとで辞表を出します。いろいろお世話になりました」

「ちょっと待て！」

勝手に応接室の出口へと進んだ真治の背中に向かって、プロデューサーが怒鳴った。

「おまえが榎本未美を殺した犯人なのかよ！」

「……」

真治は三人に背中を向けたまま立ち止まった。

そして、ふり返らずに言った。

「ぼくが現場レポートで報告した警察発表を忘れたんですか。被害者が殺されたのは、おとといの昼過ぎですよ。もっと正確に言えば、九月十二日の正午から午後二時というのが、司法解剖の結果を踏まえた警察の公式発表です。おとといのその時間帯、ぼくは生放送でしゃべっているんですけどね。しかも都内じゃなくて、台風の土砂崩れで生き埋めの犠牲者が出た静岡の現場から」

「あ……そうだったな」

急にプロデューサーの声が小さくなった。

「すまん。そこはおれの早とちりだった。いまの発言は撤回する」

「べつに撤回してもらわなくて結構です。謝っていただかなくても結構です。ぼくがどんな目で見られているか、よくわかりましたから」

中尾真治はドアを開けて特別応接室から出た。

第四章　与えられたヒント

1

午後四時少し前――

テレビ局の幹部たちから糾弾されて憤然《ふんぜん》と席を立った中尾真治が、生放送が終わった直後のスタジオに顔を出して、出演者やスタッフに自主降板の決意を告げてびっくりさせていたころ、妻の紫帆は、井原星司が先導するバイクのあとをついて自分の車を運転し、千葉県の浦安《うらやす》市に入っていた。

自宅マンションの前から電話していたという星司のストーカーまがいの行為に驚き、いったんは会うことを拒んだものの、やはり思い直して、数時間経ってから彼に連絡を取り、話を聞くことにしたのだった。

星司が選んで入ったカフェはすいていた。ヘルメットを小脇に抱えた星司は、係が案内しようとした窓際の席を断って、周囲に客がいない奥の一角を選び、そこに席を取った。

紫帆は薄いサングラスをかけたまま、店の中央に背を向ける形で、星司の向かいに座った。

テレビを通じて顔を知られている夫ほどではないが、カリスマ主婦モデルとして人気のある彼女は、外出先ではつねに人の視線を気にしていた。

ここは知人や仕事仲間に会いそうな場所ではなかったが、モデルとしての「シホ」を知っている女性客などから、目撃談をツイッターに書かれたりするリスクは皆無ではなかった。

ブログやツイッターというものができて以来、紫帆も真治も、見知らぬ人間によって目撃情報をネットに書かれてしまう危険性をつねに気にしていなければならなくなった。どうでもいい外出時ならかまわないが、いまは困る。

「ぜんぜん変わっとらんね、紫帆ちゃん。もう三十を超えとるんよね。じゃけど、少年みたいな魅力は、昔とぜんぜん変わっとらん」

ふたり分の飲み物をウエイトレスに頼んでから、星司は紫帆の顔をまじまじと見つめて言った。

「いつも雑誌で見とるあんたは、まるで別人のようだったけえねえ、素顔の紫帆ちゃんは昔のまんまじゃのう」

「そうですか」

と、あいかわらず標準語で素っ気なく答えながら、紫帆は複雑な気分だった。

紫帆は特定の主婦雑誌にしかモデルとして登場していない。それを星司が「いつも」見ているということは、彼が紫帆の姿を見るためだけに、その主婦向け雑誌を書店の店頭で立ち読みしている――あるいは買っていることを意味した。

だが、さきほど突然の電話を受けたときのストーカー感覚は、もう彼に対して抱いていなかった。三年ぶりに面と向かって会った星司に、また兄の面影を見たからだった。

このカフェまでやってくる道中、バイクにまたがる星司の姿を後ろからフロントウインドウ越しに見つめていて、兄そのものだと思った。

(お兄ちゃんが戻ってきた)

紫帆はそう感じていた。

そしてヘルメットをとった星司と間近に向かい合うと、ますます紫帆は相手を兄としか見ることができなくなっていた。十八年前の兄の顔を成長させると、いまの星司の顔になった。

（星司さんは三十六歳。だからお兄ちゃんもことし三十六歳になる）

涙が出てきそうになった。

井原星司といると、兄が生きているという錯覚に浸れる。だからこそ、兄の親友である星司と、ずっとつきあってきたのだ。恋人としてではなく、兄の幻影として。

しかし、中尾真治との結婚によって星司と離れてから三年経つと、いつのまにか兄の純太は完全な死者になっていた。紫帆の心の中で純太は、少年の姿に戻ったまま、イメージが固定されてしまっていた。

でも、こうやって星司と再会すると、高校生だった兄が、突然三十六歳のおとなになって生き返るのだ。

「さてと」

紫帆のアイスコーヒーと自分のホットコーヒーが運ばれてくると、星司は改まった口調になった。

「いままでわしは……いや、おれは広島弁でしゃべってきたけど、もう紫帆ちゃんは標準語オンリーになったみたいだし、これから話すことは内容も内容だから、おれも標準語にする」

「そのほうが、私もやりやすいです」

やはり広島出身の夫・真治とも、紫帆は家の中でも完全に標準語で通していた。どちらから言い出すともなく、そういう習慣になっていた。

だが、星司に標準語でしゃべってもらったほうがいいと感じたのは、彼が故郷の言葉を使うと、兄の純太と話をしている感覚に、より強く陥るからだった。

星司は星司であって、兄ではない。その事実を自分に言い聞かせるためにも、紫帆は標準語での会話を望んだ。

ちなみに、高校三年で死んだ兄が標準語でしゃべったのを、紫帆は聞いたことがない。

2

あの夏の夜、紫帆は、お兄ちゃんといっしょじゃないから淋しいと言って、めそめそと泣き出した。場所は、母といっしょに住んでいるアパートの裏手にある公園だった。

水銀灯の明かりのせいで、記憶に残るその光景には青白いフィルターがかかっていた。

(もっとこっちにきんさい、紫帆、こっちに)

ベンチに並んで座った兄は、泣き出した妹を引き寄せ、肩をやさしく抱いてくれた。その公園の入口に、兄のバイクが停めてあるのが見えていた。新車ではない。父親のお古だった。夜だというのに、ベンチの脇にある大きな木のどこかで、セミがジジッと短く鳴いた。そんなことまで覚えている。

(そがあに泣かんでもええ、紫帆。わしらー、すぐにまたいっしょに暮らせる日がくるけえ)

その当時から短い髪型だった紫帆の頭を撫でながら、兄は言った。

(オヤジやオフクロが別れたけえゆうて、こどものわしらまで離れればなれにならにゃいけんのは、おかしいじゃろ。わしゃあ納得できん)

両親の決めたことに疑問を呈したときの兄の憤然とした横顔を、紫帆は十八年経っても忘れることはできない。

(オヤジは、高校出たら呉で仕事見つけて働けえゆうとるが、わしゃあ卒業したら、もうオヤジのそばにはおらん。広島に越して、昼間働きながら夜間の専門学校に行くつもりじゃ。ジャーナリスト養成科のある専門学校にのう。ほしたら、おまえとは毎日会えるし、気楽にオフクロのメシを食いにも行けるけえ）

兄は笑った。それから、すぐに真顔になって決意を語った。

（とにかくわしゃあ呉を出る。出るゆうたら絶対に出る。じゃけえ、あと半年待っとれ。おまえに淋しい思いはもうさせん）

力強い兄の言葉に紫帆は感激して、兄の胸に顔をうずめてよけいに泣き出した。

いまから思い返せば、まるで離れればなれにさせられた恋人同士だった。

そして兄は、その夜に死んだ。……というよりも、殺された。あと半年待てば、お兄ちゃんと毎日会えると思っていたのに。

3

「さっきの電話では話が中途半端になった。おれが三年ぶりにあんたに連絡を取った理由をしっかりと話す」

星司の声が急に緊張の色合いを帯びてきたので、紫帆は頭に浮かんでいた兄のイメージを急いでしまい込んだ。

「じつは、あんたのお兄ちゃん、児島純太を殺した犯人がわかったんだ」

「え？」

標準語に切り替えたとたん、星司の口から衝撃的な言葉が飛び出した。

淡いレンズのサングラスの奥で、紫帆の瞳がみひらいた。そんな話だとは思ってもみなかった。

「正確には『犯人たち』と複数形で言うべきだろうな。人数は三人」

紫帆をまっすぐ見つめて、星司は右手の指を三本立てた。

「でも、いままで想像していたような暴走族の男たちではなく、女だった」

「女……」

「そう、三人の女だ。そのうちのひとりが、さっきの電話で名前を出した榎本未美。ところが彼女は、おととい殺された。大森のアパートでね。それもすさまじい殺され方だ。虐殺といってよい」

カフェでするような内容の会話ではなくなってきたので、紫帆の視線が両隣の席を確認した。まだ、どちらのテーブルにも客はいなかった。

「そして偶然にも――いや、あんたのダンナの仕事を考えれば必然ともいえるけど

——その事件を中尾君が担当して、番組で現場レポートをしているんだ」

「そうなんですか」

「紫帆ちゃんは見てないの？　彼の番組」

「知りませんでした、そんな事件が起きたことは」

「じゃなくて、中尾君がその事件を伝える放送は見ていないのか、ってこと」

「見ていません」

「彼の出演番組は見ないんだ」

「そういうふうに決めているわけじゃなくて、彼がテレビに出るのは毎日ですから、それが一年もつづけば特別なことではなくなって……。それより星司さんは、兄を殺した犯人たちをどうやってつきとめたんですか。広島の警察も、けっきょく捕まえることができなかったのに」

「いずれ紫帆ちゃんに話す日がくると思う」

「いま聞かせて」

「いまは言えない」

星司は厳しい表情で首を横に振った。

「とにかく、児島純太を殺した犯人を捜すのは、おれにとって一種のライフワークだった。あんたと彼のように血の繋《つな》がった絆はなかったけれど、純太は小学校からずっとつきあってきた最高の親友だった。いちばん大切な他人だった。だから純太を殺した犯人を絶対に捕まえてやると、事件があったときから心に決め、十八年間、追いかけてきた」

　コーヒーを一口飲んでから、星司はつづけた。

「高校生だったころはなにもできなかったけれど、サイエンスライターとして、貧乏なりになんとかメシが食えるようになったいまは、一人前の取材力を身につけたと思っている。中尾君のように、バックにテレビ局という巨大なマスコミがあるわけではない。一匹狼のライターだ。しかも専門は宇宙科学の分野だ。だけど、純太が殺された真相を探ることに、おれは全力を注いできた」

　星司は、サングラスをかけた紫帆をじっと見つめた。それから、また口を開いた。

「純太が殺された夏は、あんたら兄妹にとって、両親の離婚のせいではじめて別々に過ごす夏だった。純太はオヤジさんとこれまでどおり呉で暮らし、紫帆ちゃんは中学進学を機に、オフクロさんと広島市内で暮らしはじめたわけだからな。それなのに純太は呉ではなく、広島で殺された」

たったいま、脳の奥底にしまい込んだばかりの、あの夜の記憶が、星司の言葉によってまた引きずり出された。

「純太が殺されたのは、原爆ドームが見える路地裏の道だった。彼は夏休みに入ってからは、頻繁《ひんぱん》に妹のあんたに会うために呉から広島へバイクを飛ばして通うようになっていた。オヤジさんが使い古したボロバイクだったけど、免許をとったばかりの純太は、うれしそうにそれを乗り回していた。

そしてその日、七月三十一日の夜もあんたと会っていた。その帰り道、夜の九時ごろ、いつも決まったコースを通って呉に戻る純太は、そのコース上で何者かにバイクを倒され、袋だたきにあった。その一部始終を目撃して、警察に届け出た三人の小学五年生がいた。名前は糸山慶彦、飯島宏、それに中尾真治、つまりあんたのダンナだ」

夫の名前が出て、紫帆は唇を噛んだ。

それはもちろん、とっくに承知している事実だった。夫が、兄の暴行死を目撃した証人のひとりであることを。

いや、そうではない。順序が逆だ。兄の暴行死を目撃した証人の小学生が、のちに自分の夫になったのだ。

「この小学生たちは、ちょうど夏休みだったこともあって、元安川と旧太田川《きゅうおおたがわ》（通称・本川《ほんかわ》）をはさんで原爆ドームの対岸にある路地で花火をやっていた。そこで純太が襲われるのを見たんだという。その目撃者のひとりである中尾君とあんたは、なぜ結婚することになったんだろうね」

「いまさら、そんなことをきかれても」

サングラスからこぼれ落ちてきた一筋の涙を指先でぬぐってから、紫帆はかすれた声で答えた。

星司は標準語でしゃべっていたが、やはり兄とイメージがかぶる。だから星司ではなく、兄から咎《とが》められている気分になった。なんでおれが殺されるところを目撃していた小学生なんかと結婚したんだ、というふうに。

「誤解しないでほしい」

すかさず星司はつけ加えた。

「あんたと中尾君との結婚を批判しているんじゃない。この質問は、おれがあんたを好きだったことや、これまで三回にわたってプロポーズしたこととは一切関係ない」

「でも……」

「まず、おれが前提にしている理解が正しいかどうかを答えてくれ。おもわぬきっかけで事件の目撃者となった中尾君は、その二年後、あんたと同じ中学に通うことになった。そのとき、紫帆ちゃんは中学三年だ。そして彼は、純太の事件を通じて間接的に関わりを持つことになった年上のあんたに、あこがれを抱くようになった」

星司が目で確認を求めると、紫帆はうなずいた。

「私もそういうふうに彼から聞かされています」

「中尾君は二学年上の紫帆ちゃんとは中学・高校と、それぞれ一年ずつ同じ学校に通うことになった。でも彼からみれば、中学二年に進級すると、あんたは卒業してしまい、高校も二年に進級すると、あんたは卒業して広島からもいなくなってしまった。

追いつくといなくなる。それを追いかけて、ようやく追いついて同じ学校に一年間通うと、またあんたはいなくなってしまう。二学年違いという状況は、そういう歯がゆさを彼に与えることでもあった。そのせいで、よけいに中尾君はあんたへの思いを募らせた。

あんたが高校卒業後、東京でモデルの仕事をはじめると、彼もそのあとを追って高校卒業後に上京した。その段階で中尾君は、もう二度と紫帆ちゃんと離ればなれになる暮らしはいやだと思ったに違いない。あんたが十九で結婚したときも、彼はあきらめなかった。そして三年前、彼は十数年越しの思いをかなえて、あんたと結婚した」

そこで星司は片方の眉をピクンと吊り上げて、ここまでのまとめが正しいかどうかの確認をまた求めてきた。

紫帆は、こんどは無言でうなずくだけにした。

「もちろんプロポーズの段階で、紫帆ちゃんは中尾君が純太の事件の目撃者のひとりだったことを知っていた」

「はい」

短く答える紫帆の脳裏に、真治からプロポーズを受けたときの言葉が甦ってきた。

4

「年下のぼくが、紫帆のお兄さん代わりを務められるとは思っていない。でも、紫帆とぼくを結びつけてくれたのは、間違いなく紫帆のお兄さんなんだ。その縁を大切にしたい」

紫帆も、そのとおりだと思った。どんなにむごたらしい場面であったとしても、兄の最期を見ていた真治には、兄の魂の一部が吸い込まれているのではないかという気がした。

二歳年下の彼が、まるで年上のような口を利くのも、頼もしいと感じた。そして紫帆は真治のプロポーズを受け入れたのだ。

悲劇を共有してくれる相手——それが結婚相手に真治を選んだ最大の理由だった。事情をなにも知らない男と結婚し、「もっと元気にならなきゃダメだろ。いつまでメソメソしてるんだ」などと叱咤激励される自分を想像するのがおぞましかった。

真治のプロポーズを受けたあと、紫帆は真っ先に呉にある兄の墓前に報告に行った。すでに母は亡くなっていたが、墓は別々だったので、紫帆はそのあと広島にある南家の墓に入った母のところへもお参りをして報告した。

父はもっと前に死んでいた。頼りにしていたひとり息子に死なれたあと、そのショックであっというまに体調を崩してしまい、事件から一年半後に亡くなった。だから、父と兄の純太は同じ児島家の墓に入っている。

しかし紫帆は、墓の前でも父にはなにも呼びかけなかった。手を合わせたのも兄の霊に対してであって、父は無視した。墓前にお線香と花を供えたのも兄に対してであって、父に供えたのではなかった。そこは徹底して区別した。

恋人同士のように仲がよかった兄妹を引き裂いた父親への怨みは、決して消えることがなかった。

だが、悲しみを共有できることを理由に結婚を承諾したのに、真治は義兄にあたる純太の墓参りには結婚前にたった一度つきあってくれただけで、それ以降は一度も行かなかった。

命日や彼岸のたびに紫帆は誘うのだが、「身内である紫帆と違って、ぼくにとってはちょっと精神的につらい。あの夜の出来事を思い出すのは。一度あいさつに行ったから、それで許してほしい」と言って同行を拒んだ。

紫帆と自分を結びつけたのは純太の存在であることを認めながら、純太の墓参りに行くことを拒む夫の態度が、ちょっと引っかかっていた部分ではあった。

5

「事件当時、中尾君たち三人の小学生は、純太を襲ったのは三人の男たちだと警察に証言した」

星司の話は、なぜ紫帆が真治と結婚したのかという問題から離れ、十八年前の事件に戻った。

「暴走族なのか、不良グループなのかわからないけれど、とにかく純太を袋だたきにしたのは三人の男だったと中尾君たちは口をそろえて警察に言った。その証言をもとに警察は動いて、暴走族関係を中心に調べつづけたけれど、犯人は挙《あ》がらなかった。広島だけでなく、純太の地元である呉にも調べがきた。とくにいちばん仲のよかったおれは、徹底的に警察の聴取を受けた。なかば犯人扱いだった時期もあった。けれども事件は迷宮入りだ。

だけどおれはあきらめなかった。真実を追い求めつづけた。犯人が捕まっていないということは、この日本のどこかで、純太を殺しながら平気な顔で生きているヤツがいるということだ。そんなのは許せない。そう思ったから、おれは事件を目撃したという三人の小学生を探し出した。

事件の直後、あんたたちのオヤジさんが、目撃者の小学生たちに直接話が聞きたいと要求して、警察が引き合わせたんだ。そしておれは、オヤジさんから小学生三人の名前を聞き出していた」

「じゃあ、星司さんは会っていたの？　中尾と」

「会ったよ」

「いつ」

「純太が殺されてから半月ほどあと――まだ夏休みの最中だ。そのことを中尾君が覚えているかどうか知らないが、目撃したときの様子をくわしく話してもらった。向こうが小五で、こっちが高三のときだよな」

「私にはそんなことなにも……」

「ま、覚えていても言わないだろうね、紫帆ちゃんには」

「で、どんな話を彼はしたの？」

「目新しい話はなにもなかった。なにしろこっちは年上だといっても高校生だよ。警察に隠していることがあったとしても、高校生のおれに彼らが打ち明けるとも思えない。ただ、そのときのおれのカンとして、この小学生たちは、なにか重大な嘘をついている、と思った」

「どうして」

「そのときは、ただ、カンでそう思った」

「でも、そういうカンだったら、プロの刑事のほうが働かせていたはずじゃないの？」

「どうかな」

星司は首をかしげた。

「小学生のつく嘘は、年を食ったベテラン刑事よりも、数年前まで小学生だった、当時のおれのほうが気づきやすかったかもしれない。ただ、どんな種類の嘘をついているのかは、そのときはわからなかったし、彼らを脅し上げてまで、ほんとうのことを白状させるわけにはいかなかった。

でも、結果としてやっぱり中尾君たちは嘘をついていた。純太を殺したのは、男の三人組じゃなくて女の三人組だった」

「だから、どうしてそれがわかったんですか」

「いまは言えないと言っただろ」

「どうして言えないの」

「言えないといったら言えないんだ。その代わり、三人の犯人の名前は特定できたから、いまここに書き記しておく」

星司はボールペンを取り出し、紙ナプキンに名前を書いて紫帆に差し出した。

「沢村あづさ、榎本未美、浅野里夏。この三人だ。彼女たちの名前に、紫帆ちゃんは覚えがないか」

「ありません」

硬い表情で、紫帆は答えた。

「三人とも、あんたがいた中学の一年先輩だよ。不良少女グループの中核だ」

「私、そういう人たちとはつきあっていないから、わからないんです。それよりも、この話をどうやって私に信じさせられると思うんですか」

「というと？」

「仮に、この不良少女たちがお兄ちゃんを殴り殺した犯人だとしたら、その理由は？　そして真治たちがその様子を見ていながら、どうして犯人は三人の男だったと言ったんですか。いくら夜だからといって、男と女を見間違えることはありえない」

「後者の質問の答えはかんたんだよ。小学生たちは、怖いお姉さんたちから脅されていた。口止めされていたんだよ。それ以外に理由が考えられるかい？」

「……」

「どう？」

「じゃ、最初の質問の答えは？　なぜ彼女たちがお兄ちゃんを殺したんですか」

「見当はついている。でも、まだ言えない」

「もったいぶらないで！」

「悪いけど、まだ言えないんだよ、紫帆ちゃん」

星司は、頑なに手の内を明かすことを拒んだ。

「ただ、これだけは言っておこう。この三人のうち……」

星司は紙ナプキンに書いた三人の名前を順に指差しながら言った。

「沢村あづさは先月、広島の病院で亡くなっている。膵臓がんだった。そして榎本未美はおととい殺された。残る浅野里夏は、富山市の中学校で理科の教師をやっている」

「お兄ちゃんを殺した人が先生を？」

「過去の過ちを隠したまま生きているわけだ」

「でも、そこまでわかっていたら、星司さんは警察に届けるんでしょう？」

「いや。まだだ」

「まだ、って？」

「警察沙汰にする前に、おれは中尾君とこの件で話をしたい。彼がこのタイミングで、原爆をテーマにした異常にハイテンションなブログを書いた理由も知りたい」

「それって、中尾と事件とを結びつけようとしているんですか」

「もうとっくに結びつけているよ」

星司の声は厳しかった。

「もしかして、彼が殺したというんですか。この榎本未美という人を」

「……」

星司は答えずに、紫帆の顔をじっと見つめた。

「仮にこの三人がお兄ちゃんをほんとうに殺したとしても」

紫帆は、紙ナプキンに書き並べられた三人の女の名前を指した。その指先が震えていた。

「そのうちのひとりが殺されたからといって、お兄ちゃんの事件と関係があるとは限らないんじゃないんですか」

「もちろんそうだ。でも、榎本未美を殺した動機として、復讐か口封じのどちらかがあったとしたら、どうなる？」

「復讐か口封じって？」

「復讐とは、まさに純太を殺した犯人に対する仕返しだよ」

紫帆の目をまっすぐ見て、星司は言った。

「犯人を殺したいほど憎んでいる人たちは、当然、純太の家族だ。オヤジさんもオフクロさんも、もうこの世にいない。となると、残るは……」

「私？」

「そう。紫帆ちゃんが、まず犯人の第一候補だ」

あっさりと星司は言い切った。

6

「それから、このおれが犯人の第二候補だ」

いきなり犯人と名指しをされ、全身を硬直させる紫帆に向かって、星司はつづけた。

「親友を殺されただけでなく、おれが真剣に愛していた親友の妹に同情して代理で復讐をした、という構図だ。榎本未美殺しの動機が復讐であれば、このふたりのどちらかが犯人だ」

「よくそんなことを平気で……」

「言えますね、か？　でも、状況を客観視すれば、あんたがいちばん犯人に対する怒りが強い」

「あたりまえじゃないですか！」

紫帆は怒った。

「大好きなお兄ちゃんを殺したヤツらをいちばん憎むのは、この私に決まってるじゃないですか」

「だから、あんたが真犯人の第一候補だ。論理的に少しもおかしなところはない」

「……………」

「だけど榎本未美殺しが復讐によるものではなく、過去の罪の隠蔽を目的にしていたなら、犯人の候補はほかにもいる。ひとりはこの女」

星司は紙ナプキンに書いた「浅野里夏」の名前を指さした。

「榎本未美が死ねば、三人いた暴行犯のうち生き残りは浅野里夏ひとりとなって、仲間から秘密が洩れるリスクは消える。ところが、別の考え方もできる。彼女たちの犯行は三人の小学生たちに見られている。当時だったら、ヤンキーのお姉さんたちから『てめえ、見たことを警察に言ったらぶっ殺すぞ』と脅されれば、小学五年生の男の子たちは、ひとたまりもなく従うしかない。彼女たちが捕まらないように、女ではなく男が殺したという偽証もしただろう。では、いまならどうか？

当時のちびっ子小学生は成長し、中尾君はテレビで有名になり、糸山慶彦という子も代議士の私設秘書になった。もうひとりの飯島宏については、消息不明だが、彼らの口から秘密が洩れる可能性は大いにある。

もちろん犯人を偽って警察に証言したことは罪だ。しかし、当時は小学生で、ほんとうの犯人たちから脅されていたとなれば、情状酌量の余地はある。それよりも真犯人を告白するほうが人としての道にかなっていると思えば、いつ彼らが正義感に駆られてそういう行動に出るかわからない。

そこで未美が、昔の威光がまだ通用すると思って脅しにかけたところ、逆に返り討ちにあったということも考えられる」

「では星司さんは、真治がこの女を殺した犯人だと言いたいんですか」

「そうだとすれば、自分の犯行を自分でレポートするほどつらい話はないよね。だから、わざとブログ炎上を仕掛けて、騒動の責任をとって番組を降板しようと考えたとしても不思議ではない」

ちょうど真治がテレビ局から糾弾されていたのと同じ論理で、井原星司は真治のブログ炎上を解釈してみせた。

が、それに紫帆が反発した。

「それは星司さんの考えすぎです。それにもしも真治が、どうしても事件の中継レポートがイヤだと思ったなら、もっと賢い方法をとると思います。たとえば仮病を使って倒れるとか」

「そのとおり」

じつは、とっくにそこまで読んでいる、といった顔で星司は人差指を立てた。

「まさにそのとおりだよ、紫帆ちゃん。おれだって門外漢とはいえ、テレビ業界の理屈はそれなりにわかっている。こんな問題発言を起こしたレポーターなんて、もう、どこの局でも使わないことをね。とくに民放では、原爆問題で物議をかもしたレポーターなんて、スポンサーが絶対に許さない。

そんな道理は素人のおれにさえわかることだから、内部にいる中尾君にわからなかったはずがない。それでもなお、彼はああいうブログを書いた。ということは、だよ」

星司はテーブルに片肘をついて、身を乗り出した。

「彼は、自分の仕事を失うことなど百も承知で、この異様なブログ炎上騒ぎを自演し、世間から袋だたきになる道を選んだ。それは、榎本未美殺害現場からのレポートをやりたくないので、番組を降ろされるためにやったなんていう単純な狙いではない。もっと重要な目的があった」

「なんですか」

「彼は自分がネットスキャンダルの主人公になることによって、昔の仲間を集めようとしている」

「え……?」

「よく考えてごらん。あんたの兄貴は、榎本未美たち三人の不良女子中学生に叩き殺された。そして、それを中尾君ら三人の小学生が目撃して、しかも嘘の証言をした。つまり、純太の死に六人の小中学生が関わっていたことになる。それから十八年が経って、ひとりが病死、ひとりが殺害。残りは四人になった。で、そのうちのひとりが中尾君だ。

その中尾君が、榎本未美殺害の件で、どうしてもほかの三人と連絡を取りたくなったら、どうする。自分がネット騒動の主人公になって騒ぎを巻き起こすことがいちばん効率的だと思わないか。そして彼は、自分のブログにほかの三人が書き込みをしてくるのを待っている」

「……」

「賭けてもいい。どんなにネット世界で叩かれようと、中尾君は自分のブログを閉じないよ。昔の仲間から、コメントに書き込みがあるのを待っている」

星司は確信をもって言い切った。

「だからぼくは、彼のブログ記事本体だけでなく、コメントをつねにチェックしている」

星司はスマートフォンを入れた胸ポケットを手のひらで叩いた。

7

「それからもうひとつ大事なポイントがある。紫帆ちゃんにはまだ言えないいきさつによって、おれは純太殺しが三人の女子中学生によって行なわれたことを知った。その理由も知ったわけだけれど……」

「もういちどたずねるわ。お兄ちゃんが殺された理由はなんだったの」

「言えない」

「どうして、そういうふうに、なにからなにまで言えないの！」

紫帆は怒った。

「死んだのは私のお兄ちゃんよ。殺されたのは、私の大好きなお兄ちゃんなのよ。星司さんがなにかをつかんだなら、私にも知る権利があるわ」

「悪いけど紫帆ちゃん、純太を殺した犯人を特定できたいきさつも、彼女たちが純太を殺した理由も、まだ言えない。なぜ言えないかという理由も言えないんだ。どんなにきみからせがまれても。ただし、ただし、だ」

星司は、紫帆がなおも不満を連ねようとするのを手のしぐさで抑えて言った。

「事件の真実に迫る重大なヒントを紫帆ちゃんに出しておく。純太殺しの実行犯は三人グループとはいえ、当時二年の女子中学生だ。その子たちが、高校三年で運動神経もよくて、しかもバイクに乗っていた純太をなぜ殺せたんだ。突然襲われたにしても、バイクをぶっ飛ばして逃げることはいくらでも可能だった」

「バイクを倒されたからよ。そこを攻撃された。警察もそういう判断だった」

「じゃ、どうやってバイクを倒した」

「どうやって、って……」

「いいかい紫帆ちゃん、中尾くんたち小学生が、犯人は男の三人組だったと証言したおかげで、警察は暴走族のような連中に純太がからまれたというイメージから抜け出せなかった。だから、純太がバイクを転倒させられたという点に、なんの疑問も抱かなかった。でも、犯人が女子中学生だったとしたら、ほんとうにバイクを倒すなんてことができただろうか。だけど現場にはあと三人、目撃者となった小学生の男の子たちがいたんだよね」

「まさか星司さんは……」

紫帆は、信じられないというふうに首を横に振った。

「小学生だった真治たちがやったとでも」

「そう考えていたら？」

「ありえないでしょ。女子中学生でも無理なことを、小学生の男の子にできるわけがないわ」

「そうでもないさ。たとえばロープを張って待ちぶせするなんて方法は、いかにも小学生がやりそうだと思わないか？　もっとも、そんな平凡な手口ではなかったんだが」

「ちょっと待って。なに、その言い方！」

紫帆は、おもわずテーブル越しに手を伸ばして星司の手をつかんだ。

「まるで真治たちが事件に直接関わっていたみたいな言い方じゃない」

「そう聞こえるだろうね」

「そんな結論をもって私に会いにきたの？」

「証拠があったんだ」

星司は、悲しそうに眉をひそめてつぶやいた。

「おれだって否定したいけど、でも証拠が見つかったんだよ」

「証拠って……」

「おたくのダンナが、純太殺しに間接的に関与していたことを示す証拠が」

「どこに」

「おれのところに……おれの手元で十八年も眠っていた。なのに最近になるまで、それに気がつかなかった」

「なによ、その証拠って」

「純太が死んだあと、おれはあんたんちのオヤジさんの了解を得て、親友の形見を分けてもらった。知ってるかい？」

「ううん」

「ヘルメットだよ」

「お兄ちゃんがかぶっていた？」

「そうだ」

「あれは傷ついて、血まみれになって、あんなものは見たくないからって、お父さんが処分することになっていたのに」

「そうだよ。それをおれがもらい受けたんだ。そしておれは、純太を殺したやつを見つけ出すまで、それを自分の手元に置いておくことに決めた。もしも犯人をつかまえられたら、それをあいつの墓に返そうと決めて……」

「ヘルメットに、なにか証拠が残っていたの？」

「そうだ」

「警察だって調べたはずなのに」

「見落としさ。警察は最初から暴走族による暴行と決めつけてるから、大事な証拠がヘルメットに残っていることに気づかなかった。そう言うおれだって同じだった。十八年もあいつの形見をそばに置いておきながら、たった一ヵ所残されていた痕跡に気づかなかった。

あの世で純太はイライラしていたと思う。星司、おまえ、なにやってんだ。もっとしっかりヘルメットを見ろ、って怒ってたと思う」

星司はそこまで一気に言うと、瞳を潤ませた。

「でも、おれは……はじめて自分がサイエンスライターの道を歩んだことに意味があると思ったよ。ヘルメットについていた物質の化学的な分析を頼めるコネクションを持っていたという点で」

「なにがついていたの、お兄ちゃんのヘルメットに」

「……」

「それも言えないの？」

「……」

「意味わかんない！」

ついに紫帆は、そこがカフェの店内であることも忘れて叫んだ。

「星司さん、なんのために私を呼び出したの。苦しめるため？」

「紫帆ちゃん、自分で考えるんだ。あんたは兄貴の死の原因を自分で考えて見つけ出す責任がある」

「責任？」

「そうだ」

「お兄ちゃんが死んだのは……殺されたのは、私のせいだって言うの？」

「そうだよ、紫帆ちゃん」

悲しげな顔で答えると、井原星司は椅子に置いたヘルメットを取り上げて小脇に抱え、もう一方の手で伝票をつかんで立ち上がった。

おもわず紫帆の視線がヘルメットに行った。だが、それは星司のヘルメットであって、兄の遺品ではない。

「だったら、私に見せて。お兄ちゃんのヘルメットを見せて。自分で証拠を見つけてみせるから」

星司はしばらく考えた。

それから答えた。

「いいよ。明日にでもきみのところへ持っていこう。化学検査のために証拠の一部は削り取られたけれど、痕跡の半分以上はまだ残っているから」

「私が行きます。星司さんのところへ。明日じゃなくて、いますぐに」

紫帆は強い口調で言って立ち上がった。

「住まいは立川って言いましたよね。私を星司さんの自宅につれていって、お兄ちゃんのヘルメットを見せてください」

「わかった」

星司は、さらに悲しそうな顔をしてうなずいた。それから抑えていた広島弁に戻って言った。

「げに、これも運命じゃのう」

第五章　疑惑の結婚

1

榎本未美の惨殺事件が起きてから五日経った九月十七日の午後——

警視庁捜査一課の志垣警部と和久井刑事は、江戸川区南葛西にある中尾真治・紫帆夫妻のマンションへ向かっていた。

被害者の過去が明らかになるにつれ、十八年前に広島原爆ドームの近くで起きて未だ解決していない高校生暴行死事件との関連が明らかになってきたからだった。

「十八年前の七月末の夜、原爆ドーム近くで、ひとりの高校生がバイクを倒され、集団で殴りかかられ死亡する事件が起きました」

ハンドルを握る和久井が、ここまでつかんだ事実を整理しはじめた。

「襲われたのは呉市在住の当時高校三年生、児島純太。彼は両親の離婚に伴って別れ別れとなった妹・紫帆に会うため、バイクで頻繁に呉と広島を行き来していました。その夜も、近くの公園で妹と話をして、来年の春に高校を卒業したら、父親の束縛から逃れていっしょに暮らそうという決意さえ語っていた。そして別れた直後に、悲劇に遭いました」

「当初は、父親が疑われたこともあったそうだな」

と、助手席から志垣が言った。

「ええ。自分のほうに引き取った息子が、別れた妻と娘のところに頻繁に出入りするのを快く思っていなかったのは事実だそうです。でも、その一方で息子を猫かわいがりしていて、積極的に自動二輪の免許も取らせ、自分が使っていたバイクを息子に譲ってもいた。もしも広島とのあいだを行き来することを禁じるつもりなら、バイクも免許も持たせないはず。つまり父親は、息子の反発をできるだけ抑えるよう、ある程度、甘やかすところは甘やかしていたようです」

「ともかく、その日の夜、妹と別れてから純太は襲われた。そして、ちょうどそれを三人の小学生が目撃していたわけだ」

「小学生の男の子たちは夏休みだったので、遅くまで表で花火で遊ぶことを親に容認されていたようです。彼らの家も現場のすぐ近くでしたし」

「その彼らが、児島純太を襲ったのは暴走族風の男三人組だと証言した」

「しかし被害者は、広島市内には母と妹以外に知り合いもなく、個人的な怨恨で襲われたとは思えないと、多くの関係者は証言していたようです。ただし、純太は二千円ほどの現金を財布に入れていましたが、それは奪われずに残っていました。そういう点では、金より怨みという見方もできますが、不良少年グループがストレス発散でやった目的なき暴行事件とも思えます。実際、当時の所轄署はそのように判断し、あまり犯人の深追いはしなかったようです」

「ところがだ、今回の大森の事件が、妙に十八年前のその事件とつながりはじめた」

ポツポツと雨が降り出してきた灰色の空を眺めながら、志垣が言った。

「被害者・榎本未美が広島出身であることもそうだが、この事件をテレビのニュースワイド用にレポートしていた中尾真治が、突然、原爆に関する不穏当な見解をブログに載せて炎上騒ぎを引き起こし、番組を降板。犯行現場に原爆ドームの絵が飾られていたことから、その関連性が気になったので調べてみると、意外なことがわかった。中尾は十八年前の高校生暴行事件の目撃者だった。しかも、三年前に中尾が結婚した、カリスマ主婦モデル・シホとして人気の妻・紫帆は、十八年前に殺された高校生の妹だった」

「それだけではありません」

ワイパーのスイッチを入れながら、和久井が言った。

「榎本未美は、中尾の妻・紫帆と同じ広島市内の中学校に通っていました。紫帆の一学年上で、当時は不良グループに入り、相当なワルだったとの証言も得られています」

急激に強まってきた雨を受けて、和久井はワイパーのスピードを速めた。

「だがなあ、和久井」

助手席の窓ガラスにも雨粒が降りかかり、それが滝のように流れ、真横に見えていた街並みがたちまち歪んでいくのを見つめながら、志垣が言った。

「登場人物がそのように出そろったからといって、これを単純な仇討《あだう》ちと考えていいのだろうか？」

「と、いいますと？」

「榎本未美と中尾夫妻を無理やり結びつけるとすれば、こういう仮説を立てるしかない。十八年前の高校生殺しは、目撃された男たち以外にも榎本未美が関わっていた。そして彼女は、そのときの罪を何者かによって償わされた」

「何者か、というのは」

「当然、遺族を真っ先に考えるよりない」

「単純に考えるとそうなる。そしてその夫である中尾真治も、妻の犯行だと承知のうえで、なにかのメッセージを発信するためにブログであんな過激なことを書いた。しかし……」

「では、中尾紫帆」

志垣は、とりあえず立ててみた仮説をすぐに自分で否定した。

「仮に榎本未美が、中尾紫帆の兄を十八年前に殺していたとしても、そして紫帆が彼女に激しい怨みを抱いていたとしても、いまになってこんな復讐をするものだろうか。おれは、あのすさまじい惨劇の現場が忘れられない。長い刑事生活の中で、残虐さにおいては一、二を争う現場だ。そんな行為を、カリスマ主婦モデルとして人気のある女性が、いまの立場を捨ててまでやるものだろうか」

「ぼくも同感ですね」

カーナビに入力した中尾家の場所をときおり確認しながら、和久井はその指示どおりに交差点を右に曲がった。

雨はますます激しくなっていた。

「彼女が犯人ではないという根拠はいくらでも挙げられます。最近になって兄の死に榎本未美が関わっていた証拠が見つかったとしても、突然、あんな怨みの晴らし方はしませんよ。なにしろ事件から十八年が経っているんです」

和久井は、その年数経過を強調した。

「どんなに激しい憤りや怨みを抱いていても、それを十八年ものあいだ保ちつづけるのはむずかしいことだと思います。それに警部がおっしゃったように、失うものが多すぎます。人気モデルとしての地位、そして家庭」

「だよなあ」

志垣はうなずいた。

「そんな旧態依然とした仇討ちをするぐらいなら、警察に届け出りゃいい話だからな。しかし、その一方で、これから本人に確かめねばならないが、彼女のアリバイは明確ではなさそうだ」

「ひょっとして、こんなことはありえますかね。中尾紫帆はジキルとハイドのような二重人格者だった。そして悪魔に動かされたときには、凍りつくような残虐行為を平気でできる。しかし、元の人格に戻ったときは、その記憶がまったくない」

「やめとけや、そういうバカバカしい発想は」

志垣は、話にならないというふうに手を振った。

が、和久井は真顔で言い返した。

「でも、あの現場は悪魔の仕業ですよ。全身七十五ヵ所も切り刻んだうえに、背中に『安らかに眠ってください』のメッセージ。そして、明らかに犯行後に壁に掛けた原爆ドームの油絵。なにかに取り憑かれた人間の仕業としか思えません」

「それは同感だが、中尾夫妻に会う前に、あまり先入観を抱くのはやめておこう。……それにしても、ひでえ雨だなあ」

フロントウインドウの先を見透かしながら、志垣がつぶやいた。

「激安セールで買ったとはいえ、おれの靴、新品なんだよ。そういうときにかぎってこんな天気になるんだからな。やんなっちゃうよ」

「そういえば犯行があったと思われる時間帯も雨でしたよね」

和久井がワイパーを高速に切り替えながら言った。

「ここまでひどくはないけれど、雨降りでした」

「だから？」

「……いえ、べつに」

「雨の日になると残虐な人殺しをしたくなる美人主婦モデル、なんて想像をしてるんじゃねえのか」

「絵になりそうじゃありませんか」

「バカヤロ。ホラー映画じゃねえんだぞ。しかし、ちょっと気になるのは……」

「気になるのは？」

「おまえのことだよ」

「え？」

「中尾紫帆がモデル『シホ』として出ている雑誌を見たが、ボーイッシュな美人じゃないか」

「それがどうかしましたか」

「おまえは美人にとことん弱い」

志垣は意味ありげな目で和久井を見た。

「モテない男ほど面食いになるっていう法則があるけど、和久井はまさにそのパターンだからな」

「そんな法則、誰が言ってるんです」

「おれだよ」

「……」

「いまでこそ、ジキルとハイドみたいだったらどうしましょう、なんて仮説を立ててるけど、いざ美人の前に出ると、おまえ、アガっちゃうだろ」

「アガります」

「そして本人と会ったあとで、必ずこういう感想を洩らすに決まってるんだよ。『あんなきれいな人が人殺しであるはずがありません』ってな」

「言います、たぶん」

和久井はあっさり認めた。

「おれが心配しているのはそこなんだ。美人の前で思考停止状態となって、刑事としての機能不全に陥るんじゃないかと」

「可能性、じゅうぶんです」

「今回そういう状態になったら、回転寿司おごらせるからな。千円分ぐらいにとどめておいてやるが」

「いや、その賭けはやめときます。ぼくもモデルとしてのシホを雑誌で見ましたけど……けど……」

「けど？」

「ショートヘアのボーイッシュな奥さんをもらうのも、今後の方向性としてはアリかなと」

「アホ」

志垣の後頭部パカン攻撃が、和久井に飛んだ。

2

マンションの地下駐車場のシャッターは、車の出入りがないときには閉まっていたが、スロープのほうから流れ込んでくる雨水は、駐車場の中まで達していた。

それは排水口から下水管へと注がれていくのだが、流入の勢いは強まるばかりで、シャッター近くにある排水口の周りに水たまりをつくりはじめていた。猛烈な雨音は、シャッターが下りていても地下駐車場に響き渡っている。

その駐車場の奥に停めてある一台のＢＭＷは、エンジンをかけてエアコンを回していたが、動き出す気配はまったくなかった。

強制換気扇が回っているとはいえ、決して空気がいいとはいえない駐車場でアイドリング状態をつづけている車の運転席にいるのは中尾真治だった。

「とにかく、あと少しで警察がうちにくるんだ」

スマートフォンの携帯に向かって話す真治の顔には、焦りの色が浮かんでいた。

「なんで、こんなに早くうちに警察がくるんだ」

「こんなに早く、だって？」

携帯の向こうの男の声が言った。

「未美が殺されたのは五日前だろ。遅すぎるぐらいだよ。あんなタイミングで、わざとらしいブログ炎上を仕掛けるなんて」

真治の対応を責めているのは、代議士秘書の糸山慶彦だった。

「真治がやりたいことはわかってる。ブログ炎上騒動を起こして、昔の仲間に連絡を取らせるためだ」

「そうだ」

「そして、その中から榎本未美を殺した犯人を探し出すつもりだった」

「そのとおりだ」

「だけど、おまえは自分から墓穴を掘っている。ネットでニュースを見ていないのか。未美の部屋には原爆ドームの絵が飾られていて、未美の遺体には『安らかに眠ってください』という、例の碑文を思い起こさせるメッセージが書き殴られていたそうじゃないか」

「当然知ってるよ。警察がお気に入りの新聞社にリークさせたんだ。犯人の反応をみるために」

「その反応に、いきなり引っかかったのがおまえなんじゃないのか」

「おれがブログに原爆のことを書き込んだのは、それより前だ」

「前だろうが後だろうが、未美の事件を取材していたおまえが、そんなタイミングで原爆がらみでブログを炎上させたら、怪しまれるに決まってるじゃないか」

「実際、局の連中からもその件でおれは犯人扱いされた。おかげでクビだ。おれにもプライドがあるから、自主的に降板するという形をとったけど」

真治は片手の指でハンドルをせわしなく叩きながら、雨音の響く暗い地下駐車場の壁を見つめていた。

「だけど言っておくが、おれが未美を殺したんじゃない。彼女が殺されたとき、おれは生中継で静岡にいた」

「自分のアリバイが完璧だったら、ほかの仲間を巻き込んでいいっていうのか？」

慶彦の声に怒りがこもっていた。

「おまえがテレビの仕事をクビになるのは勝手だけど、ぼくはぼくで政治家を目指してコツコツ努力を積み重ねてきているんだ。ワンマンな親分にこき使われてもじっと耐えているのは、将来のためなんだ。そのおれの努力を、真治はぶっ壊しにかかっている。冗談じゃないよ、ほんとうに！」

慶彦は小声に抑えながらも感情を爆発させた。

「あれからもう少しで二十年経つんだぞ。これだけ長い時間をかけて、ぼくはようやく悪夢をみなくなった。紫帆さんの兄貴の幽霊に怯えなくて済むようになったんだ。なのに、なんだよ真治は……ぼくをまた昔の悪夢に引き戻すつもりか？　だったら、なんのために紫帆さんと結婚したんだ」

「文句があるなら、未美を殺したやつに言えよ。そいつがおれたちを十八年前に戻そうとしているんだから」

「宏のことか」

「ほかに誰がいる」

「………」

「もしも慶彦を疑っていたなら、ブログ炎上でネットの話題の主になるなんて回りくどいことをせずに、こうやって直接おまえに連絡をとって問い質したさ。だけど宏のやつは、つかまえたくてもつかまらないんだ、居場所が不明でな。

あいつは未美と同じように転落の道を辿っているはずだ。クスリで一回逮捕されたところまでは噂話に聞いていたけど、それ以降はどこでどう暮らしているのか見当もつかない。だけど未美のひどい殺され方は、覚醒剤でぶっ飛んだ宏のしわざだと考えれば、納得がいく」

警察がやってくる時刻が近づいてきているのを腕時計で確認しながら、真治は早口で伝えた。

「未美は全身七十五ヵ所を切りつけられ、腹からは内臓がこぼれるぐらいにはみ出していた。そんなことをするのはクスリでイカれてしまった宏以外にいない。だから恐いんだ」

「恐い？」

「そうだ。恐い。なんだか、宏はつぎにおれたちを狙うんじゃないかって気がしてきた」

「どうしてだ」

「逆怨みだよ」

また腕時計の時間を気にしながら、真治は言った。

「あいつは十八年前の出来事がきっかけで、人生の転落がはじまったと思ってるんじゃないだろうか。だからあの出来事に巻き込んだおれや慶彦、そして三人の女を怨んでいる。刑務所に入っているあいだに怨みを募らせて、出所してすぐに行動に出たんじゃないかという気もする。このままじゃ、皆殺しにされかねない」

「矛盾しているよ、真治がやってることは」

「なんで」

「そんなに宏のやってることが恐ろしけりゃ、わざわざ呼び寄せることはないじゃないか」

「先手をとるんだ」

「先手って？」

「宏を殺す」

「バカ言うなよ！」

慶彦の声が裏返った。

「仮に殺せたとして、警察につかまらずに済むとでも思ってるのか」

「思ってるから相談してるんだ」

「ぼくに相談なんかしないでくれ。おかしいよ、おまえは！」

慶彦の声は、ほとんど金切り声になった。

「あのときもおかしいと思ったけど、十八年経ってもぜんぜん変わっていないじゃないか」

「昔のことは言うな」

「ぼくだって昔のことは蒸し返したくないさ。こうやって電話で言い合いをするときも、おたがい、もう広島弁はぜんぜん出ないで標準語になってるじゃないか。ぼくも真治も、東京の人間になったんだ。大都会に溶け込んで、広島のことは人生の記憶から消し去ろうとしている。だから、いまさら紫帆さんの兄貴のことは思い出したくない。

だけど真治は……おまえは……小学校五年のときとぜんぜん変わってないよな。クラスでいちばん頭がよくて、運動もいちばんよくできたのに、突然、危ないことをやり出すところが、ぜんぜん変わっていない。おまえは宏が恐いと言ってるけど、ぼくは真治のほうがよっぽど恐ろしいよ」

「ふうん」

「とにかく、この件ではもう連絡をしないでくれ。やるなら勝手にやれ」

「勝手にやってもええんじゃが、その件でわしが警察につかまってしもうたら、慶彦の人生もおしまいじゃ。ええんかいのう、それで」

「……」

いきなり故郷の言葉になって脅しをかけてきた真治に、代議士秘書の慶彦は沈黙した。

「破滅の道連れがイヤじゃったら、協力せえ」

「なにを協力するんだ」

「宏の居場所を捜すんじゃ」

「できっこないだろ、ぼくの立場で」

慶彦のほうは、あくまで標準語を貫いた。だが、真治は広島弁から戻らなかった。

「できるじゃろうが。あんたら、永田町の関係者じゃろうが。代議士先生の名前を使うとか、いろいろ考えてみいや」

「無理なことを言うなよ！　宏が未美殺しの犯人だと思うなら、警察にぜんぶしゃべってしまえばいいだろう。警察なら飯島宏の居場所なんか、すぐに調べてくれる」

「ほう、ぜんぶしゃべってもかまわんのか」

「………」

「ぜんぶしゃべるゆうことは、十八年前の出来事をなにもかも警察に打ち明けることじゃ。困りゃあせんかいのう、慶彦は」

「ぼくは巻き込まれただけだ！」

「そんな理屈は通らんわあや。わしと慶彦と宏は共犯じゃ。それも犯人を偽証しただけじゃのうて、紫帆の兄貴を殺した共犯じゃ」

「やめろって」

糸山慶彦の声は震えていた。

「とにかく、基本的に間違っていたんだよ」

「なにがじゃ」

「おまえが紫帆さんと結婚したことが、だよ。紫帆さんはまだ知らないんだろう？　おまえがすべての原因だということを」

「うっさいんじゃ！」

怒鳴るのと同時に、真治はＢＭＷのハンドルを叩いた……つもりだったが、クラクションを押してしまい、ビーッというけたたましい音が地下駐車場に響き渡った。

真治はあわてて手を放し、荒い息をはずませながら言った。

「わしにとっちゃあ紫帆がすべてなんじゃ。紫帆との結婚を批判したら慶彦でも許さんけえのう」

「わかった。とにかく興奮するなって。な？　真治、たのむから冷静になってくれ」

電話の向こうで、慶彦が懇願するように言った。

「ぼくと真治が同じ舟に乗っていることは理解した。ぼくも破滅はしたくない。だから、とにかく落ち着いて考えるんだ」

「落ち着いてなにをじゃ？」

真治は片手で髪の毛をかきむしった。

「え？　落ち着いてなにを考えりゃいいんじゃい。警察はもうすぐそこまできとる。その警察にどう対応しろゆうんじゃ。……あ、ちょっと待っとれ」

携帯の通話に割り込みが入った。

妻の紫帆からだった。真治は慶彦との会話を保留にして、紫帆との通話に切り替えた。

「真治、どこにいるの？」

紫帆の声が急《せ》いていた。

「警察の人がきたわ。警視庁捜査一課の志垣警部という人と、もうひとり、若い刑事」

「いますぐ行く。お茶でも出して、五分ほど待っててもらってくれ」

「いまどこなの」

「すぐに行くから」

紫帆からの電話をすぐに切ると、真治は慶彦との会話に戻った。

「警察がきよったわ。逃げるわけにゃあいかんけえ、会《お》うてくる」

「短気を起こすな、真治」

慶彦が祈るような声を出した。

「頼むから冷静に対応してくれ」

「……」

なにも言わずに、真治は携帯を切った。

そしてキーをひねってエンジンを切り、車から出ようとした。

が、ドアを開けようとしたところで思い直し、携帯を操作しはじめた。スマートフォンだったので、そのままインターネットにつなぎ、自分のブログを開くと、依然として殺到しつづける抗議のコメントをスクロールして見ていった。

すでにその総数は二千を超えていたが、たびたびチェックしているので、未読のコメントは百ちょっとにすぎない。もともと覚悟して起こした炎上騒ぎだったとはいえ、人間、ここまで汚い言葉を吐けるのかと思える罵詈雑言の嵐を浴び、さすがに当初は不愉快だったが、昨日あたりからはそれにも慣れてきた。

いくら書き込む人間が激怒していても、いまの真治にとっては、それはただの文字列にすぎない。待っている相手からの通信以外はすべて……。

「あ……」

真治の口からつぶやきが洩れた。

そろそろくるのではないかという予感があったが、そのとおり、直近のコメントから数えて二十番目あたりに、それがあった。

事務的なその書き込みは、ほかの感情的な抗議コメントとは際立った差異をもって真治の目に飛び込んできた。

《明日夜九時　思い出の場所に　ヒロシ》

真治の身体が震えた。

3

立川のはずれにある昭和の香りを残した木造アパートの一室では、井原星司が窓ガラスに叩きつける雨音を聞きながら、四畳半の畳の上にあぐらをかき、胸元に抱え込んだものをじっと見つめていた。

雨が降り出してから室内は日没近くのように薄暗くなっていたが、星司は明かりを点けようとはしなかった。

彼が抱え込んでいるのは、親友・児島純太の形見である銀色のヘルメットだった。三日前にこの部屋で、紫帆にも見せたものだ。

そのヘルメットにはさまざまな傷がついていた。乗っていたバイクから転倒したときに道路に激突してついた傷。バットを持った三人組の女子中学生に暴行されたときについた傷。そして、十八年も経ってから星司が発見したもうひとつの傷——

黒い焦げ跡のような細長い傷は、その一部が化学検査のために削り取られていた。

中尾真治が純太殺しに加担していた証拠がこれだ、と言って星司がその部分を見せたとき、紫帆はそれがなにを意味しているのか、まったく理解できない様子だった。

だが、星司が解説を加えると顔から血の気が引いた。

紫帆は、そのあとしばらくは青ざめたまま黙っていたが、やがてポツンとつぶやいた。

「やっぱり……雨が降っていればよかった。……そう思っていたのは、間違いじゃなかったのね」

紫帆がこの部屋を訪れたときは、天気は晴れだった。だが、紫帆がそうつぶやくと、窓の外が一瞬にして雨に変わったような錯覚を星司は覚えたものだった。

そして星司も、彼女のつぶやきに合わせるように言った。

「たしかに雨が降っていれば、純太は死なんかったかもしれんのう」

そのあと紫帆は、兄の形見からつらそうに目をそむけると、なにも言わずにそのままアパートの部屋を出ていったのだった。


三日後のいまは、雨が降っていた。

これでもか、これでもか、というぐらいに、大粒の雨が地面に降り注いでいた。

(純太は、つぎの日から江田島《えたじま》で行なわれるバスケットボールの合宿に参加する予定だった。大学受験を控えた三年生はクラブ活動を引退していたけれど、あいつは最初から大学にいくつもりはなかったから、夏休みになっても部活をやめなかった。レギュラーの座は二年生に譲ったけれど、最上級生として指導する立場をつづけていた。ほんと、あいつはバスケが好きだったから)

当時のことを、星司は思い出していた。

(合宿では二年生を思いっきりしごいてやるんじゃ——楽しそうに語っていた純太の

顔が忘れられない。合宿は一週間の予定だった。その一週間という間《ま》を置けば、中尾たちも気持ちが変わっていたかもしれない。小学五年生でも、自分たちがやろうとしていたことが引き起こす結果を、少しは冷静に考え直していたかもしれない。だから）

星司は抱え込んだ銀色のヘルメットから顔を上げ、雨に打たれる窓ガラスに目をやった。

（あの夜が雨であれば……純太は死ななかった。きっと……）

いまさら悔やんでも仕方ないこととわかってはいたが、星司は大きなため息を洩らした。それから銀色のヘルメットに目を戻し、あたかもそれが親友そのものであるように語りかけた。

「純太、わし、もしかすると無茶やるかもしれんけえ。わしと紫帆ちゃんの人生をめちゃくちゃにしたあいつを、やってしまうかもしれんけえ……」

4

沢村あづさの母・静子にとって、高遠《たかとお》という町ははじめての場所だった。

高遠は桜の名所だと聞いたことはあったけれど、いったいどこにあるのか地図を頭に思い浮かべたこともなかった。その町が伊那《いな》市に属することまではわかったが、伊那という土地にも縁がなかったので、それは長野県ではなく、岐阜県だと間違えて覚え込んでいた。

沢村静子にとって高遠という場所は、まさに町の名前に「遠」という字が入っているように、心理的に遠い遠い場所だった。

だが静子は、六十年の人生ではじめて長野県伊那市高遠町に足を踏み入れることになった。そこへ彼女を導いたのは、わずか十日前に亡くなったばかりの娘だった。

だからここへは広島から直接きた。たったひとりで。

夫の憲一は一週間だけ日本に滞在し、泣くだけ泣いて、またカンボジアに戻っていった。あづさという「かすがい」を失ったいま、夫婦を結ぶ絆は戸籍の書類だけといったありさまだった。

それに、もしも憲一が日本に残っていたとしても、高遠へ夫をつれていくわけにはいかなかった。それは、あづさの父親として憲一がまったく知らない秘密に基づいて訪れる場所であったからだった。

広島から高遠へは、いったいどうやって行けばよいのか、静子には見当もつかなかった。朝早く広島駅を訪れて窓口にいた若い駅員にたずねても、最初はさっぱり要領を得なかった。JRにも私鉄にも、鉄道としての「高遠駅」はないからだった。ベテランの駅員に代わってもらって、ようやく最寄り駅がJRの「伊那市」であることがわかった。そこからはバスが出ているという。

しかし、伊那市駅まで到達するのが大変だった。広島を朝の七時三十七分に出る新幹線のぞみ号に乗って二時間少々で名古屋へ。名古屋からは十時発の特急ワイドビューしなの7号で中央アルプスに沿って塩尻《しおじり》へ。

昼前に塩尻に着いて、約二十分の乗り継ぎ待ちをして甲府《こうふ》行きの中央本線に乗り、十二分ほどで諏訪湖のほとりにある岡谷《おかや》に着く。そこからこんどは逆に南へ折り返す形で、豊橋《とよはし》行きの飯田《いいだ》線に乗って四十分ほど揺られ、ようやく伊那市駅に着いたのが、午後一時十一分だった。

ざっと五時間半の長旅である。

地図で見るかぎり、広島から豊橋まで新幹線で行って、そこから飯田線に乗り換えて北に向かったほうが早そうに思えたが、飯田線は本数も少なく、豊橋から伊那市までの直行はなく、ほとんどが鈍行で乗り継ぎもうまくいかず、けっきょく回り道のようだけれど、塩尻・岡谷経由のほうが早く着くという駅員の説明だった。

食事は列車内で軽くサンドイッチを食べただけだったが、静子はそれほど空腹を覚えなかった。緊張していたからだった。

伊那市駅からはバスではなく、タクシーに乗って高遠の指定の場所に向かった。娘が入信していた「0磁場教」の総本部へと。

教祖様が入信希望者たちの前でレクチャーをするのは午後二時からと知らされていた。なんとか、それには間に合いそうだった。

5

「いやあ、これはお忙しいところをお邪魔して恐縮です」

五分ほど待たされてから、一家の主である中尾真治が自室に戻ってきたので、志垣と和久井はソファから立ち上がり、志垣が代表してあいさつを述べた。そして、さりげなく真治の様子を窺《うかが》った。

外は大雨だが、雨に濡れた様子はまったくなかった。だが、額の生え際あたりに妙に汗を浮かべていた。

マンション内のどこかに――たとえば駐車場に停めた自分の車にでもこもって、なにかをやっていたな、と志垣は踏んだ。

リビングルームに入ってくるときに、真治が車のキーをサイドボードの上にのせたところを見ていたからだった。

「早速ですが、お忙しい方にお時間をとらせてもいけませんので本題に入らせていただきます」

名刺を差し出した志垣がそう言ってから腰を下ろすと、真治は上目づかいに睨んで言った。

「それは皮肉ですか」

「とおっしゃいますと？」

志垣は唇を丸め、きょとんとした表情をつくった。

「警察の方ならごぞんじでしょう、私は、三日前に番組を降板しました」

真治は、ソファがバスッという音を立てるほど勢いをつけて、紫帆の隣に腰を下ろした。

「スポーツ紙でもテレビのワイドショーでも取り上げられましたし、ネットでは好きなことを書かれ放題です。おかげで、いまの私には仕事がありません。今後も仕事をもらえる見込みはゼロです。ヒマです。異常なまでにヒマになってしまいました。そんな私の状況をわかっているくせに『お忙しい方』に時間をとらせても、とはなんだ。侮辱する気か」

一方的にしゃべっているうちに、真治はひとりで勝手に興奮していき、志垣らと敵対する恰好になった。その横で、妻の紫帆はうつむいてしまい、志垣と和久井はあっけにとられて相手を見つめていた。

「もしも私の言い方が気に障《さわ》ったようであればおわびします」

志垣は、素直に謝った。

「で、ちょうど中尾さんのほうからふれられたので、前置きなしにそこへ話を向けますが、あなたはどうしてブログにあんなことを書かれたんですか。原爆は日本人が落とした、だなんて」

「それは榎本未美の殺害事件と関連づけての質問ですか」

「そう思ってくださって結構です」

真治はケンカ腰だったが、志垣のほうはまったく冷静だった。警察の訪問に対して意味もなく激高するか、逆に過剰に愛想よく能弁になる場合は、その人物は要注意、というのが経験則である。

「あのブログは、私に言わせれば、とくに過激でもなんでもありません」

真治は片方の肩だけをすくめた。

「日本人は原爆とか原発に関する異論の提示をタブー視しすぎるんです。そういうテーマを論理的に考えることをせず、情緒的・感傷的な態度で臨むことしかしないから、気にくわない意見を力で押し込めようとする」

「……」

志垣も和久井も、相づちひとつ打たずにじっと真治を見つめていた。

一方的にしゃべらせれば、いつかは言葉に詰まって立ち往生する。しかし、安易にこちらが反論を加えると、感情的な反発がとどまるところを知らずつづいてしまうのがわかっていた。

「とくに長崎の場合、広島に特殊爆弾を落としたときと同じ作戦がはじまったらしいことが通信傍受によって明らかになり、その情報は参謀総長に報告されていながら、日本はなにも手を打たなかった。その事実が後世になって当時の関係者が重い口を開いたことによって明らかにされながらも、なんのムーブメントも起こらない。

それでいて福島で原発事故が起きると、日本人は広島と長崎で何を学んだんだ、という論調が声高に叫ばれる。あるいは原爆が落とされたのは仕方なかったと発言する政治家がいると、問答無用で袋だたきにされる。核爆弾や放射能の拡散も、そりゃたしかに恐ろしいですよ。恐怖ですよ。なにもぼくはそれを否定しているわけじゃない。だけど、ほんとうに恐ろしいのは、日本人の頭の回転の遅さじゃないのか。そう思いませんか、刑事さん。そして、悲劇が起きるとすぐにタブーの領域をつくり、そこに踏み込んでくる者を無礼者扱いし、ときには極悪人として排除する。魂に訴える情緒的な部分を最優先し、論理的な議論を感情的に封じ込めてしまう偏った正義感こそ、最も愚かしくも恐ろしい部分だと、そう思いませんか。どうですか」

「……」

志垣も和久井も答えない。

もちろん、戦略的な沈黙である。

「福島の原発事故に関して、もしも『広島と長崎でなにを学んだんだ』という論調の批判をするなら、それはたんに放射能の恐ろしさをなぜ身にしみて刻まなかったんだという視点ではなく、日本という国家を動かしている連中の、行動力の遅さと人間性の欠如を批判するという視点で語られるべきなんですよ。

実際、今回の災害だって、為政者が鈍感で無能で人としての心を欠いていたために被害が拡大したところがどれだけ多かったか。国民にとって早急に知るべき情報が、どれだけ隠蔽されたか。戦時中とぜんぜん変わっていないじゃないですか。ぼくはもちろん戦争時代の日本は知りません。でも、当時の国民が置かれた情報封鎖の状況って、こんな感じだったんだろうなと思いましたよ。

お上《かみ》は国民を『大衆』という名の、低級な生き物として捉え、正しい情報を与えるとすぐにパニックを引き起こしてどうにもならなくなると決めつけている。自分たちこそ、国民の中で最もレベルの低い位置にいることを忘れて」

真治は、妻が淹《い》れたコーヒーを一気にがぶ飲みしてつづけた。

「原発のほんとうの恐ろしさは、放射能そのものではなく、地震列島に立地していることでもなく、原子力行政に責任を負うべき政治家や電力会社のトップが、頭が悪くて、腰が重くて、卑怯で、ずるくて、嘘つきで、弱虫で、言葉の発信力もなくて、ついでに人間性のカケラもない――そういうところにあるじゃないんですか。そこをぼくはブログで言いたかっただけで、バッカみたいな批判の嵐を書き込む連中のほうがどうかしてるんだ」

「バッカみたいな批判……ですか」

沈黙を先に破ったのは、志垣ではなく和久井のほうだった。

志垣と違って、和久井のほうは中尾真治が持論をまくし立てていくほどに、内面の怒りを抑えることができなくなって耳の付け根を赤く染めていた。そしてとうとう、たまりかねたといった顔で切り出した。

「中尾さん、物には言い方ってものがあるんですよ。マスコミで仕事をしていながら、それがわからないんですか」

「え？」

ベテランの警部ではなく、若い刑事のほうが先に反論の口火を切ってきたのは、真治にとっても意外だったらしく、戸惑いの視線で和久井を見つめた。

「人にはそれぞれ考え方の違いがあり、どんなテーマであっても議論を頭から封じ込めるべきではないという点では、ぼくも中尾さんの意見に賛成です。でもね、人間は機械じゃない。感情を持った生身の生き物なんですよ、中尾さん」

和久井は膝《ひざ》の上で両手を組み合わせ、少し前屈みになって言った。

「自分と異なる意見を聞けば、冷静にそれを受け止めるよりは、不愉快な気持ちを起こすほうが自然なんです。まして、あなたが書いたブログのように、自分のことは棚に上げて日本人批判を頭ごなしにやる意見には、内容の善し悪し以前に、その態度に立腹するのは当然じゃありませんか」

「……ま、それはそうかもしれないけど」

「そして、そういう反応が起こるであろうことを、あなたが予測していなかったとは思えないんですけどね」

「なにが言いたいんですか」

そのとき、志垣が割り込んできた。その視線を夫の真治ではなく、妻の紫帆に向けながら。

「ねえ、奥さん。あなたたちご夫妻にとって原爆ドームとは、どんな場所ですか」

「え？」

突然、自分に話がふられたために、紫帆はうろたえた。

「ご質問の意味がわかりませんけれど」

「すでに新聞等で報道されたとおり、大森のアパートで殺された榎本未美という風俗店勤務の女性は、あなたと同じ広島市内の中学に通っていました。紫帆さんよりも一学年上です。そして遺体の背中には『安らかに眠ってください』という、平和記念公園にある原爆死没者慰霊碑の碑文を連想させるメッセージが書き残され、部屋には原爆ドームを描いた油絵が掲げられていました。現場検証の結果、その油絵は犯人が榎本さんを殺したあとに、そこに飾ったとみられています。

で、その事件を仕事で取材なさった中尾さんも広島市出身で、被害者および紫帆さんと同じ中学に進んでいる。まあ、中学までは公立であるかぎり、住まいによって通学先が自動的に決まるから、同じ学校に進学するのは必然の流れでしょう。しかし高校のときも、真治さんは二学年上の紫帆さんと同じ高校を選んで、そこに進まれた。そして紫帆さんが上京すれば、それを追いかけて真治さんも東京へ。そして三年前に、ついに結婚」

「それのどこがおかしいんだ！」

真治が横から口をはさんだが、志垣はそれを無視して紫帆に話しつづけた。

「一方で、あなたは十八年前、お兄さんを原爆ドームのそばで不慮の事故により亡くされています」

「事故ではありません、殺人です」

「失礼しました。おっしゃるとおりです」

紫帆の鋭い口調の指摘を受けて、志垣は謝った。

「あなたの兄である児島純太さんは、十八年前の七月末日、何者かに暴行されて死亡。その現場が原爆ドームからさほど遠くない路地裏でした。そして、その事件の目撃者は三人の小学五年生で、そのひとりが、いまのご主人です」

「だから、なんだっていうんだ！」

真治が怒鳴ったが、志垣は見向きもしなかった。

「紫帆さん、あなたは自分の人生が、原爆ドームのそばで起きた事件にずっと引きずられていることに不自然さを感じられませんか」

「……というと」

「言い換えれば、その事件の目撃者がずっとあなたの人生にまとわりついてきた」

「まとわりついてきた、だって？」

真治が血相を変えた。

「帰ってくれよ、警察は！」

「真治、黙って！」

紫帆は激高する年下の夫を諫《いさ》めた。そして、志垣に向かって静かに答えた。

「刑事さんのご質問は、回りくどくて私には答えようがありません。もっとハッキリおっしゃっていただかないと」

「わかりました。では、ちょっと切り口を工夫して、架空の物語としてこんなストーリーをお聞きねがったほうが、かえって私の言いたいところが明瞭になるかもしれません」

志垣は居住まいを正し、まっすぐに紫帆を見つめて語り出した。

6

「ここにひとりの少女がいます。中学一年生の少女だと仮定しましょう。彼女には両親の離婚という事情により、二十キロほど離れた町で暮らしている五歳年上の兄がいました。つまり兄は高校三年生です。思春期の少女にとって、兄はまるで恋人でした。大好きなお兄ちゃんでした。そして、親のせいで離ればなれになったことが、兄への愛情をいっそう募らせていました」

志垣の「仮説」は、榎本未美殺害の捜査本部から広島へ派遣された捜査員が、紫帆の少女時代を知る地元関係者から聞き取り調査をした内容から構成されたものだった。

「学校があるあいだは、兄も自由な行動はできませんでしたが、夏休みに入ると、それを待っていたように、兄はバイクを飛ばして、たびたび妹に会いにくるようになりました。ところが七月最後の夜、兄はいつものように妹と会ったあと、バイクを運転して帰ろうとして原爆ドーム付近に差しかかったところ、何者かにバイクを倒され、集団で暴行を受けて死亡しました。そういう悲しい出来事に遭った少女のことを頭に思い浮かべてください」

実際は紫帆本人のことにほかならないのだが、志垣はあくまで「少女」を架空の存在として話を進めていった。

「さて、少女の兄の身に突然降りかかった悲劇の一部始終を目撃していた者がいました。近くで花火をしていた三人の男子小学生です。五年生の彼らは、口を揃えてこう証言しました。襲撃犯は三人組の暴走族風の男だった、と……。

いくら聞き込みをしてもほかにまったく目撃者がいない状況で、所轄の警察署は、小学五年生の男の子たちの証言を頼りに捜査を進めていくよりありませんでした。けれども、けっきょく犯人はつかまらないまま、事件はうやむやになりました。ついでに言えば、事件の動機もハッキリしないまま、いちおうこう結論づけられました。被害者は、暴走族による一種のストレス発散の犠牲になったと思われる、と」

紫帆はテーブルに置いたコーヒーカップに視線を落とし、志垣が語る「架空の物語」にじっと耳を傾けていた。

「さて、事件の二年後、目撃者の小学生たち三人は全員揃って、兄を亡くした少女が通っている中学校に入りました。ただしこれは、小学生たちの居住地からその公立中学に進むのが当然の流れだったので、そこに特別な意図をみることはできません。けれども少女がその中学を出て高校に入ると、それから二年経って、三人の目撃少年のうちのひとりが、また彼女と同じ高校に入ってきました。その時点で、少年の存在を特別なものとして意識したでしょうか。それともまったく気にも留めていなかったでしょうか」

そのとき少女は、これを偶然と考えたでしょうか。それともまったく気にも留めていなかったでしょうか」

「……………」

志垣は問いかける口調になったが、紫帆は依然としてコーヒーカップに目を落としたまま無言を貫き、夫の真治は怒りをたっぷりと蓄えた視線で志垣を睨みつけていた。

誰かがしゃべっていないときは、窓越しに聞こえてくる激しい雨音が耳についた。

「ところで、悲劇に見舞われた少女はとても美しく魅力的な女の子でした」

まさにその本人の美貌を見つめながら、志垣はどこまでも架空のストーリーとして語りつづけた。

「ですから、事件の目撃者として関与したのをきっかけに、二歳年下の少年が悲劇のヒロインに恋をして、ストーカーといっては言葉が悪いかもしれませんが、いちずな片思いを胸に抱いて、彼女の人生を追いかけはじめることになったとしても、決して不思議ではなかったのです。それほど少女は魅力的な存在でしたから」

志垣は、真治がいまにも抗議の怒声を上げそうな表情になっている様子を視野の片隅に捉えていたが、それは見ないふりをしていた。

「やがて高校を卒業した少女は広島を離れ、東京という大都会で暮らしはじめました。もって生まれた美貌を生かし、モデルの道を進みはじめたのです。すると少年のほうも二年後に高校を卒業すると、すぐ東京に出てきて、最初はテレビ局のアルバイトという形で放送業界に足を踏み入れました」

中尾真治の顔に、怒りに代わって驚きの表情が浮かんだ。早くもそこまで自分のプロフィールを調べられていたのか、という驚きだった。

「少女は十九のときに結婚と離婚という辛い体験をしますが、それを乗り越えてモデルとして人気を得てゆき、アルバイトでテレビの世界に入った少年も、いつしか有能な報道レポーターに成長していきました。そしていまから三年前、ふたりは結婚します。つまり少女は、愛する兄が殺された現場を目撃した三人の男子小学生のひとりと結ばれたわけです。あくまで架空世界の話ですがね」

志垣は紫帆に向かって、架空の話だという点をわざとらしく強調した。そして、太い眉をピクリとつり上げて斬り込んだ。

「事件当時は少女は中学一年生で、少年は小学五年生。その女性上位の年齢差は、こどものころこそ決定的に大きかったけれど、社会に出てしまえば、そんなものは関係なくなります。女性のほうが二歳年上だからといって、そこはたいした問題ではない。ですがね、紫帆さん。はたしてドラマのような物語が現実に起こりうると思いますか」

「それはつまり……」

黙って目を伏せていた紫帆が、ゆっくりと顔を上げた。

「事件で兄を失った妹が、その事件の目撃者と結婚するのは不自然だ、とおっしゃりたいんですか」

「率直に申し上げて、私はそう思います」

「なぜですか」

「理由はかんたんです。亡くなった最愛の人のことはいつまでも忘れられなくても、事件そのものの記憶は消滅させたいというのが、犯罪被害者遺族に共通する心理だからです」

表の雨音はますます激しくなっていたが、志垣の野太い声は、雨音のざわめきにかき消されることはなかった。

「もちろん最愛の家族や恋人を失ったあと、事件の悲しみを共有できる人から精神的に支えられているうちに、愛が芽生えて結ばれるケースも私が担当した事件の中にはありました。けれどもそれは事件発生時に、おたがいすでに一人前のおとなであった場合です。

　事件当時に彼は彼女より二歳も下の小学生で、しかもまったく見ず知らずの他人で、たんなる目撃者以上の関係がなかった。そういう相手と結ばれるというのは、ありえない展開じゃないんですかね、ふつうは」

「では刑事さんは、もしもそのふたりが現実に結婚したとすると、どういう理由があったと思われますか」

「紫帆！」

　ガマンして沈黙を保っていた真治が、たまりかねたように口を開いた。

「そんなつまらない質問をするんじゃない」

「ううん、私はききたいんです。教えてください、刑事さん。その架空の物語の女子中学生と小学生の男の子が十五年後に……」

　紫帆は、現実の時間経過を口にした。

「十五年後に結ばれるという、ありえない展開になったとしたら、そこにはどんな事情があったとお考えですか」

「三つのケースが想像できます」

志垣は、あらかじめ答えを用意していた。

「第一は、もっとも平凡な仮説です。それは、彼が成長するのに合わせて、彼女に対し強い同情を抱くようになった場合です。同情は、ときとして強い愛情と見分けがつかなくなります。同情するほうにとっても、されるほうにとってもね。つまり、同情が高じて愛情となり、それが結婚に結びついた」

「そう解釈してもらって結構です！　もう、それでいいじゃないですか」

真治が、この問題についての会話を打ち切るように大声で言ったが、紫帆のほうがつづきを求めた。

「第二のケースはなんですか？」

「第二のケースは、彼にやましいところがあった場合です」

真治の顔色が変わった。

7

「彼は事件の目撃者です。しかし、なにかの理由でその証言に嘘が混じっていたとしましょう。あるいは証言内容じたいは正確であっても、警察に話さなかった事実がほかにあって、それによって犯人逮捕が不可能となった——そういう場合は、彼は年齢とともに彼女に対して申し訳ないという気持ちが増していったはずです。

小学生のときにはなんとも思わなかった嘘、または隠し事が、成長とともに深い後悔と罪の意識としてのしかかってきて、それが彼女に対する愛情へと変質していった。そういうケースがあるかもしれません」

「それも、そのとおりだ」

また真治が弁解するように割り込んだ。

「たしかに私には、紫帆に対する罪悪感がありました。その罪悪感が、紫帆への同情と愛情を強めたことは間違いありません。だけど、それは警察に嘘をついていたとか、なにかを隠していたことによるものではない。あのとき私は……いや、私たち三人は、純太さんの命を救えたかもしれないんです」

真治は拳を握りしめて言った。

「小学校の五年生とはいえ、三人もいたんです。黙って見ていないで大声で助けを求めるとか、近所の家に飛び込んで一一〇番を頼むとか、最悪の結果になる前に小学生の私たちにもできたことはあったんです。なのに、私たちはなにもしないで、ただ見ていただけでした。物陰で震えながら、純太さんが殴られるのを見ていただけでした……。

つまり私たちは、目撃者というよりも傍観者だったんです。ひとりの高校生が暴行を受けているというのに、ただそれを黙って見ていた。そのことによって、被害者の妹が深い悲しみにくれることになったのです。私にだってなにかができたはず――その後悔と自責の念が年々強まっていき、いまからでも遅くはない、彼女に対してなにかをしてあげなければ、という気持ちに変わっていったのです」

「なるほど」

志垣は儀礼的にうなずいた。

「そこはよくわかりました。真治さんは第一のケースと第二のケースを認められたわけですな。同情から愛情へ、そして自責の念から愛情へ」

「そうです」

「では第三のケースは？」

また紫帆がきいた。

「これまでふたつのケースは……」

真治から紫帆に視線を戻して志垣は言った。

「目撃者の少年側に結婚の強い意志があり、それに少女が引きずられた恰好ですが、場合によっては少女のほうから積極的に結婚を求めていったのかもしれません。愛情以外の理由で」

その言葉に、真治より紫帆のほうが目の動きに感情を表わした。

「具体的には？」

と、たずねたのは、紫帆ではなく真治だった。

「目撃者の小学生が成長するとともに、亡きお兄さんの姿に似てきた、とかね」

「それはありません」

井原星司を念頭に置いた紫帆が、即座に否定した。そして仮定の話ではなく、現実の話として答えた。

「兄と主人とは、ぜんぜん顔立ちが違います」

「そうですか。それならば第三の可能性は撤回しましょう。ですが紫帆さん、いまご主人がおっしゃった背景が結婚の理由だとしても、私の疑問を解くには至りませんね。ご主人が事件の目撃者として、いくら同情や反省を深めていっても、そしてそれが紫帆さんへの愛情に変化していったとしても、それで結婚したら、紫帆さんにとっての人生は、未来永劫、事件とは切っても切り離せなくなるんですよ。私が言いたいのはそこなんです」

窓の向こうから稲光が飛び込んできた。

全員がそちらを見たが、志垣はすぐに視線を紫帆に戻した。

「あなたは事件の目撃者と結婚することで、悲劇を永遠に引きずる人生を選択した。これは絶対にありえない選択なんです」

雷が落ちた。

つづいてまた閃光が輝き、バチバチバチと空中でショートするような音が響いた。

雨音がいちだんと強くなった。

「いいですか、紫帆さん、どんなに真治さんが猛烈にプロポーズしてきたとしても、あなたが断れば結婚はない。逆に言えば、あなたが受諾したからこそ、いまこうやっておふたりは夫婦でいらっしゃる。しかしそれは……」

志垣は一瞬、言うのをためらった。

だが、すぐに思い直して刺激的なセリフを口にした。

「お兄さんが殺されたという悲劇から永遠に離れなくなる毎日を過ごすことになるんです。もちろん、あなたはお兄さんのことは一日たりとも忘れないでしょうし、忘れたくはないでしょう。ただし、それは元気なときのお兄さんの姿であって、悲惨な事件そのものではないはずです」

「なんだよ、警察は」

　真治が志垣に食ってかかった。

「人の結婚生活にいちゃもんをつけるためにきたのか」

「とんでもない。あなたたちふたりと、榎本未美という女性とのあいだに関係があるのかないのか、それを確かめにきたんです。もしかして、原爆ドームというキーワードでつながっているのではないかと思いましてね」

「ない」「ありません」

　ふたりが同時に否定した。

　が、そこで志垣はすかさずたたみ込んだ。

「では、0磁場教という新興宗教についてごぞんじではありませんか」

「ゼロジバキョウ？」

　真治が、いぶかしげに問い返した。

「知らないね、そんなものは」

　だが、紫帆はなにも答えなかった。

「いまから五日前に殺され、ご主人も番組で中継レポートをされていた榎本未美は、左の乳房に『0』という文字を彫り込んでいました。タトゥーってやつですな」

「そんな話は、警察の会見では出ていなかった」

「ええ、そうです。私どもはなにからなにまでマスコミのみなさんに明かすわけではありませんから、取材者としての中尾さんがごぞんじなくても当然です」

「そのタトゥーに意味があるんですか」

「あると思ったので、調べました。ここにいる和久井刑事が、私と違って若いだけあって、こういう数字や記号のタトゥーには必ず暗号的な意味がある、というんです。たしかに、被害者の乳房に彫られていた形は、私の目には数字の0だと見えましたが、斜めに線が入っているせいで記号とかマークだと言われれば、そのようにも思えました」

捜査会議では和久井のアイデアを横取りした志垣も、ここでは部下を立てた。

「そこで調べたところ、どうやらそれは五年ほど前から世代を問わず、ひそかに信者を増やしてきた0磁場教という新興宗教において、シンボルマークとして使われているものだと判明しました。信者になったら、身体のどこかにこの『Ø』というマークをタトゥーとして入れなければならないという決まりがあるんだそうです。

大原則は心臓の上——つまり女性でいうところの左乳房の上になりますが、なにかの事情でそこに彫れない人は、別の場所にしてもよいという。ただし、それは教団指定の彫り師によって彫られなければいけないらしい。

それで、です。あなたたちの身体のどこかにこのマークが彫られていることはないか、それをおたずねしたいのです」

「主人の身体に、そのようなマークを見たことはありません」

紫帆が先に即座に答えた。

「私も紫帆の身体にそんなタトゥーがあるのは見たことがない。……と言ったって、どうせ警察は信じてくれないんでしょ？」

真治は反抗的な口調で言った。

「まあ、私は男だから、ここですぐに脱いでみせてもぜんぜんかまわないけど、妻にそれを強要したらセクハラになりますよ。それとも、女の警官を連れてきてでも確かめますか」

「いえ、そこまでは望んでおりません」

志垣は顔の前で手を振った。

「おふたりともそういうマークを彫ってもいなければ、この宗教をごぞんじでもない。そういうお答えであれば、それで結構です」

「で、どんな宗教なんですか、そのゼロジバキョウというのは」

真治が問い質すと、志垣はゆったりとした口調で答えた。

「0は『無』でも『空』でもない。『善』と『悪』とが共存する状態である、と説くのです。そういう教義ゆえに、過去に罪を犯した者が心の救済を求めて大勢集まってきているんだそうです。そこがほかの宗教との大きな違いだとか」

志垣がそう説明しても、真治のほうは理解不能という表情だったが、紫帆は窓を打つ雨音につられるように、外のほうへ目を向けた。遠くを見つめる視線だった。

その横顔を、志垣よりも和久井のほうが強い関心をもった眼差しで眺めていた。

第六章　0磁場の殺人

1

沢村静子が長野県伊那市高遠町の一角にある0磁場教総本部にある百畳敷《じき》の道場に入ったとき、すでにそこは大勢の入信希望者であふれていた。

ざっと見回したところ、たたみ一畳につき二名以上、つまり少なく見積もっても二百人はいた。男女の比率は男が三で女が七といった割合だった。白髪の高齢者もいれば、フリーター風の若者もいる。年齢に関しては偏りがなかった。

静子は女医として患者の死に立ち会うことも珍しくなかったが、人の死をオカルト的・宗教的な視点で見たことはない。医者の中には、あまりにも多くの死を見過ぎる日々に精神的な負担を覚え、人の死を生物学的な現象ではなく、宗教的に捉えようとして信仰の世界に入る者も珍しくなかった。

そういうタイプの医者を、静子は馬鹿にするというよりも軽蔑していた。

（宗教で病気が治せるわけがないじゃないの。医者としてのプロ意識に欠けるわ）

静子は、伝えられるキリストや釈迦のヒーリング能力などはすべて作り話と決めつけて一笑に付した。気の持ち方が健康状態や病気の治癒《ちゆ》能力に影響することは認めていたが、それはあくまで心理学や生理学のレベルで説明されるべき現象で、それを神の力だと考える人々を、静子は「現代に生きる古代人」として笑っていた。

だから静子が宗教団体の内部に足を踏み入れるのははじめてだったし、０磁場教総本部の道場に集まった人々を眺める視線も、「なに、この人たち」という見下したものだった。

ただ、その一方で複雑な気持ちもあった。宗教という宗教を全否定し、とりわけ新興宗教に対しては「教祖を演じる人間の金儲けにすぎない」と断定してきた静子なのに、亡くなった娘のあづさが、この宗教に三年前から帰依《きえ》していたからだった。

あづさは、自分の心に長いあいだ重くのしかかっていた罪の大きさに耐えかねて、この教団に入信した。その直後に、静子はあづさから０磁場教の信者になったという報告を受けていた。

あづさにしてみれば、自らの大罪を母親だけには打ち明けていた以上、０磁場教への入信についても、たとえひどく叱られても、母親にきちんと報告すべきだと考えていたらしかった。

「あなたの気持ちがそれで楽になるのだったら、お母さんは反対はしません」

そのとき静子は、仕方なくそう言った。だが内心では「新興宗教に入るなんて、バカよ、あんたは」と娘を罵《ののし》っていた。

だが、あづさの抱えている問題が問題だけに、知り合いの心理カウンセラーのところへ行かせるわけにもいかず、静子はやむなく娘の入信を黙認した。

そしていま、はるばる広島から南アルプスを望む高遠まで足を運んだのには、娘の死以外に大きな理由があった。

娘の死から、わずか五日後に起こった榎本未美惨殺事件である。

静子はあづさから、未美が同じ罪を負っている人間であることを聞かされていた。あづさが０磁場教に入ったのも、未美から勧められたからだった。

ところが娘が病死して五日後に、未美は殺された。これが偶然だとは、静子には到底思えなかった。しかもニュースが伝える未美の死に様に、静子は震えが止まらなかった。

それでも夫の憲一がいるあいだは、一切動揺したそぶりは見せなかった。だが、憲一がカンボジアに戻ってひとりきりになったとたん、恐怖が押し寄せてきた。

あづさの死は間違いなく病死だったが、その死の直前における行動が、ある人物に凶行の引き金を与えたことは間違いなかった。あづさの死があったからこそ、未美の殺害が起こったのだ。

では、なぜあづさの死が、ある人物を残虐な犯行に駆り立てたのか。そして「ある人物」とは誰か。

静子はその答えを知っていた。あづさが残した携帯の通話履歴に解答があった。

通話履歴だけでは、娘とその人物が交わした電話の内容まではわからなかった。だが、膵臓がんによる猛烈な痛みを訴えて病院に運ばれた状態であるにもかかわらず、あづさはベッドの上から必死になってある人物と連絡をとった。その相手のプロフィールを知れば、その人物が榎本未美を惨殺《むご》した犯人であることは明らかだった。

そして、その人物がなぜあのような惨たらしい行為に及んだのかも容易に推察ができた。

さらにあづさが真っ白なノートの真ん中に書き残していたフレーズも、真相を語っていた。

《少なくとも、人の命を奪ってしまった過ちに関しては、反省などなんの意味もない。二度と繰り返さない決意に、なんの意味もない。

必要なのは、徹底した謝罪だ。》

（あづさはあのノートに書いていたとおり、反省だけにとどまらず、自らの死を意識したとき、心から深い謝罪を行なった。その謝罪とは、児島純太の死に関するすべての真実を語ることだった。そして真実を語った謝罪相手とは……）

そこまで考えたとき、静子は自分の置かれた立場の複雑さを認識した。

（警察が血眼になって捜している残虐な殺人鬼の正体を、私は知っている。榎本未美の身体じゅうを切り裂いた行為の理由も私には想像がついている。背中に「安らかに眠ってください」というメッセージを書き殴り、壁に原爆ドームの絵を飾った理由も私は知っている。彼女が裸にされた理由も私は知っている。警察が知らないことを、私はなにもかも知っている。

そしてあづさが残した携帯電話とノートという物的証拠も持っている。つまり……）

静寂の中で、教祖が入室するのを待つ人々の背中を、道場のいちばん後ろから眺めながら、静子は頭の中で独り言をつづけた。

(私は犯人を告発する材料をすべて揃えている。それを持って私が警察に行けば、榎本未美惨殺事件の犯人は逮捕される。だけど……できない)

当然だった。

(自分の知っているすべてを語るということは、娘の犯した罪を明らかにすることでもある。だけど、それは私の女医としての社会生命の終わりも意味する。だから語れない。死んだ娘の名誉のためにも、私自身の名誉のためにも、真実は語れない)

そして静子は、心の中で吐き捨てた。

(あづさ、あなたって子は、どこまでお母さんの足を引っぱれば気が済むのよ)

どこまでも娘に対する愛情のない母親だった。


そのとき、道場に集まった全員が居住まいを正す衣擦《きぬず》れの音が起こった。あぐらをかいていた男性たちも、みな正座に直した。

白装束の幹部十数名を従えて、０磁場教の女性教祖・近江《おうみ》ハツが入ってきた。

額に三角の布を当てれば、そのまま棺に入ってもおかしくないような白装束にわらじという出で立ちで登場した教祖の近江ハツは、百畳敷の道場の前方中央にしつらえられた一段高い座に着いた。

そして結跏趺坐《けっかふざ》の形をとり、ひざの上に載せた両手に印《いん》を結び、黙って目を閉じ、瞑想《めいそう》の姿勢に入った。

2

集まった入信希望者たちは、教祖がなにも言わないままるまぶたを閉じてしまったので、自分たちもそれに倣《なら》うべきかどうかわからず、ほとんどの者は瞑想する教祖の姿をじっと見つめていた。

ハツの年齢は公表されていないが、ひっつめに結った白髪や、顔に深く刻まれた皺や皮膚のシミなどから七十代の後半は確実で、もしかすると八十代の可能性もあると、静子は思った。

そして、その年代の平均的な老女性に較べても、身体つきは小柄なほうだった。

だが、目を閉じたまま発せられた第一声を聞いて、静子は驚いた。艶やかな張りのある声には「老い」の二文字はまったく感じられなかった。そして、その声によって、小さな身体が一気に膨張したような錯覚さえ覚えた。

「地球は土でできているわけではない。地球は熱い鉄の流れが内部で渦を巻いている炎の球体というのがその正体である」

静子にとっては、意表を突く出だしだった。

目を閉じたままのぶっきらぼうなしゃべりもそうだったが、地球を土ではなく炎のイメージで捉える発想に驚かされた。

「地球の表面で生きている凡人は、地球の真の姿を見ることができない」

両手の親指と人差指とで印を結んだ瞑想の姿勢で、ハツはつづけた。

「けれども私には、地球の内部が見えている。地球はその奥深い部分において、それぞれが逆向きに流れる上下二層の、二千五百度にも及ぶ熱く溶けた鉄の流れによって包まれている。その鉄の流れがつくり出すエネルギーが磁場なのである」

道場に集まった二百人以上の入信希望者たちは、教祖を食い入るように見つめ、その口から語られる言葉をひと言でも聞き逃すまいと、全神経を集中させていた。

「これは地球の大神《おおかみ》であらせられる『御磁場様《おじばさま》』が、この私にお告げとして教えてくださった真理である。地球の中心部に近い流れは『陰の流れ』、その上の層で逆向きに流れているものを『陽の流れ』と呼ぶ。通常の地球は『陽の流れ』の磁場に支配されて、コンパスの針が北を指す。つまり、方角というものは地球の奥深くで川の流れのように動いている『炎の大河』によって定められるのである。

したがって中国に古くから伝わる風水や易学も、その根本は地球中心部を流れる炎の大河によって操られているといってよい。すなわち、数千年も前から、風水も易も０磁場教の神である御磁場様によってその原理を定められているわけだ。御磁場様こそ、最高にして地球最古の神である」

ハツはまだ目を開けない。

「さて、この炎の大河だが、ところどころで『陰の流れ』が『陽の流れ』よりも上の層に出てくる逆転現象が起きている。こういう場所では逆磁場が発生する。また、ある場所では『陰の流れ』と『陽の流れ』のエネルギーが拮抗して打ち消しあい、プラスマイナス・ゼロ――すなわち０磁場を形成するのである。

この総本部の近くにも有名な０磁場があることは、ここにお集まりのみなさんはごぞんじであろう。この高遠の町から国道152号線で南に二十キロほど下った、下伊《しもい》那《な》郡大鹿《おおしか》村との境に位置する分杭峠《ぶんぐいとうげ》の山道である。そこに０磁場の『気場《きば》』がある」

（ブングイ峠？）

静子は分杭峠の0磁場のことは初耳だったため、どんな漢字を書くのかも思い浮かばなかった。

だが、この場に集まった人間のほとんどにとって分杭峠の存在は周知の事実であるらしく、みな教祖の言葉に大きくうなずいていた。


少し前までは、分杭峠の0磁場は知る人ぞ知るといったマニアックな場所だったが、パワースポットブームに乗って、ネットを通じて評判があっというまに広まり、分杭峠の気場へ向かう車が、国道とは名ばかりの狭い山道に殺到し、違法駐車の列をつくり、バスが通り抜けられない事態も頻繁に起こるようになった。

そこで、いまでは伊那市役所が委託するシャトルバスが朝から夕方まで、三十分から一時間おきに運行するようになり、マイカーできた者はシャトルバスの発着点に設けた駐車場に車を置いて、シャトルバスに乗り換えていかなければならないシステムになった。

その運行情報や0磁場の案内が伊那市のホームページに掲載されているように、分杭峠の0磁場は同市の重要な観光スポットとなり、0磁場から採取して精製した「ゼロ磁場の秘水」というミネラル・ウォーターが販売されるまでになっていた。

「しかし」

ここで教祖の近江ハツが、閉じていた目をパッと見開いた。

いかにも演出、という感じの動作で、静子は、いやだな、と思った。この種の教祖にありがちな芝居を見せられるのかという気がした。

だが――

「私がみなさんにいまからお話ししたいのは、地球の磁場ではなく、心の0磁場のことである」

その言葉を聞いたとたん、静子は正座をしたまま背伸びをして、前に座っている人の頭の上から顔を覗かせるようにして、教祖の姿を眺めた。

「御磁場様」とか「陰陽の流れ」とか「分杭峠の0磁場」など、科学万能主義者の静子にとってはまともに取り合えない話がつづいていたが、心の0磁場については違っていた。

それこそが、まさに娘のあづさと榎本未美が過去のトラウマから逃れるためによりどころとしていた思想だったからだ。

静子にとってここからが、はるばる高遠町まできた目的の本題だった。

3

「私たちの心の中にもふたつの大河が流れています。そして、それが精神的な磁場をつくっています」

はっきりと目を見開いた教祖のハツは、言葉遣いを「です・ます調」のやさしいものに変えた。そして集まった二百人以上の入信希望者を右から左へと見渡しながら、これまでとは違った調子で語りはじめた。

「ひとつは『善の流れ』で、もうひとつは『悪の流れ』です。どんな人にも、この善悪ふたつの流れがあることを知っておかねばなりません。言葉を換えていえば、どんな善人にも悪の気が流れており、どんな悪人にも善の気が流れています。……と、まあ、ここまではほかの人でもよく言うことよね。少しもめずらしい切り口じゃないわ」

それまで無表情を貫いてきたハツが、急にニコッと笑った。

「けれども、ここから先は私しか言わないことだから、よくお聞きなさい」

ハツはいま浮かべたばかりの笑いをサッと消した。

「この善悪ふたつの流れのうち、悪の流れの量が善の流れの量より増えれば、人は悪事を行ないます。この理屈はわかるわね。でも、悪が善を上回ったときに行なう悪事は、じつはたいしたことがないの。たいしたことがないといっても、たとえば何億円もの詐欺を働いたり、嘘をついて怨みに思っている人を窮地に陥れたりと、じゅうぶん悪いことはするわよ。でもね、悪の流れが善の流れを上回ったときの悪は、人を殺《あや》めたり、その身体を傷つけたりはしないわ。なぜだかわかる？

悪の量が上回っているときは、人はつねにそれを自分で意識することができるわけ。ああ、いま自分は邪悪な気に操られているな、って、ちゃんと認識ができるわけ。その意識が、じつは悪のエスカレートにブレーキをかけているんだわ。

じゃあ、この殺伐とした世の中で毎日のように起こる殺人事件、幼児虐待事件、DV――こういう人に暴力をふるい、極端なときには人の命を奪ってしまうような凶暴性が人の心に宿るときの気の流れはどうなっているか。じつは……ゼロなの！」

道場がシンと静まり返った。

「わかりますか？　ゼロなんです。それはエスカレートする悪の心を、必死になって止めようと善の心もパワーアップしていったとき、悪と善の絶対値が重なってプラスマイナスでゼロになる。その瞬間、すべての気は流れを止め、人は心のコントロールを失うの。それが俗に言う『キレる』という状況。プッツンと切れてしまうのは、悪のパワーだけが飽和点に達して起きるのではありません。いい、みなさん、人間はね、性善説で語られるべき生き物なの。そこは救われるでしょう？　だから悪のパワーが急激に増加していくと、本人も気づかないうちに、暴走を止めようと善のパワーもエネルギーを増していくんです。ところが、あまりにも両者のエネルギーの絶対値が大きいと、善が悪に追いついた瞬間、突然、奇妙な空間が生まれる。それが心の0磁場なんです。

地球の磁場における0磁場も同じ理屈よ。0磁場というのは、そこに磁場がないという意味ではないの。陰の磁場と陽の磁場が重なって、プラスマイナスのエネルギーが等しくなる不思議な空間。それが0磁場。『1』と『マイナス1』を足せば計算式のうえではゼロになるけれど、その絶対値は0ではなく2になるでしょう？　これが0磁場の正体。

人の心に0磁場が生まれたとき、人はそのエネルギーに耐えられなくなる。そして暴走する。大地の0磁場を浴びるのはかまわないけれど、心の0磁場はほんとうに危険。そこをしっかりわかってちょうだい」

百畳敷の和室に集まった人々は、教祖が展開する奇妙な論理にいつしか説得されようとしていた。沢村静子も、そのひとりだった。

「御磁場様に救いを求めてうちにやってくる人の多くは、心が真っ白になって自分が知らないうちに人を肉体的に傷つけてしまった経験を持っています。あるいは反対に、被害者の立場で０磁場の恐ろしさを体験した人もいます。ＤＶ、虐待、陵辱、集団暴行――そうした非人道的な行為は、人の心に０磁場が生まれたときに起きるのです。それだけじゃないわ、ひょっとしたら殺人の加害者も、こっそりとここをたずねてきているかもしれない」

　静子はドキッとした。

　娘のあづさの顔が、脳裏にフラッシュバックした。罪を告白したときの顔が……。

「そういう人たちでも、私は受け入れます。過去に具体的にどんなことがあったのか、私はたずねません。加害者としての苦しみを抱えているのか、それとも被害者としての苦しみを抱えているのか、それも問いません。

　ハッキリ言うわよ。うちの教団に入りたいと願う人の中に、警察から逃げ回っている殺人犯がいたっていいの。詳しいことは言えませんが、現に昨日も私のところに警察がきましたよ。警視庁捜査一課の刑事がふたり、若いのとベテランとのコンビでね。最近起こった殺人事件の捜査だと言って、殺された女性の写真を持って」

静子の顔から血の気が引いた。

「その女性は、御磁場様のおしるしを胸に刻んでいたんだそうです。これから入信を決めていただいた方には左の胸、もしくは身体のどこかに刻んでいただくことになる『0』のおしるしをね。だから警察はそれを根拠に、彼女はおたくの教団の信者のはずだ、誰の紹介できたのか、誰かといっしょに入ったのか、彼女が誰かにここを紹介したことはないか、そして彼女がどんな悩みを持っていたのか、などなど根掘り葉掘りきいてきました。

その警察に対して、私は言いましたよ。あなたたち、バカじゃないの、ってね」

教祖はまた笑顔を見せた。

「たとえばキリスト教の教会で、懺悔《ざんげ》をしにきた人の告白した内容を官権当局にしゃべってしまう神父や牧師がどこにいるかっていうの。私は二人組の刑事のうち上司と思われる、眉毛が太くて、やたら押し出しの強いダンプカーみたいな警部に言ってやりました。もっと宗教のことを勉強しなさい。ジャーナリストだって、警察に対して取材ソースの秘密を守るでしょ。宗教団体の教祖はそれ以上に厳しく、信者の秘密を守りますよ、って。そうしたら、すごすご帰っていったわ」

得意げに語る教祖の顔を最後列の場所から眺めながら、静子は考えていた。

それでは、もしも私が信者の母として、こういう質問をしたら、やっぱりいまのようにハナにもかけない態度で情報提供を拒絶されるのだろうか、と。

（教祖様は、榎本未美を殺した犯人をごぞんじなのではありませんか？）

そんなことを考えたとき、近江ハツの声が静子の耳に飛び込んできた。

「帰っていく警察の背中に向かって、私は言いました。世の中で起きている殺人事件は、すべて心の0磁場が引き起こすものなのです。あなたがた警察が0磁場の殺人を食い止めたければ、いますぐ私どもの教団に入信して修行しなさい、と。そうすれば、人の心の危うさを知るのと同時に、どんな極悪人にも人の心の美しさが備わっている真実を知ることができますよ、ってね。

その言葉にふたりが立ち止まったので、私はつづけました。人の心に棲む悪魔は、ふだんはその人の美しい心を食べて生きているんですよ、と……」

そこまで聞いて、静子は確信した。

この教祖は、私と同じように事件の真相すべてを知っている。そして犯人は、歪んだ心の救済を求めて、ここへきたことがあるに違いない、と。

（だから犯人は……）

静子は教祖が座る奥の壁に目をやりながら思った。

（乳房ほど目立つ場所ではないにしても、身体のどこかに『∅』のタトゥーを彫っている）

4

その日の夜七時ごろ——

伊那市高遠町とは、中央自動車道やJR中央本線をはさんで三十キロほどしか離れていない、八ヶ岳山麓の薬物中毒者リハビリセンターでは、薬物離脱プログラムに参加して入所中の飯島宏が、大浴場での入浴を終え、与えられた個室に戻ってきたところだった。

洗面所に行くと、まだ濡れた髪をタオルでこすりながら、宏は洗面台の前に立った。やけに蒸し暑い夜であるうえに、湯上がりの火照りが収まらず、宏は着ていた紺色のタンクトップを脱いだ。そしてショートパンツ一枚の恰好で、改めて鏡の中の自分と向き合った。

（ほんとうは、あんたがその男を殺したからなのよ……か）

三日前、告白会の席で中途半端な嘘をまじえた罪の告白をしたときに、ユキエという中年女からすかさず糾弾を受けたときの言葉が、いまでも忘れられなかった。

（おれは、児島純太を直接的には殺していない。でも、間接的に殺しているのは間違いない。小学校五年のときにだ）

二十九歳になった自分の姿を見つめながら、宏は自分に向かって語りかけた。

「実際に純太を殺したのは、沢村あづさ、榎本未美、浅野里夏の三人だ。だけど彼女たちが暴行に加わる前に、きっかけをつくったやつがいた。中尾真治」

宏は、鏡の中で顔を歪めた。

「けっきょく、すべての発端はあの野郎だった。真治さえいなければ、紫帆さんの兄貴は殺されなかったし、おれはクスリに逃げ込むようなこともなかった。そして……未美がひどい殺され方をすることもなかった」

リハビリセンターに入ってからというもの、テレビにも新聞にもネットにも興味を示さずにきた宏だったが、きょうになって、食堂でつけっぱなしになっているテレビ五日前の十二日に起きた榎本未美殺害事件の犯人がいまだつかまらないというニュースを流しているのを見て、はじめて事件を知った。

しかも殺された現場に、犯人の手によって掛けられたと思われる原爆ドームの油絵が飾ってあったという報道を聞き、ショックは倍増した。

「こんなところにいる場合じゃない」

宏は、鏡に映る自分に向かって声を出して言った。

「このままほうっておいたら大変なことが起きる」

宏は、未美を殺した犯人の見当をつけていた。そして、その犯人がつぎに殺す相手もわかっていた。

「おれか？　いや、おれじゃない。つぎに殺されるのは……真治だ」

つぶやくと、洗面所から出てワンルームの壁際に置かれたベッドにドサッと腰を下ろした。おそまつなマットレスはほとんど弾まない。

（真治が殺されるのは自業自得だ。だけど、それでもあいつを殺させちゃいけない）

ベッドに腰掛けたまま、宏は反対側の壁をじっと見つめた。

そこには一枚の油絵が掛かっていた。横が約六十センチ、縦が約四十五センチの12号サイズの油絵が、額縁に入っていた。

雪に真っ白く彩られた朝の原爆ドームだった。

沢村あづさの病室に飾られていた秋の夕陽に染められた原爆ドーム、榎本未美が持っていた春の夜のつもりで描いた原爆ドーム、そしてここに飾られた冬の朝の原爆ドーム——その三枚は同一作者によって描かれたものだったが、いずれも作品としては稚拙な出来映えだった。

しかし、稚拙だったが真心がこもっていた。そこには、絵を描いた人間の心からの謝罪の気持ちが込められていたからだ。

作者はこの三枚の絵を描くと、まずそのうちの二枚をふたりの女性に手渡した。沢村あづさと榎本未美だった。彼女たちは、児島純太の事件を心から悔いていた。

その反省と謝罪の気持ちを共有する意味を込めて、絵の作者は彼女たちに一枚ずつ、少し異なったデザインの絵を贈った。あづさと未美が十九歳のときだった。

いつまでもあの夜のことを忘れず、純太への謝罪と鎮魂の祈りを捧げつづけるために。

そしてもう一枚は、作者が同じ目的で自分自身に贈った。

それら三枚の油絵は、児島純太の亡霊に怯えながら、十七歳のときの飯島宏自身が懸命に描いたものだった。

三枚の絵の季節は春と秋と冬で、夏はなかった。意図的に夏の光景は描かなかった。忌まわしい事件が起きた季節だったからだ。

だが、もしも夏の原爆ドームを描くとしたら、宏が構図の中に必ず採り入れていたものがあった。

花火である。

もしもあの夜が雨であったなら、決して役には立たなかったはずの花火——

（あの事件に関わっていた人間は六人）

自ら描いた雪の原爆ドームを見つめながら、宏は十八年前の六人の姿を脳裏に思い浮かべた。

回想の中に登場した中二の少女たちは、みな揃いのセーラー服をだらしなく着て、長いスカートをはいていた。いわゆるヤンキーの恰好だ。そして小五の男の子たちは、全員が半ズボン姿だった。

（あの六人の中で、おれとあづさと未美の三人だけが、罪悪感にさいなまれて、心が押しつぶされそうになっていた。糸山慶彦と浅野里夏のふたりは、自分たちは巻き込まれた被害者だという言い分で、一刻も早くほかの四人と離れたいという態度だった。だけど真治は……）

宏は怒りの混じったため息を洩らした。

（あの野郎は初心を貫いた）

5

同じ夜の午後十時──

自宅マンションの一室で紅茶を飲みながら、週明けの授業内容について考えていた浅野里夏は、めったなことでは鳴らない固定電話が、突然ベルの音を響かせたので、開いていた教科書から反射的に手を離した。

微かな風を里夏の手に吹きかけて、教科書はページを閉じた。

（こんな時間に、誰？）

里夏は、いきなり心臓が高鳴るのを感じた。

ここ数日、里夏の精神状態は最悪だった。いまも教科書を開いて授業内容を考えていたものの、じつは半分はうわの空だった。

三日前、榎本未美の惨殺をネットのニュースで知り、あわてて沢村あづさの携帯に電話をかけたら本人の代わりに母親が出て、あづさの病死を告げた。それだけでなく、娘と未美と里夏の三人の犯した罪を、母親は知っていた。

猛烈な衝撃を受けた。あづさが母親に罪を告白したのは疑いようがなかった。

「世の中にはね、浅野先生、取り返しのつくことと、つかないことがございますのよ」

あづさの母の声が耳にこびりついて離れない。

（あれだけ、絶対誰にも言わない、親にも相談しないって約束したのに……）

いまさら非難したところで、当のあづさはもういない。そして未美はすさまじい殺され方をした。

そしてあづさの母親は、冷たくこう言い放ったのだ。

「お気をつけあそばせ。あなたたちに怨みを抱いている人間は、とっても残酷そう。殺されるときは、大変に恐ろしくて、しかも痛い思いをさせられるようですわ。いまのうちから覚悟なさいませね」

恐ろしかった。誰かに相談したかった。でも、できない。いっしょに住んでいる家族でもいれば、まだ心強かったが、姉がすぐそばに住んでいるとはいえ、独身の里夏はひとり暮らしだった。

しかも富山市の中心部から少しはずれたところにあるこの五階建てマンションは、オートロックではない。誰でも自由に正面玄関の扉を開けて入ってこられるのだ。

里夏の部屋は最上階の五階にあったが、屋上から殺人者がロープを使ってベランダへ降りてくるのではないかという想像までするようになった。

あづさは病死だが、未美は殺された。残る自分が命を狙われていないはずがないと思った。しかし、警察に保護を求めるには、すべてのいきさつを話さねばならない。それは教職の身分を失うだけでなく、自らの人生の終わりを意味していた。

かつては殺人罪に時効があった。最初は十五年だった。それがある時期に二十五年に延び、そしてついに凶悪な殺人罪に対する時効はなくなった。だから、罪の告白は姉たち家族をも滅ぼすことになる。

そんな選択肢はない。

（警察に自首するぐらいなら、殺されたほうがまだマシ）

と、開き直ろうとするのだが、殺されるかも、と考えただけで、全身の血が逆流しそうな心臓の不調を覚えた。

そんな精神状態の里夏にとって、めったに着信のない固定電話に夜の十時という時間にかかってきた電話は、恐怖の対象以外のなにものでもなかった。

椅子から立ち上がると、里夏は整理棚の上に置いてある電話機のところへ歩み寄った。

意外にも、液晶画面には０９０ではじまる相手の携帯番号が出ていた。見知らぬ番号だが、非通知よりはマシだった。それで少しは安心して、里夏は受話器を取り上げた。

だが、自分から声を発することはせず、相手の出方を待った。妙な電話であれば、すぐに切るつもりで。

「あなたの人生は、もうすぐ終わりになると思ってください」

いきなり、男の声がそう告げた。

里夏は受話器を握りしめたまま、呼吸ができなくなった。

「ただし、あなたがとどめを刺されるのは社会生命であって、肉体的な命ではありません。そうでなかったら、番号通知で電話などかけませんし」

「だ……れ……」

やっとの思いで、里夏は声をふり絞った。

「あなた……だれ……」

「井原星司といいます」

相手の男はハッキリと名乗った。

「どこの、どういう人」

「職業はサイエンスライターです。あとでネットで検索してみてください。浅野先生の専門は理科のようですから、仕事的にも決して縁がないわけではない。でも、もっと別のところで、私とあなたはつながっているのです」

「どういう、ふう、に？」

「私は、あなたたち三人が殺した児玉純太とは、無二の親友でした」

「……！」

喉から反射的に悲鳴がほとばしり出そうになった。それを必死で抑えた。脚が震えだして、立っていられなくなった。

受話器を耳に押し当てたまま、里夏は床にへたり込んだ。受話器とはコードでつながっていた電話機本体が引っぱられて、整理棚から床に落ちて大きな音を立てた。

だが、通話は切れずにつながっていた。

「私はひとつの決断をして、明日の夜、行動に出ます。どういう行動なのか前もって教えるわけにはいきません。あなたのところへたずねていくのではありませんが、私の明日の行動によって警察が動くことになるのは必然で、そうなれば、児玉純太殺害容疑であなたのところへ警察が行くのも、避けることのできない流れになります」

「もうご承知でしょうけれど、沢村あづさは、若くして病に倒れました。それを事件のせいというのはこじつけに過ぎるのはわかっています。けれども私は、天国の純太があづさに審判を下したのだと解釈しています。そして榎本未美は、もっと厳しい審判を受けました」

「………」

「あなたなのね……」

ぶるぶると震えながら、里夏は問い質した。

「未美を殺したのは、あなたなのね」

「そうだとしたら、どうします？　いますぐ一一〇番をしますか？　そうなさってもいいですよ」

「できないのがわかってるくせに」

「しかし、そこでためらったとしても、あなたの社会生命は明後日の日中までには終わります」

「じゃあ、私にどうしろって言うのよ！」

ようやく叫び声が出た。そして、里夏は告げられた相手の名前を口にした。

「井原さん、あなたは私をどうするつもりなの」

「あなたの選択肢はふたつにひとつしかありません。警察に自首するか」

「自首するか？」

「自殺するか、ですね」

「じさ……」

頭の中が冷たくなった。

「純太を殺した三人の女子中学生のうち、ひとりは病死、ひとりは惨殺、そしてひとりは自殺。バリエーションに富んだよい結末だと思います。それに、あなたにとっては殺されるよりはマシでしょう」

井原星司は、ここまで淡々とした口調で話していたが、急に言葉遣いを変えた。

「ただ、ひとつだけ知りたいんじゃがのう」

ひさしぶりに耳にする郷里の言葉が、混乱する里夏の耳に突きささった。

「あんたら、なんで純太を殺したんじゃ。面白半分にやったことじゃなかろうが。え？　ちゃんと理由があってやったことじゃろうが。動機はなんじゃ。殺意の動機は」

里夏は、整理棚から電話機が落ちるときに、いっしょに鋏《はさみ》も落ちてきたことに気づき、それを手にして、いきなり電話コードを切断した。

相手の声が途絶えた。

その直後、里夏は鋏を逆手に持ち替え、自分の首筋に突き刺すためにふり上げた。

だが――

できなかった。

そして三十二歳の中学校教師は、床に突っ伏して、声を上げて泣き出した。

6

午後十時半――

代議士秘書の糸山慶彦は、千代田区一ツ橋にある代議士の東京事務所で雑用をこなしていた。だが、心ここにあらずの状態だった。昼間の中尾真治からの電話と、その後の展開が忘れられなかった。

「宏を殺す」

榎本未美殺しの犯人を飯島宏だと断定したうえで、真治はこう言ってきた。

「破滅の道連れがイヤじゃったら、協力せえ。宏の居場所を捜すんじゃ。あんたら、永田町の関係者じゃろうが。代議士先生の名前を使うとか、いろいろ考えてみいや」

ところが、警察の事情聴取を受けたあとで、様子をきくために電話をかけると、状況が変わっていた。

「もうええわ、あんたらには頼まん。わしひとりで決着をつける。宏のほうから連絡をとってきたけえ。明日の晩にぜんぶ片づけたるわ」

それ以上、詳しいことは説明せず、警察とのやりとりもまったく教えてくれないまま、真治は電話を切った。

慶彦は不安でいたたまれなくなった。真治が無茶をやれば、自分も無事ではいられない。精神的に崖っぷちに追い詰められた気分だった。

（そもそも、すべての原因をつくったのは真治じゃないか。あいつとさえつきあっていなければ、ぼくの人生はこんな展開にはなっていなかった）

度の強いメガネレンズの奥で、瞳が不安げに泳いでいた。

（真治が勝手にぼくたちを巻き込んだあげくに、自分は紫帆さんと望みどおりに結婚した。そんな無理をするから、十八年間なにごともなかったのに、突然、破滅がやってくるんだ。やっぱり、あいつの結婚は、力ずくでも妨害すべきだった）

小学校時代の光景が脳裏をフラッシュバックした。

呉から広島に転校してきたショートカットの美少女。その彼女が、慶彦たちの通う小学校の目と鼻の先にある中学校へ自転車で通学する姿に、最初に気づいたのが真治だった。

「わし、中学校の新入生にすごい美人をみつけたんじゃ。わしらの小学校では見かけんかった子じゃけえ、どっかから越してきたんかもしれん」

真治は興奮気味に語りながら、一人前の大人のような口調でこうつづけた。

「とにかくええ女なんじゃ。おまえらも見てみい。たまらんで」

そのとおりだった。慶彦にとっても、その美少女は、はじめて性欲というものを意識させるヴィーナスだった。慶彦も真治も宏も、異性の視覚的刺激によって下半身のうずきが生じるメカニズムをはじめて知った。夢中になった。

もしかすると、慶彦のほうが「第一発見者」の真治以上に、彼女のとりこになってしまったかもしれなかった。

ひと目見て、身体じゅうに電気が走った。夢の中にもたびたび登場するようになった。朝起きたら、パンツが濡れていた。三人の中で、慶彦がいちばん早かった。

しかし、当の本人は小学生の男の子たちにマークされているとはまったく気づいていないふうだった。それをいいことに、真治と慶彦と宏の三人は、大胆な追跡を開始した。

三人は下校時間になると自宅に飛んで帰り、それぞれの自転車を持ち出して、こんどは中学校の正門近くに集まり、中学の下校時間になるのを待った。そして彼女が自転車に乗って校門から出てくると、三台の自転車で追跡する。

あまりにも大胆すぎるストーカー行為だったが、小学生という立場にカムフラージュされて、彼女から不審がられることはまったくなかった。

そして三人は彼女の自宅を突き止め、南紫帆という名前も知った。

「シホさん……か」

宏がつぶやくと、慶彦も名前を口にしてみた。

「シホさん」

それだけで震えるほどの興奮を感じた。

だが、真治だけは呼び捨てだった。

「シホ」

ところが——

三人にとってショッキングな事実が判明した。紫帆は、週末になるとバイクに乗ってどこからかやってくる高校生ぐらいの男と「デート」をするのだ。キスシーンのような場面を目撃したわけではなかったが、ふだんはどちらかというと淋しげな表情であることの多い紫帆が、その男と会うときだけは、輝くような笑顔をみせた。腕をからめたり、ときには手をつないだりしていた。

紫帆が相手を「おにいちゃん」と呼んでいるのも聞こえたが、遠くからその様子を窺う三人の小学生は、揃って同じ結論を出した。そして、慶彦がその結論を代表して口にした。

「ありゃあ本物の兄貴とは違う。シホさんのカレシじゃ。間違いない」

だいぶ使いこなしたバイクのエンジンカバーに、「南」ではなく「コジマ」というカタカナの文字が見てとれたのも、その推理を裏付けするように思えた。

真治は不愉快そうな顔でバイクの男を見つめ、例によって小学生らしからぬ口調で言った。

「邪魔くさいのう、あの男。シホがやられんうちに、なんとかせんにゃあいけんじゃろ」

その男――児島純太が、苗字こそ違え、紫帆の実の兄であると知ったのは、彼が死んだあとのことだった。

7

代議士の後援会のための雑用をやっていた糸山慶彦は、いつのまにか自分が仕事の手を止め、物思いにふけっていたことに気がつき、ハッとなって、また単調な事務作業を再開した。

しかし、すぐにまたその手がストップしてしまう。

（宏のバカ！　おまえ、自分から真治に連絡を取るなんて、死にに行くようなものなんだぞ）

真治のブログのコメント欄を利用して、宏が連絡をとってきたという知らせは、慶彦の心をいっそう重くした。直接彼と連絡がとれるものなら、そう言って怒鳴ってやりたかった。

（それにしても、なんでおまえは未美を殺したんだよ。それも残酷な方法で。だから、真治が怖がって先手を打とうとしているんだぞ。よけいなことをしやがって。いまさ

ら未美を殺すことに、どんな意味があったんだ)

破滅が、もうすぐ目の前まできている気がした。

ふと自分の指先を見ると、激しく震えているのがわかった。

(いやだ、この若さで人生が終わるなんて、絶対にいやだ)

そのとき、事務所の電話が鳴った。

とっさに慶彦は、事務所の壁に掛かっている時計を見た。午後十時三十七分。それに真治かと思ったが、通知された携帯番号は彼のものではなかった。

一瞬、真治だったら慶彦の携帯にかけてくるはずだった。

この事務所の電話番号は、後援会の会員たちに公表していたから、たぶんそちらの関係者だろうと思いながら、真治は受話器を取り上げた。そして代議士事務所の名前で応答すると、聞き覚えのない男の声が言った。

「秘書の糸山慶彦さんはいらっしゃいますか」

「はい、わたくしですが」

答えると、すかさず相手は言った。

「あなたの人生は、もうすぐ終わりになると思ってください」

「え?」

慶彦の顔から血の気が引いた。

「ただし、あなたがとどめを刺されるのは社会生命であって、肉体的な命ではありません。そうでなかったら、番号通知で電話などかけません」

「誰だ、おまえは」

「私の発言が気に入らなければ、訴えるなり警察に届け出るなりして結構です。そうできればの話ですが」

「だから、おまえは誰なんだときいているんだよ」

受話器を握る慶彦の手が激しく震えた。

「名を名乗れ」

「井原星司です」

「イハラ？」

「名を名乗れというから、素直に名乗りました」

「偽名だろう、そんなのは」

「いいえ。私はサイエンスライターの井原星司と申します。ご不審に思われるなら、インターネットで検索なさってください。しかし、ほんとうに私の名前をお忘れですか」

「知らん」

「十八年も経てば、記憶が薄れるもんじゃのう」

「えっ……」

突然相手が広島弁に転じたので、慶彦は動揺した。きょうの日中、同じやり方で真治に凄《すご》まれたばかりだったが、こんどは相手の素性がわからないだけに不気味さは格別だった。

「忘れたんかのう、糸山君。わしゃあ、純太が殺されてすぐ、あんたら三人組に目撃談をくわしゅう教えてもらおうと思うて会《お》うたんじゃがね。そんときに、純太の親友の井原星司じゃゆうて、きちんと名乗ったんじゃがねえ」

「あ……」

「思い出したかのお。天国の純太に、おまえを殺した真犯人を必ず見つけてやるけえねと約束して十八年、ようやく事件の全貌が見えてきたんじゃ。あいつのヘルメットのおかげでな」

「な、な、な……」

言葉が空回りした。

「なんのことだか、サッパリわかりませんが」

「ほーお、そうきたか。往生際の悪いやつじゃ。まあええ。で、じつはひとつ頼みがあるんじゃが、わしに教えてくれんかのう。おまえら小学生が純太を狙《ねろ》うた動機と、中学生の不良少女たちと組んだきっかけはどういうところにあったんじゃ」

「い、いったいなんの話をしているんですか」

「とぼけるのもええかげんにせえ。小学生のくせに、花火を、よう殺人の小道具として使《つこ》うてくれたもんじゃのう。それとも、誰かの入れ知恵か？」

「……………！」

慶彦は目を見開いて驚き、ついで、勢いよく電話をたたき切った。

そしてモジュラーコードを引き抜いて電話が通じないようにすると、大急ぎで机の上を片づけ、事務所の戸締まりをして外に飛び出した。

日中の猛烈な土砂降りはやんでおり、濡れた路面が水銀灯の明かりを映して青白く輝いていた。

その道路を、糸山慶彦は恐怖にかられて走った。がむしゃらに走った。どこへ向かうというあてもなく、ただ全速力で……。

そして何本目かの十字路を横断するとき、慶彦は全身にヘッドライトの明かりを浴び、強烈なクラクションの響きを浴び、宙を飛んだ――

そんな相手の様子が見えたわけではなかったが、井原星司は、浅野里夏も糸山慶彦も、きょうと同じ明日を迎えることはもうあるまいと思っていた。それから彼の意識は、明日会うことになっている最終標的に向けられた。

自作自演のブログ炎上によって、仕事と人気と信用を一気に失った代わりに、ようやく飯島宏とのコンタクトがとれたと思い込み、明晩九時、思い出の場所——すなわち広島の原爆ドームにやってくる中尾真治は、現地に着いてから大いにあわてるはずだった。ブログのコメント欄に書き込みをしてきた「ヒロシ」が、本物の飯島宏でなかったという事実をはじめて知って……。

8

「そうか！」

日付が十七日から十八日に変わってまもなく、和久井刑事は自宅アパートの一室で、テレビを前に大きな声を上げた。

なかなか眠れなかったのでつけてみた深夜放送のテレビの画面には、いまから四十年以上も前につくられた時代劇が流されていた。

さっきからそれを小さな音で見るともなしに見ていたのだが、頭の中ではずっと榎本未美殺害事件のことを考えていた。いったい彼女は、なぜあそこまでむごたらしい殺され方をしなければならなかったのか。犯人の怨念は、それほどまでに激しいものだったのだろうか、と。

だが、時代劇の一場面が、重大なヒントを和久井に投げ与えた。

それは敵方の軍勢にとらえられた若武者が、主君の隠れ場所を教えろと迫られ、断固として情報の提供を拒否すると、エビ反りにして縛られたうえに天井から吊され、これでも言わぬか、これでも言わぬかと、激しくムチ打たれる場面だった。

最初はそれをぼんやり見ていた和久井だったが、突然ひらめくものがあった。そして真夜中でもかまわず、携帯で志垣警部を呼び出した。

「ふわあ？」

寝ぼけた声で応答する志垣に向かって、和久井は大声で叫んだ。

「見つかりましたよ、警部！　榎本未美殺しの犯人は、やっぱり中尾紫帆に間違いないという根拠が」

第七章　光と闇と

1

ダブルベッドの枕元に置いてある目覚まし時計は午前二時を指していた。だが、中尾真治は眠れる精神状態になかった。

隣に寝ている紫帆は、静かに目を閉じている。その様子を横目でチラッと見てから、真治はあおむけの姿勢に戻り、豆電球ひとつの薄明かりに浮かび上がる薄暗い天井を見つめた。

思い出の場所――すなわち紫帆の兄が殺された、原爆ドームの見える路地で再会することになっている飯島宏を、どのようにして殺害するかを考えると、眠るどころではなかった。

（ほんとうに宏を殺すことが必要なのか？　慶彦に咎められたように、自分はとてつもなくバカげたことをやろうとしているのではないのか？）

その疑問が、さっきから頭の中をぐるぐる回っていた。

（あの夏の過ちから必死になって遠ざかろうとして、十八年かけてここまで人生を立て直してきたのに、どうしてまたおれは、同じ過ちを繰り返そうとしているんだ）

すると、もうひとりの自分が答えを返してきた。

（慶彦に言ったとおりだ。宏は未美を殺すだけでは終わらせないと思うからだ）

その答えに、また自分が問い返す。

（なぜ、宏はみんなを殺す？）

（それも慶彦に説明したとおりだ。クスリで身を滅ぼした宏にしてみれば、十八年前の出来事がきっかけで、自分の人生の転落がはじまったと思ってる。全員を怨んでいるんだ）

（全員じゃないだろ）

もうひとりの自分が言った。

（きれいごとを言うなよ、真治、自分をごまかすな。おまえは、つぎにやられるのは自分だと怯えている。だから必死なんだ）

そのとおりだった。

宏がいちばん怨んでいるのは、このおれ自身に違いない、と真治はわかっていた。自分が美しい女子中学生にあこがれたことがすべてのきっかけだった。そして大きな勘違いから、ひとりの高校生を殺すことになってしまった。にもかかわらず、自分はその犠牲者の妹であるあこがれの人と結婚した。宏や慶彦を殺人の共犯に巻き込みながら、けっきょく自分だけが幸せを独り占めした形になった。

(だけど、おれが紫帆と結婚したからこそ、宏や慶彦は今後も安心していられるはずだったんだ。おれが紫帆の夫という立場になったからこそ、彼女が兄を殺した犯人探しにのめり込むことを抑えられる)

真治は自分の結婚にそういう正当性を用意していたが、宏に通用するとは思えなかった。

もしも飯島宏が、転落した我が身を嘆くのと同時に、人生の歯車を狂わせた「責任者」を糾弾し、殺してやろうと決意したなら、真っ先にやり玉に挙げられなければならないのは真治自身だった。

(だから、クスリでイカれた宏が未美の惨殺犯なら、おれが先に殺されても不思議で

はなかった。おれはテレビで顔と名前が売れ、逃げ隠れできない立場にいる。最も狙いやすい標的だったはずだ）

それに較べれば、風俗嬢として必死に生きている未美は、宏にとっては仲間意識さえ感じられる存在だったはずだ。そんな未美に、あそこまでひどい仕打ちができるものだろうか。

よくよく考えると「宏が昔の犯行仲間を怨み、片っ端から殺害計画を立て、その最初のターゲットに未美を選んだ」という仮説には、不自然なところがたくさんあった。

ブログのコメント欄を通じ、夜の九時に原爆ドームが見える場所に誘いをかけてきた宏の意図が、真治にはわからなくなってきた。

ダブルベッドの左側に横たわる真治は、スタンドの豆電球をひとつだけ点けた薄明かりの中で目をぱっちりと開けた。そして隣で眠っているはずの妻の様子は窺わず、じっと真上の天井を見つめ、急に湧き上がってきた疑問の答えを探しつづけた。

（なぜ宏は未美を真っ先に殺し、おれを最初に殺さなかった。おれに対する殺意はあるのか、ないのか。ないんだったら、広島で会おうと持ちかけてきた意図はなんなんだ）

そもそもブログのコメント欄を通して連絡をとってくるという行動が、宏のイメージにそぐわなかった。


自作自演のブログ炎上は、自分の社会生命を危機に陥れるやり方であるのは百も承知だったが、真治は必死だった。宏だけでなく、個人的にはまったく音信不通状態となっている沢村あづさや浅野里夏からの接触も待つ狙いがあった。

あの事件に関与した六人のうち、世間に名前が出ているのは自分と糸山慶彦だけだった。ほかの四人は無名の一般人として、どこにいるかまるでわからなくなっていた。グーグルで検索しても名前はまったくヒットしないか、同姓同名の人間が複数引っかかって、どれが正解かもつかめずにいた。

だから真治は、飯島宏だけでなく、とにかく全員に集合をかけたかったのだ。そして生き残りの五人で——真治は、あづさが広島で病死したことを、いまだに知らずにいた——榎本未美はなぜ殺されたのか、その殺害動機は、ほんとうにあの出来事と関わりがあるのかを、話し合いたかったのだ。

しかし、最初から連絡先が判明している糸山慶彦以外からのコンタクトはなかった。そしてようやく宏が連絡をとってきたが……。

急に根本的な疑問が湧き上がってきた。

(もしかすると、コメント欄に書き込んできたやつは、宏の名前を騙《かた》っておれを呼び出そうとしているのか?)

しかし、ではほかの誰なのかと考えても、まったく見当がつかなかった。電話の反応をみるかぎり、糸山慶彦ではありえない。

(昼間は興奮して、慶彦に対して一方的なものの言い方をしてしまったけど、いまとなっては相談相手はあいつしかいない。広島に行く前に、朝になったら慶彦に連絡をとろう。そして、ブログに書き込んできた「宏」が本物かどうかについて、あいつの意見を聞こう。もしかするとこれは、罠かもしれないから)

真治は、糸山慶彦が恐怖に駆り立てられて夜の街を全力疾走し、車にはねられて死亡したことも知らなかった。

児島純太の暴行死に関わった六人の生存者が、これで三人になってしまったことも。

と、そのとき——

「ねえ」

突然、妻の紫帆が、隣から急に声をかけてきた。

紫帆は眠っているものだとばかり思っていた真治は、びっくりして横を向いた。

薄闇の中で、紫帆はこっちを向いていた。

「起きてたのか」

「うん」

短く答えてから、紫帆が問いかけてきた。

「真治、なぜあんな過激なことをブログに書いてしまったの？　これまで築き上げてきた仕事をぜんぶ失ってしまうようなことを」

その件で紫帆からまともに問い質されたのは、これがはじめてだった。

2

浅野里夏は午前二時を回っている掛時計をぼんやりと眺めていた。

鋏で自分の喉を突き刺して死ぬという衝動をかろうじて思いとどまったあと、恐怖と後悔と絶望の涙をさんざん流し、いまは放心状態だった。

気がつくと里夏は、井原星司からの電話がかかってくるまで座っていたダイニングテーブルの椅子に戻っていた。すっかり冷めてしまった紅茶の入ったティーカップと、閉じられた教科書が、星司から電話がかかってきた四時間前の状態のままに置いてあった。

そのティーカップと教科書のあいだには、新たにレポート用紙とペンが置いてあった。レポート用紙には、数枚にわたってびっしりと手書きの文字が並んでいる。衝動的な自殺を思いとどまったあと、なにかに憑かれたように書き殴ったものだった。手書きでこれだけの分量の文章を書きつらねたのは、ひさしぶりだった。得体の知れないなにかが自分に取り憑いて、自動書記と呼ばれる心霊現象を起こし、勝手に右手が文字を綴っていったような気さえしている。

何時間かけて書いたのかはわからないが、レポート用紙をびっしりと埋め尽くす筆跡は、たしかに自分のものでありながら、自分とは違う人格が書いたような異様なエネルギーに満ちていた。

その文面に、里夏はじっと目を落とした。それは告白の文書だった。

そこには、中学二年生のときに不良グループの番長格である沢村あづさと、その一の子分であった榎本未美にそそのかされて、恐ろしいことに手を染めたいきさつが、すべて書かれてあった。

一学年下の新入生である南紫帆という女の子を精神的に苦しめる計画を実行に移し

たいきさつについてだ。

その真相を、ものすごい勢いで吐き出したエネルギーが、一文字一文字に込められていた。あまりにも筆圧が強くて、ところどころで紙が破けていた。


紫帆に憧れた中尾真治たち小学五年生グループがそうであったように、里夏たちも、紫帆が恋人のように親しくしている年上の男が、実の兄であるとは知らなかった。

「あの男を叩きのめしてやるけえ」

そう言い出したのは、沢村あづさだった。

娘の存在そのものが人生の邪魔、と言いたげな女医の母親から満足な愛情を受けずに育ってきたあづさは、「恵まれた者」に対する嫉妬と怒りと憎しみを無条件で抱く女の子になっていた。

その鬱屈した不満の発散が、恵まれた者への暴力という形で表われた。

頭のいい子、経済的に恵まれている子、いつもニコニコ楽しそうな子、そしてきれいな子は、みなあづさに目をつけられ、襲われた。

相手がとくになにか不愉快な態度に出たわけではない。あづさにとっては、自分より恵まれているというだけで、その相手は——もちろん、つねに女子と決まっていたが――リンチの標的になって当然、という理屈だった。

あづさはネチネチとした陰湿なイジメ方は好まず、肉体的な暴力をストレートに加えることで不満を発散させていた。それが自分の権威を保つ方法でもあると考えていたからだった。

もちろん、あづさたちに暴行された事実を決して教師や親に報告させないよう、リンチを行なった相手に対し、猛烈な恐怖感付きの箝口令《かんこうれい》を敷くことも忘れなかった。

小学校までは呉にいたという新入生の南紫帆も、入学からほどなくして、あづさに目をつけられた。

経済的には裕福でなさそうだったし、笑顔もほとんどなく、いつも淋しげで、どこか不幸の影を背負っていたが、頭がよくて美少女という二点において、あづさの標的にされた。

「あの一年生は、そのうちきっちりシメとかんといけんねえ」

あづさが子飼いの未美と里夏にそう宣言したのは、ゴールデンウィーク明けのころだった。そして、紫帆に難癖をつけるきっかけとなる材料を探そうとしてマークするうちに、あづさに不快感を抱かせる事実が判明した。生意気にも、特定の男とたびたび「デート」をしていることがわかったのだ。

離れたところから断片的に会話を聞き取ったかぎりでは、相手は来年に卒業を控えた高校三年生のようだった。

その男子と会っているときの紫帆は、学校での無表情が嘘のように笑顔を輝かせていた。手をつなぎ、腕をからめ、笑い声をあげてじゃれあっていた。キスシーンが見られないことが不思議なくらい、熱い関係にみえた。

まるで別人だった。

紫帆が相手のことを「お兄ちゃん」とか「純太兄ちゃん」と呼んでいるのがときおり聞こえたが、あづさたちも真治たち小学生とまったく同じ勘違いをした。歳がだいぶ離れている恋人を、兄に見立てて「お兄ちゃん」と呼んでいるのだろう、と想像したのだ。

そう解釈すればなおのこと「お兄ちゃん」という呼び方には紫帆の甘えた恋心が込められているようで、あづさはいっそう怒りの炎を燃え上がらせた。

「こうなったら、予定は変更じゃね」

凄みのある表情を浮かべて、あづさは言った。

「本人を痛めつけるより、好きな人がどうかなってしもうたほうが、紫帆のショックは大きいじゃろ」

そのひと言で、ターゲットは紫帆から相手の男に変えられた。

だが問題は、体力のありそうな高校三年生の男子を、中二の女子三人でどうやって攻撃するか、だった。その手段を考えあぐねているとき、あづさが三人の小学生の存在に気がついたのだ。

「あいつら、ガキのくせして紫帆のストーカーをやっとるわ」

あづさは笑いながら言った。

「どうじゃろ、あのガキたちを利用するんも面白いかもしれん。やつらにとっても、あの男は恋の邪魔者になっとるはずじゃし。なんか、ガキどものええ利用方法はないもんかねえ」

3

そして七月三十一日の夜、計画は実行に移された。それは小学五年生の三人との合同作戦になった。

その時点では、あくまで純太という名の紫帆の恋人を痛めつけるだけ、という計画だった。殺すことなどまったく考えていなかった。だからこそ、小学生を巻き込んでもかまわないと思ったのだ。

男の子たちはバイク転倒のきっかけだけをお手伝いしてくれればよかった。あとは「お姉さんたち」がやることを黙って見ていればよかったのだ。決して口外しないという約束で。

ところが――

計画の出だしはうまくいった。小学生の協力で、見事に男子高校生はバイクごと転倒した。あづさが模索していた「小学生を利用するうまいアイデア」を思いついたのは、里夏だった。

いやいや不良グループに加わっている里夏は、そんなアイデアを思いついた自分をおぞましいと思った。しかし、あづさのご機嫌をとっておかなければ、いつ自分がリンチの標的にされるかわからないという恐怖から、おもねるようにそのプランを提示したのだった。

「里夏も、けっこうなワルじゃのう」

里夏のアイデアを聞かされたあづさは、時代劇の悪代官のようなセリフを放って笑った。里夏は、引き攣った自己嫌悪の笑いで、それに応じた。

作戦は成功した。

転倒した純太は、一時的に気を失ったようだった。そこへ三人が殺到し、あづさがバットをふり下ろした。

だが、あづさの第一撃は焦りすぎて手元が狂い、倒れて動かない純太の右肩を軽くかすめただけだった。その軽い打撃で、脳震盪《のうしんとう》を起こしていた純太は意識を取り戻した。そして、倒れた自分を見下ろしている三人の女子中学生と目を合わせた。

夏休みに入っていたので三人とも私服だったが、ひと目見て純太は叫んだ。

「おまえら、紫帆と同じ中学だろ！」

いきなり見抜かれて、里夏たちは凍りついた。

そのころサッカーに憧れていた男子中学生の影響で、里夏たちの中学では男女を問わず、プロミスリングを手首につけることがはやりはじめていた。いまで言うミサンガのことである。

高校生の純太は紫帆から中学での流行を聞かされていたのだろう。三人のうち、未美と里夏が左手にそれをしていたのを見た瞬間、襲撃者は紫帆と同じ中学の生徒だと直感した。

同時に、自分が襲われる動機も理解した。際立った美少女ぶりを発揮している妹のことを、恋人と勘違いされたのだ、と。

「てめえら」

と言いながら、純太は起き上がりながら、フルフェイスのヘルメットを脱ごうとした。里夏たちの脳裏に共通の危機感が走った。

同じ学校だと見抜かれた以上、徹底的にやらなければ、警察に突き出されてしまう、と——。

だからあづさの第二撃は、もろに頭を狙った。そこには明確な殺意が込められていた。脱ぎかけていたヘルメットが宙に飛んだ。

さらに第三撃。

純太は立ち上がりかけた体勢のまま、反射的にそれを腕でガードした。強烈な痛みに、おもわずガードを下げた。そこへ致命的な一撃がきた。

こんどはあづさではなかった。未美でもなかった。はじめて攻撃に参加した里夏のスイングしたバットが、純太の頭蓋骨《ずがいこつ》を砕いた。

グシャッといやな音がして、純太はあおむけに倒れた。

「こうなってしもうたら、とことんやるしかないじゃろ。とことんやるしか！」

そう叫ぶ自分の声を聞きながら、里夏は、これは私じゃない、と心の中で叫んでいた。こんなひどいことをするのは……。

五分後──

三人の女子中学生は、ピクリとも動かなくなった高校生を見下ろしていた。

それが死体であることを認めたくなくて、里夏は顔をそむけた。と、暗がりから怯えた様子でこちらを窺っている三人の男の子たちと目が合った。

「あづさ」

里夏がきいた。

「あいつら、どうする？」

4

小学生たちに因果を含め、死亡した児島純太を置いて、三人でその場から離れていったとき、里夏は、月明かりに照らされた原爆ドームの姿が忘れられなかった。骨格だけになった半球体のドーム部分が、まるで、自分たちの打ち砕いた純太の頭蓋骨のように思えた。

そして翌日——

里夏たちは、死に至らしめた男子高校生が紫帆の恋人ではなく、彼女の実の兄であることを知った。さすがのあづさも青くなっていた。

襲撃の動機がまったくの勘違いであるうえに、相手の命を奪うところまでいってしまったという後味の悪さは格別だった。

おそらくその事実を知ったときが、自分たちを罪の意識に目覚めさせた最初の瞬間だったと、里夏はふり返った。

それでも中学校にいるあいだは、あづさはヤンキーのリーダーでありつづけ、卒業まではあいかわらず気にくわない連中をリンチにかけていた。未美もそれを手伝い、里夏も足抜けすることができずに、不本意にも強面《こわもて》のキャラを保ちつづけた。

だが、その強気は弱気の裏返しだった。

ニセの目撃談を強要しておいた小学生たちが、あづさたちの命令どおり偽証をしてくれたおかげで、警察の手が自分たちに伸びてくることはなかったが、三人とも毎晩のように悪夢にうなされた。

それだけでなく、兄の死で憔悴しきった紫帆の姿は見ていられなかった。それを見て笑っていられるほど里夏たちは冷酷ではなかった。

それぞれがひとりきりになると泣いていた。

そして中学を卒業した直後から——つまり、中学校内でつくりあげた不良キャラに縛られなくてもよくなったとたん、里夏たちの心に児島純太を殺した罪の重みがのしかかってきた。


里夏の場合は償いを考えるよりも、ひたすら忌まわしい事実からの逃亡を図った。がむしゃらに勉強をすることで過去の自分から離れようと思った。中学時代の浅野里夏は、本物の浅野里夏じゃない——そう自分に言い聞かせて、高校に入ってからは必死になって勉強した。

頭がよくなるために勉強したのではない。いい大学に入るために勉強したのでもない。ただひたすら、中学のときの自分とは別人になりたくて、猛烈に勉強し、成績を上げた。

その結果として、一流と呼ばれる大学にも進学することができた。

なにも知らない両親は、里夏の変貌に驚き、そして喜んだ。娘が、あの夜の出来事を記憶から消そうとして必死になった結果だとも知らずに……。

変身のためには、成績がよくなるだけでなく、あづさたちと縁を切ることも必要だと里夏は思った。

あづさを通じて知り合い、もともと個人的にはさほど親しくなかった榎本未美とは、中学卒業をきっかけに縁は切れた。

しかし、あづさとは三年前まで断続的にやりとりがつづいており、さらにあづさは、不本意な人生を歩みつつあった未美とも、ずっと交流をつづけている様子だった。

中学時代、最も先鋭的なヤンキーだったあづさは、成長するとともに、昔とは見違えるように人柄が変わってきた。必死になって「真人間」になろうとする努力を重ねているのが里夏にもわかった。

里夏とは別の方法で、あづさも変身の努力をしていた。ただし、徹底的に過去から離れようとする里夏とは違う部分があった。

あづさは、昔の仲間たちと距離を置こうとする里夏に対して、故郷の言葉は使わず、標準語で繰り返しこう言った。

「反省するだけの生き方は、私たちには許されない。どこかのタイミングで、紫帆への直接的な謝罪が必要になってくると思う」

直接的な謝罪とはなにか、と問う里夏に、あづさは答えた。

「真実を話すこと。でも、まだ私にはその勇気がない。その恐ろしさと戦っていると
ころ」

あづさの決意を聞いて、里夏は怯えた。そんな決心はしてほしくなかったし、そん
な勇気は持ってくれなくていいと思った。

さらにあづさは、小学生グループのうち、ただひとり心の底から事件を後悔してい
る飯島宏と連絡をとりあっていることを里夏に告げた。

「真治と慶彦はダメ。あの子たち、逃げまくりで」

軽蔑の色を浮かべて、あづさは言った。

「でも、宏は違う。ぼくには償いをする責任があるって、ずっと言っている。だから
よけいに、あの子は重圧を受けている。そこが心配」

里夏たちが二十歳の成人を迎える少し前、あづさは、宏から原爆ドームの油絵を贈
られたことを打ち明けた。

「六人の中で、真剣にあの出来事を反省しているぼくたちだけでも、自分たちの罪を
忘れないようにしよう——そう言って、宏は自作の油絵を私と未美に贈ってくれたの
よ。私はそれをずっと自分の部屋に飾っているけど、未美はつらくて飾ることができ
ないと言ってる。でも、決して捨てずに、大切にしまってあるって」

あづさがそう語るのを聞いたとき、里夏は、間違ってもそんな油絵は、自分には贈ってほしくないと思った。

とにかく里夏は、あづさの改心ぶりが恐ろしくなった。まだ決意はできないと言っているが、時がくれば彼女は自分の罪を紫帆に打ち明けて謝罪するのが確実のように思えた。

そして三年前、あづさはついに里夏に新興宗教への入信を勧めるようになった。

0磁場教という、里夏にとってはまったく聞いたことのない教団で、あづさによれば、「人間は『善の気』と『悪の気』の両方を体内に持ち、つねにどちらに傾いているかを意識しているときは、たとえ悪の方向にあっても健全だが、善と悪の絶対値が高いエネルギーレベルで等しくなった場合は、0磁場という特異空間が生まれ、人は善悪の区別のつかない異常行動に出る可能性がある」とし、逆に言えば、「0磁場の特異な心理状態でひどい罪を犯した人間も、心には必ず『善の気』が流れているのだから、見捨ててはならない」と説くものだった。

そして、その教団には過去に大罪を犯した人々が救済を求めて集まっているという。

すでに自分と未美は入信したと言って、あづさは左の乳房に教団のシンボルである

「Ø」のタトゥーを刻んでいるとも語った。

しかし里夏は、入信の誘いを即座に断った。そして、あづさに二度と私に連絡をしてこないで、と厳しい口調で言った。

「私にとって必要なことは、償いでも反省でも謝罪でもなく、忘却なの」

そう言い添えて……。

生前のあづさとの交流は、三年前のそれが最後だった。

ほぼ同じころ、里夏はネットの芸能ニュースに掲載された速報を見て、自分の目を疑った。

《人気モデルのシホさん、ＴＶジャーナリストの中尾真治さんと結婚》

ありえないことが起きた。

あの夜の悲劇における、小学五年生・中尾真治少年が果たした役割を知っていれば、彼と事件の犠牲者の妹との結婚など、百パーセントありえない話だった。

震えが止まらなかった。

真治が恐ろしいのではない。紫帆という女が恐ろしくて、震えが止まらなかった——

5

里夏は、そこまでのいきさつを一気に書き綴った。だが、真治と紫帆の結婚がなぜありえない出来事なのかを記すエネルギーは、もう残っていなかった。

精神的に力尽きた中で、これからどうすればよいのかを考えた。

突然電話をかけてきた純太の親友という井原星司が、十八年前の過去をすべて明らかにする準備を整えているのは明らかだった。そして、それを止めるすべは里夏にはない。つまり、人生の破滅を避ける手段はない、ということだった。

では、どうすればいいのか。選択肢はふたつにひとつしかなかった。

殺人者の汚名を着せられる自分を見る勇気も、まだ存命の母親や近くに住む姉が衝撃に打ちのめされる姿を見る勇気もないから、やはり死を選ぶか。

それとも、ここまで書いたレポート用紙を持って警察に自首し、罪を償うほうを選ぶべきか。

いや、選択肢はもうひとつあった。一夜明けたきょうは日曜日で学校の授業はないが、翌月曜日になっても何食わぬ顔で学校へ行き、破滅の瞬間がくるのをいまかいまかと怯えながらふだんどおり生徒たちを教えるか。

この三つの選択肢のどれをとるべきか、中学校の理科教師である浅野里夏は、考えつづけた。

やがて、答えは出た。

6

午前二時すぎという時刻にもかかわらず、志垣警部の自宅を訪ねた和久井の目はらんらんと輝いていた。電話でたたき起こされた志垣も、いまでは睡魔を完全に吹き飛ばしていた。

和久井という真夜中の来客を迎え、志垣の妻の素子《もとこ》は頭にカーラーを巻いたネグリジェ姿という、典型的なおばちゃんスタイルで出てきたが、ふたりのためにコーヒーを淹れると、また眠るために奥の部屋へ引っ込んだ。

「こんな非常識な時間にお邪魔してすみません」

寝室に引っ込む志垣夫人の眠そうな後ろ姿を見送りながら、和久井は謝った。

「なあに捜査のことなら二時でも三時でもかまわんよ」

パジャマ姿でソファに腰を下ろした志垣は、妻が淹れたコーヒーを一口飲んでから、本題に入るよう、和久井をうながした。

「では、まずこれ、いただきます」

和久井もコーヒーにちょっと口をつけてから、真剣な表情で語り出した。

「で、おさらいになりますが、大森のアパートで殺された榎本未美の過去について、これまで判明した重要なポイントをまとめるとこうなります。

彼女は中学時代に不良グループに所属していて、同じ学校の一学年下に、当時の名前で南紫帆、現在の中尾紫帆がいました。そして紫帆が中一、未美は中二の夏休みに、紫帆の兄・児島純太が原爆ドームの対岸の路地で何者かに殺されました」

「その事件の目撃者が、中尾真治を含む三名の小学生だったわけだ」

「はい。そして目撃者の真治と、被害者の妹である紫帆は、いまから三年前に結婚しています」

「何度も繰り返すようだが、不自然だ。じつに不自然な結婚だ」

下唇を突き出して、志垣は不満げにつぶやいた。

「そして今回の榎本未美虐殺事件では、中尾真治は自ら現場アパート前に立って中継レポートをする立場に置かれましたが、それとタイミングを合わせるようにして、彼は原爆に関する過激な内容を書いてブログの炎上を引き起こし、仕事をクビになってしまった。

これらの状況を合わせて考えますと、榎本未美の殺害は、十八年前の高校三年生の暴行死事件と無縁だとは思えません」

「補足するなら、被害者の部屋に飾られていた油絵だが、顔料やカンバスの詳細な鑑定結果から、描かれたのは現在から十三年前プラスマイナス二年とみられている。当時の年齢でいえば、榎本未美は十九歳、紫帆は十八歳、中尾は十六歳だ」

志垣は、ゆうべ遅くに入ってきた鑑定結果を口にした。

「逆に、暴行死事件から数えれば五年後ぐらいに、あの絵は描かれた。誰が、なんのために原爆ドームの絵を描いたのか、いろいろな想像をたくましくできるところだな。……で、おまえが到達した推理というのは？」

「いま警部がおっしゃったように、昨日、中尾夫妻の住まいを訪れる時点で、ぼくたちはふたりの結婚に、非常に不自然なものを感じていました。そして結婚理由についてさまざまなケースを考えました」

「それを本人たちにぶつけてみたが、どうもうまくはぐらかされた気がするな」

志垣はコーヒーをすすり、また不満げな渋面をつくった。

「ダンナのほうは、おれの仮説をことごとく認めるという、開き直りの態度に出たし、妻のほうは、夫の不自然なプロポーズを受けた理由を明確に説明できなかった。

あのふたりがいっしょになった事情を最も平凡な推測で片づけるならば、中尾が紫帆の美しさに惚れて一方的に押しまくり、紫帆のほうは、兄の死の悲しみを共有できる相手として中尾のプロポーズを最終的に受け入れた——そういうことになるが、どうもそんなありきたりな解釈では真相に至らない気がする。……あ、そういやおまえ」

志垣が、急に思い出したように膝を叩いた。

「いつものおまえなら、紫帆の美貌にまいって、『あんなきれいな人が犯人であるわけがありません』と言うところなのに、今回は本人に会ったあとの感想が違っていた。『もしかして、あの女が榎本未美殺しの犯人だと考えられませんか』と言い出したのには、おれはえらく驚いたがね」

「たとえ千円分でも警部に回転寿司をおごりたくないから、意地でも彼女の美しさに翻弄されまいとしたんですよ。……でも、やっぱり雑誌で見る以上にきれいな人でした」

「ほれみろ。けっきょくそうなるだろ」

と、志垣はニヤッと笑ったが、和久井は真顔で言い返した。

「いえ、紫帆がほんとうに美しい人だからこそ思ったんです。彼女だったら、これまで数多くの男からプロポーズとか、好きだとか、つきあってほしいという言葉をたくさん受けてきたはずです。現に彼女は中尾真治の前に、別の男性と最初の結婚をしています。わずか十九歳のときに」

「そうだったな。でも、すぐに離婚したんだろ？」

「ええ。そのあと十年近く経ってから、中尾真治と結婚しました。三年前のことです。しかし、当時の中尾には経済的なバックボーンがあるわけでなし、まだテレビで名前が売れていたわけでもなかった。紫帆なら再婚であっても好条件の男をいくらでも選べただろうに、わざわざ兄が殺された事件の目撃者である中尾を選んだんです」

　和久井は「わざわざ」というところに力を込めた。

「だから、目撃者と被害者の妹の結婚という不自然さは、夫ではなく、妻の側に原因があるのではないかと思ったんです。そして、ふたりの結婚について、まったく新しい発想で考えてみることにしました」

「新しい発想とは？」

「結婚って、おたがいに幸せになるためにするもんですよね」

「まあな」

志垣は、素子が引っ込んだ寝室のほうをチラッとふり返って言った。

「おれもカアちゃんへのプロポーズの言葉は、『ぼくはきみといるときが、いちばんしあわせなんだ。ぼくは、死ぬまできみを離さないぞ。いいだろ？』だった」

「おー、どこかで聞いたような」

「言わなきゃよかったよ。生涯保障みたいなセリフは」

志垣は、太い眉をハの字に下げた。

「たしかにプロポーズした当時の素子は、そりゃ可憐だった。まるで……」

「小枝のように、か細かったんでしょ」

「そうそう、いまにもポキッと折れそうな華奢《きゃしゃ》な身体をしててな。おれが守ってやらなきゃ、誰がこの子を守れるんだって、男をそういう気にさせる清楚な女だったよ。それがいまやドテーンと縄文杉《じょうもんすぎ》みたいな大木に成長しちまってよ、こっちが大樹の陰で守られてる始末だ。おまけに和久井の前でも平気でカーラー巻いたネグリジェ姿で出てくるんだから……おれは泣けるよ」

「それは、こんな時間におじゃまするぼくが悪いんですってば。にもかかわらず、こうやってコーヒーまで淹れていただいて。奥さんは、ほんとにやさしい方ですよ。大切にしてあげないと」

「おまえはそうやって、いつも素子にやさしいんだよなあ。なんだったら、ヨメにどうだ」

「な、なに言ってるんですか」

「いまならキャンペーン期間中で、娘の直子《なおこ》もいっしょについてくるぞ」

「やめてくださいって。そんなことより、警部、事件の話」

「あ、そーかね」

「ぼくはこういう仮説を立ててみました。紫帆は、幸せになるために中尾真治との結婚を決めたのではなく、いまだに真犯人がつかまっていない兄の死の真相を探るためには、中尾のプロポーズを受け入れることが最良の選択肢だと判断したのではないか、と」

「ん？」

情けなさそうに下がっていた志垣の眉尻が、ピクンと吊り上がった。

7

「ぼくたちが彼らの結婚に不自然さを感じるように、当の紫帆も、中尾の猛烈なアタックに不自然さを感じた。そう思いませんか。目撃者だった小学生が、どこまでも自分の人生につきまとってきた。これはたんに年上の人にあこがれたから、というだけでは済まされないなにかを感じたと思うんです。おそらく紫帆は、中尾に結婚の真意を何度もたしかめたのではないでしょうか。でも、相手からは通りいっぺんの答えしか返ってこない。それでますます紫帆は中尾の本心を怪しんだ。だったら、いっそのこと結婚してみて確かめようと」

「いやあ、そんな目的で結婚するかね」

「紫帆にとって、兄こそが最愛の人であり、どんな男もそれ以下でしかありえないなら、兄を失った人生において、もはや結婚というシステムに理想的な幸せを期待などしていなかったでしょう。それよりも、兄の死の真実を探るのに中尾との結婚が必要となれば、ためらいはしない——そういう覚悟をもって結婚という形を考えていたらどうでしょうか」

「では……」

志垣も真剣モードになって、前のめりの姿勢で和久井に問い質した。

「彼女は中尾が兄の死に関与しているとでも考えたのかね」

「最初の段階では、そこまで疑ってはいなかったと思います。さすがに中尾を犯人だと思っていたら、いくら真実を探る方策であっても、結婚まではしないでしょう」

「だよな」

「でも、暴走族風の男たちが暴行を加えているのを見たという中尾たちの証言に、紫帆はある時点から疑いを抱きはじめていたような気がします。その部分で嘘をついてしまった後ろめたさが中尾にあって、ひょっとすると彼の求愛は、犠牲者の妹に対する形を変えた謝罪なのではないか、と考えはじめた」

「つまり、小学生の自分たちが警察の聴取に対して嘘をついたために真犯人を逃してしまった。それに対する罪の意識かね」

「ええ。そういう疑いを抱いたとすれば、いっそのこと目撃者の妻になって、とことん真相を突き止めようと思ったとしても不思議ではありません」

「いやあ、そこまで想像するのは無理があるんじゃないかねえ」

「いいえ、少しも無理ではありません。兄の死の真相を突き止めることだけが、人生の唯一の目的であると心に決めていれば、彼女はなんでもやったと思います。そして、自分自身をだますことさえ厭わなかった」

「自分自身をだます？」

「中尾真治を心から愛している新妻、という設定を自分自身にも信じ込ませる自己暗示です」

和久井は持参した雑誌のコピーを志垣に差し出した。

「ぼくはカリスマ主婦モデルとしてのシホが、インタビューに答えている雑誌記事をいくつも読みあさりました。その中で紫帆は、独身時代は『ただのモデル』だったのが、結婚によって『カリスマ主婦モデル』と呼ばれるようになったことは、とてもうれしいと語っています。ただしその肩書きは、主婦業をきちんとできていてこそだから、モデルとしての仕事よりも主婦としてやるべきことを優先するため、月に十日以上は仕事を入れない契約を事務所と結んでいると語っています」

「立派な姿勢だよな」

「でも、それもかりそめの自分をつくるための演出であり、夫として迎えた目撃者を油断させるためのコメントだとしたら？」

和久井は、志垣に手渡したコピーを指さして、さらにつけ加えた。

「別のインタビューでは、こんなことも言っています。『正確な意味で、私は主婦モデルと呼ばれてよいかどうか、迷う部分もあります。というのは、私と主人は、こどもをつくらない約束で結婚をしているからです』と。そして、こどもをつくらない理由として、自分が少女時代に両親が離婚してつらい目に遭ったから、と述べています。けれども中尾との結婚が、幸せな家庭を築くためでも愛しあっているためでもなく、事件の真相を解明するという一点の目的のみで行なわれたものであったなら、ふたりの絆を永遠のものとしてしまうような子づくりはできないでしょう」

「まあ、そこまでおまえの推理を認めたとしてもだ、では、紫帆はなぜ榎本未美を殺さなければならなかったんだ」

「同じ中学に通っていた彼女こそが、兄の死に直接関与していた犯人のひとりであるとわかったからです」

「どうやってわかった」

志垣が、即座に疑問を呈した。

「ん？　十八年も前の出来事の真実が、いまになって、どうやってわかったんだよ」

8

「いまになって紫帆に情報提供をした人物がいた、というのが最も可能性のある展開です」

和久井が答えた。

「広島県警に協力を得て、中学時代の榎本未美が不良グループに入っていることは確認できましたよね。で、そのグループの番長格にいた沢村あづさという子に——『子』といっても、被害者同様、もう三十を超えたおとなになっているわけですが——事情を聴こうとして調べたところ、彼女はつい先日、今月の七日に膵臓がんによって広島の病院で急死していることがわかったそうです」

「うん、その情報は知っている」

「人間、死を覚悟したときには、過去の罪を償ってから旅立ちたいと思いませんか？」

「その女が紫帆への情報提供者だったと？」

「ありえない話ではないでしょう。事件から十八年も経って突然、過去の罪を悔い改めようとする人物がいたとすれば、それはなにか重大なきっかけがあったからです。そのきっかけとは、死を悟って、よけいな損得勘定がなくなった精神状態に置かれたからだと考えるのが、いちばん妥当な推測だと思いませんか？」

「なるほど」

「児島純太殺しがあった当時、広島市内の中学校で榎本未美を率いる女子不良グループのリーダーだった沢村あづさは、もしかすると償いのために宗教的な救いを求め、ぼくと警部が訪れて情報提供を求めながら門前払いをされた、あの0磁場教に入っていた可能性が高いんじゃないでしょうか」

「となると、榎本未美がそうしていたように、左の乳房に『0』のタトゥーを刻んでいたかもしれないわけだ」

「ええ、いまとなっては本人確認は不可能ですが、彼女の親に確かめる必要はあるでしょう」

「で、死を覚悟した沢村あづさが、紫帆に懺悔の告白をしたとしてだ」

志垣がつづけた。

「そこで紫帆は、なにを聞かされたと思う」

「すべての真実が詳細に語られたかどうかは疑問です。でも、榎本未美や沢村あづさが兄殺しに関わった真犯人だと打ち明けられたのだと思います」

「それで復讐のために、犯人グループのひとりである榎本未美を殺しに出かけたというのか？」

志垣は和久井にたずねながら、否定的に首を振った。

「それは考えにくいなあ。紫帆が真犯人をつかんだとすれば、最良の手段は、江戸時代の仇討ちのようなことをするんじゃなくて、情報を警察に提供することだ。それぐらいの良識は、彼女はわきまえているだろう。それに実際に彼女と会ってみた印象からすれば、あんなきれいな女が、あんなむごたらしい犯行に及ぶはずがない」

「警部！」

和久井は口をとがらせて怒った。

「回転寿司、おごらせますよ。自分でそのセリフを言ってどうするんですか」

「あ……」

志垣は照れくさそうに、頭の後ろを掻《か》いた。

「ごめんちゃい」

「いいですか、警部。重要なのは、沢村あづさから打ち明けられた真実が、当時小学生だった夫の証言とは食い違っていたと知ったときの紫帆の気持ちです。彼女はその可能性をうすうす疑っていた。だからこそ、中尾と結婚することで、真実を探ろうとした。でも、実際に夫が重大な嘘をついていたと知ったときのショックは、相当なものだったと思いませんか」

「たしかに、それはそうだろう」

「そこで紫帆は、あづさの告白が正しいかどうかを確かめるため、あづさの死後しばらくして、彼女から教えられた未美のアパートを訪れたんです。真実を吐き出させるためには拷問も辞さない覚悟で」

「拷問？」

「そうです」

和久井の脳裏に、ヒントを与えてくれるきっかけとなった時代劇の拷問場面が甦った。

「紫帆は榎本未美を殺すためではなく、拷問を加えて真相を打ち明けさせるためにあのアパートを訪問しました。榎本未美の殺害状況を思い出してください。彼女は両手と両足に手錠を掛けられていました。ただ殺すためだけだったら、そんな手間はかけません。生かしたまま、真実を聞き出す時間が必要だったからそうしたのです」

和久井は確信に満ちた口調で言った。

「そして拷問だからこそ、最初の傷は浅かった。いきなり失神するような傷を加えてはなにもならないからです。で、未美が告白を拒絶するにしたがって、徐々に傷の深さはひどくなる。つまり全身七十五ヵ所に及ぶ傷は、浅い順から深い順へとつけられていったんです」

「しかし被害者はガムテープで口をふさがれていた。そんな状況では受け答えはできまい」

「おっしゃるとおり、詳細な告白を聞くには、口をふさいではダメです。一方、悲鳴を上げられないためには、口をふさいでおくことが必須です。ただし、沢村あづさから得た情報の真偽を確認するだけなら、イエスかノーかの問答に対して、うなずくか首を横に振るかさえできればいい。紫帆にとって最も知りたいことは、中尾真治が兄の死に関与していたかどうかなんですから。

そして、その質問に対する答えがイエスのうなずきであったとき、おそらく紫帆は錯乱状態に陥った。そして、すべての怒りを榎本未美の身体にぶつけたんです。もしかすると、目の前の女が、夫である中尾真治にみえていたかもしれません」

「う〜ん」

殺害ではなく、情報を得るための拷問からはじまった、という和久井の発想に、志垣は唸った。そして腕組みをした恰好で目を閉じ、天井をあおいで思索にふけった。

それからゆっくりと目を開いて、和久井を見つめて言った。

「だが、中尾真治は当時小学五年生だったんだぞ。そんなこどもが、偽証はともかくとして、高校三年生の暴行死に積極的に関わっていたという仮説は、どんなもんかね」

「でも、小学生の目撃談には、一点、非常に不自然なところがありました。しかし、その不自然さに気づかなかった場合は、逆にとても自然な説明でもあった。そこに当時の捜査当局が陥った盲点があるのではないでしょうか」

「盲点とは？」

「花火です」

和久井の言葉に、志垣は目を細めた。

9

「原爆問題をブログに書いた理由かい？」

ダブルベッドの隣に寝ている紫帆から、その質問を受けた真治は、ふたたび真上の天井を向く体勢に戻って答えた。

「あれだけ読めば、無謀な発言と受け取られるかもしれないけれど、じつは『原爆は日本人が落とした』という発言は、まやかしの真珠湾奇襲攻撃とワンセットになるものなんだ。そのもうひとつのテーマにブログでふれることができる日がくるかどうか、こんな調子ではわからないけどね」

「まやかしの真珠湾奇襲攻撃、って？」

薄闇の中で紫帆の問いかける声を聞きながら、真治は天井だけを見つめて言った。

「当時のアメリカ合衆国大統領フランクリン・ルーズベルトは、わかりやすく言えば、中国が好きで日本が大きらいな人間だった。いや、中国人が好きで日本人が大きらいだった、というべきかな。原爆の研究開発を推し進めるマンハッタン計画にゴーサインを出したのも彼だけど、大きらいな日本人を殲滅《せんめつ》できるなら、それがどれほど残虐な無差別大量殺戮を引き起こそうと平気だったと思う。だけど、ぼくが言いたいのは、ルーズベルトがいかに人種差別主義者であったか、ということじゃないんだ」

自分の横顔に妻・紫帆の視線を感じながら、あおむけになった真治は語りつづけた。

「彼は、その憎い日本をやっつけるために、ヨーロッパの対ドイツ戦線にも参戦する理由づけがほしかったに違いない。そんなとき、日本のハワイ奇襲を示唆《しさ》する暗号文を解読したという情報が上がってきた。ルーズベルトは喜んだと思う。これで日本が宣戦布告なき奇襲攻撃を仕掛けてきてくれたら、なんという卑劣な国民であるかとアメリカ国民の怒りを沸騰させ、文句なしに対日戦争の火ぶたが切れるからだ。

そのときルーズベルトは、真珠湾の想定被害をかなり低く見積もっていたに違いない。だから攻撃を受けることがわかっていながら、ハワイにはなんの警告も出さなかった。その結果が、ルーズベルトも真っ青の大損害だよ。たぶん彼は、日本人という民族の能力をとことんみくびっていたんだろう。おかげで多くのアメリカ兵士と一般人が死んだ。大統領のせいでね。

もちろん日本は最初から奇襲のつもりだった。だから、宣戦布告なき攻撃が国際ルールに違反するというなら、それはそのとおり。でも、その奇襲を許したのは、ほかでもない合衆国大統領だった。彼は、対日戦争の恰好の口実ができるなら、大切な兵士たちが死んでも、ハワイに住む国民が死んでも平気だった。ルーズベルトとは、そういう男だったんだ。アメリカ国民が、それに怒らないのがどうかしてるんだよ。

『リメンバー・パール・ハーバー』――真珠湾を忘れるな、という怒りの合言葉は、本来は自分たちの大統領に向けられるべきなんだ。

一方で原爆投下はどうだったか。戦争の終盤になってルーズベルトが脳卒中で急死したあと大統領に就いたトルーマンが、原爆投下のゴーサインを出した最高責任者だ。でも、ぼくがブログに書いたように、広島に特別な任務を帯びたB29が飛んでくる兆候は、陸軍特種情報部の通信傍受により事前にキャッチされていた。なのに広島上空の警戒態勢は解かれた。

百歩譲って、最初の原爆投下は防ぎようがなかったにしても、つぎの長崎は、これも通信傍受で同じ爆弾が落とされることが事前にキャッチされて、陸軍参謀総長まで報告が上げられた。だから長崎の場合は、最悪でも原爆搭載機の迎撃態勢を組むことはできたんだ。なのに、御前会議に出ていた参謀総長はなにも手を打たなかった。

うがった推理をするなら、参謀総長はもう日本は降伏する以外に手はないと思っていたけれど、上の人間にはメンツがあって、天皇制の存続も危ぶまれるような無条件降伏の提案など安易に切り出せるはずもない立場もわかっていた。だから、そうした首相や陸海軍大臣らの苦しい心のうちを察したうえで、あえて上には知らせないまま、参謀総長の独断で特殊任務機再飛来の情報を握りつぶしたとも考えられる。そして二度目の特殊爆弾を長崎に落とさせて日本を敗戦に導いた……。

そういう可能性がなかったとは言えないと思うんだ。少なくとも、その推理が暴論であるとは言いきれないだけの証言と証拠は揃っている。つまり、真珠湾におけるルーズベルトの逆バージョンだよ。ということは……」

真治は薄闇に向かって吐き捨てた。

「ルーズベルトは開戦のために、日本の軍幹部は終戦のために、自分の国民を犠牲にしたかもしれなかった。それが日米戦争の隠された真実だとしたら、その可能性をきっちり検証もしないうちから『安らかに眠って下さい 過ちは繰返しませぬから』という碑文を刻むなんて、ぼくは早すぎた行動だったと思う。その碑文の主語が誰なのかという問題以前にね」

一気にまくし立ててから、少し間を置いて、真治は言い添えた。

「それがあのブログの趣旨だ。あんな炎上騒ぎが起きなければ、ぼくは真珠湾編をつぎに書くつもりだった。『真珠湾攻撃は合衆国大統領が実行した』という見出しで」

「ほんとうに、それだけの理由？」

紫帆が静かにたずねた。

10

問いかけながら、紫帆の脳裏にフラッシュバックする光景があった。

雨、雨、雨――

それは雨音を伴う記憶の点滅だった。

傘を差し、使い捨てのビニールレインコートに身を包んだ女が、二階建て木造アパートの外階段の下に立ち、二階F号室を見上げている。

その姿を誰かが目撃していたとしても、そのレインコートが、まさか血しぶきをよけるために着ているとは誰も思うまい。

紫帆のフラッシュバックは、客観的な視点で見る犯行直前の自分の姿からはじまった。

それから、いきなり犯行後の光景に飛んだ。

たったいま夫の真治が口にした「安らかに眠って下さい」という碑文。「下さい」の部分が「ください」とひらがなになっていたけれど、そのことばが黒の極太油性ペンで書かれた死者の背中が、脳裏に何度もまたたいて現れ、そして暗闇に沈んで消えた。

それだけではない。浅い傷を身体につけられながら悶え苦しむ女の顔。切り裂かれた腹部からどろりとこぼれだしたピンク色の腸。喉を切った瞬間に、ベッドの上めがけて噴出した真っ赤な血の噴水――それらの地獄絵図が、オールカラーで紫帆の脳裏に現れては消え、消えてはまた現れた。

無残な死体が転がっている脇で、必死に捜し物をしている人物がいた。フード付きビニール製の簡易レインコートを着て、念入りにも頭にはシャワーキャップを、両手には使い捨てのポリ手袋をはめ、足もともシャワーキャップで覆った女が、家捜しをはじめていた。

やがて女は「それ」をベッドの下に見つけた。

箱に納められた額縁入りの油絵。原爆ドームの絵。壁に掛けるためのねじ込み式の金具まで添えられてあった。

外の激しい雨音を聞きながら、鮮血に彩られた壁に油絵を飾る全身レインコートの人間。償いのために描かれた油絵は、しまいっぱなしではなく、きちんと飾られていなければならない。

それから、雨音に似たシャワーの音。ついで、レインコートを着たままの身体にシヤワーから出た水が跳ね返る音。

頭にかぶっていたシャワーキャップは決してとらず、手袋も足カバーもしたままシャワーを浴び、血を洗い流したあと、トイレ兼用のバスルームから出て、それらを脱ぎ、持参の黒いポリ袋に詰め込む。

上がり框《がまち》のそばに掛けてある、小さな鏡に自分の姿が映る。

雑誌でおなじみのカリスマ主婦モデル・シホの美しい顔だ。

だが、目が飛んでいた。

「ほんとうにそれだけの理由さ」

妻の脳内フラッシュバックを知るよしもない夫は、不機嫌な声で答えた。

「紫帆までが、昼間やってきた刑事みたいな疑いでぼくを見ているのか。榎本未美を殺したのは、ぼくじゃないのか、というふうに」

「ううん、そうじゃないけど」

「じゃあ、もうつまらない想像はやめて寝ようぜ」

「……うん」

「もうこの豆電球も消すぞ」

真治は身体をひねり、スタンドの豆電球を消した。

真っ暗になった。

「あ、そうだ」

暗闇の中で、真治は思い出しように言った。

「きょうはおれ、起きたら出かけて、一晩帰ってこないからね」

「どこへ行くの」

「職探しさ。このままじゃ、紫帆だって困るだろ。きみの稼ぎをあてにする無職の夫なんて立場にいたくないからね」

「そう……。でも、なんで泊まりがけなの？」

「あてにしている仕事口が東京じゃないから」

「東京でなければ、どこ？」

「決まってから言うよ。じゃ、おやすみ」

強引に会話を打ち切って、暗闇の中で目を閉じた瞬間、真治の脳裏に一条の光が閃《ひらめ》いた。

記憶の中に鮮やかに残り、消そうと思っても消せない花火の閃光だった。

11

同時刻——

沢村あづさの母・静子は、漆黒の闇の中で座禅を組み、水の流れる音を聞きながら、必死になって無の境地になろうとしていた。

頭上を厚い雲が覆っているために、月も星も出ていない。自分が目を開けているのか、閉じているのかという区別さえつかないほどの、完全な暗黒だった。

その黒い静寂に身を置いた静子は、0磁場教の入信セミナーのあと、思い切って教祖の近江ハツにたずねたときのことをふり返っていた。

静子がどういう立場の人間であるかを知ると、小柄な白装束の老女は、こっちへきなさいと言って、個室に案内し、ふたりきりになった。

そして言った。

「あなたが沢村あづさの母親だとわかりましたから、特別にお伝えしておきましょう。あづさの起こした事件は、母親としてのあなたの愛の欠落が引き起こしたものです。

つまり、児島純太という高校三年生の男の子が殺された事件は……」

教祖は具体的な名前まで、あづさから聞き出していた。

「あなたの娘のあづさが引き起こしたことであっても、実際にはあなたが犯人も同然なのです」

脳の髄まで射貫かれるような眼光で、教祖は静子を睨みつけた。

「よくお聞きなさい。人間は、こどももおとなも含めて、三つのものがないと健全に育たないの。生きていけないの。その三つとは、水と食べ物と愛です。あなたは娘に親として、水と食べ物は与えた。でも、愛は与えなかった。そして娘がそれに反発して非行に走ると、叱るか嘆くかしかせず、その原因に親の愛情の欠落があることに気づこうとしなかった。もちろん、母のあなただけでなく、父親も同罪よ。

そしてあづさは人の幸せをねたむ女の子になった。愛の渇きが、満たされた者への憎しみという形で現れたのです。でも、あづさは偉かった。あの子は、殺した男の子の妹に、いつか真実を告げねばならないと、あるとき心に決めたのよ。それに同調する人間はふたりいました。榎本未美――この子は殺されたわね。そして飯島宏。

男の子はうちに入信してこなかったけれど、償いの油絵を描き、いつまでも自分たちがやったことを忘れないようにと心に誓った。でも、その一方で、罪の重さから逃れるために覚醒剤に走った。二歳下の彼を助けられなかったと、おたくの娘は私の前で泣いたわよ。なんてやさしい子」

老教祖の目が、わずかに潤んだように、静子には思えた。

「あなた、わかる？　人間とはそういうものなのよ。どんなに残虐で冷酷な心に支配されていても、その一方ではやさしい気持ちを持っている。でも、人はどちらか一方しか見ない。だから罪ある者に手を差し伸べず、逆に善人の裏にあるもうひとつの顔を見抜くこともできない。

あづさは、すでに母親のあなたには罪の告白をしましたね。だけど母はなんの救いもくれなかったと言っていたわ。むしろ娘の存在を恥じて、必死になって隠そうとしていた、と」

耳に痛い話だった。

そのとおりだった。

「それであづさは心の救いを求めてうちに入信し、私の話を聞くうちにずいぶん気持ちを落ち着けたみたい。そしてことしに入って、とうとう決心を固めたのよ。犠牲者の妹に真実を告白し、警察に自首しようと。

そのきっかけは、いまから三年前に犠牲者の妹が、目撃者でもあり邪悪な襲撃計画の共犯者でもあった当時小学校五年の男の子と結婚したこと。あなたの娘は、このふたりの結びつきを『悪魔の結婚』と呼びましたよ。そして、このままほうっておけば大変なことが起きるだろうと不安におののいた。紫帆の狙いがわかったからです。そしてあづさは、病に倒れて自分の死が間近にあると悟ったとき、紫帆にすべてを打ち明けた。真実を語れば、紫帆はそれをもって警察に行くだろうと思ったから。

あづさが、どうやって紫帆の連絡先を知ったのかって？　さあ、そこまではわからない。知りたければ、自分でお調べなさい。自分の娘がやったことなんですから。ところで、あづさの思いは裏目に出たわね。紫帆は、あづさの告白をすぐに信じることができず、もうひとりの当事者を追及しようとした。そこには当然、復讐の殺意も含まれていた。そして、あづさが望んでもいなかった最悪の展開を迎えてしまったわけよ。ただ、その結末を見ずにあづさが天に召されたことは不幸中の幸いでした。

あの子が病で倒れたのは宿命かもしれない。けれどもその命を不必要に縮めたのは、母親のあなたのせいだということを忘れてはなりません。あなたがうちの教団に入信するかどうかは、あなたが決めること。私は強要はしません。また、あなたが真実を警察に告げるかどうかの判断についても、忠告はしません。

私は教団の教祖として、信者から打ち明けられた秘密は永遠に守ります。でも、ひとりの母親として、あなたが娘から打ち明けられた真実を公にするかどうかの判断は別。あなた自身の人生にも関わることですからね。

どう、迷っている？　迷っているなら、せっかくここまできたのだから分杭峠へお行きなさい。０磁場のポイントを書いた地図を上げますから、そこで大地の０磁場のエネルギーを受けながら、あなたの心にも０磁場をつくってごらんなさい。

善の気と悪の気が同じ絶対値で絡みあう特別な次元に身を置いたとき、人は心のコントロールをすべて失います。そして、その場に存在する精気か邪気のどちらかの影響を受けて、自らの意思とは関係のない力に突き動かされる。

邪気に満ちた空間で心の０磁場を迎えれば、人を殺すことになんのためらいもなくなります。榎本未美のアパートを訪れたときの紫帆がそうでした。ええ、私にはわかっています。未美をあのようなやり方で殺し、飯島宏が未美に贈った原爆ドームの油絵を壁に掛けるようなことを、ほかの誰がするというの。

紫帆は、心に０磁場を抱いた瞬間、その場の邪気に操られました。中学生のときの、あなたの娘もそうでした。けれども０磁場教では、邪気ではなく精気に満ちた場所で心に０磁場をつくることで、逆に、自分ではどうにもできなかった苦しみから逃れることを教えています。

悟りを開きたいなら、私の教団に入ることもひとつの選択。でも、あなたには新興宗教への偏見があるわね。いいえ、否定しても私にはわかりますよ。いいの、それならそれで。でも、はるばるここまできたのなら、せめて分杭峠へ行ってみなさい。迷っている時間はありません。いますぐによ」

12

いろいろ迷った末に、静子が高遠町の中心部に出ていたタクシー会社の看板を見て、タクシーを呼んだのは午前零時を回ったころだった。

運転手に、０磁場教の近江ハツ教祖から勧められたと告げると、その存在は有名なようで、真夜中に分杭峠へ行きたいと告げても不審がられることはなかった。

国道152号線は、山間部に入ると急速に高度を上げながらくねくねと曲がり出し、タクシーのヘッドライトが、山肌を右に左にと照らし出した。

舗装はされておりガードレールも完備しているが、ほとんどが一車線で、対向車がきたときにすれ違える場所はあまりない。だが、さすがに深夜とあっては、この道を通る車はほかにまったくなかった。

「おっとっと」

途中でタクシー運転手が急ブレーキを踏んだ。

「見てください。ハクビシンですよ」

タヌキのような、アライグマのような姿の動物が、道路前方の中央に現れ、ヘッドライトを浴びせられても、すぐには動こうとしなかった。

「見た目は可愛いけど害獣でね、畑の作物を荒らす困ったやつです」

運転手が解説した。

「これから秋になって、このへんに栗の実がなりはじめると、みんなこいつらが食っちゃいます。困ったもんですよ」

運転手は後部座席の静子が喜ぶと思って説明をしたのだが、まったく返事もしなかったので、バックミラーでチラッと様子を窺ってから、拍子抜けした表情で、パンと一回クラクションを鳴らした。

ハクビシンが驚いて路肩に移動するのを待ってから、運転手は車をまたスタートさせた。

しばらくして左に広々とした駐車場が見え、そこを通り過ぎ、緩やかな右カーブの左手に建っている石碑をヘッドライトが捉えたところで、運転手は車を止めた。時代を感じさせる石碑には「従是北《これよりきた》　高遠領《たかとおりょう》」と刻まれてあった。

静子の乗ったタクシーは、その高遠から南へ向かって山道を上りながらここに到達したわけだから、石碑の文言は、南の大鹿村や、さらに南の駿河国《するがのくに》方面からやってきた旅人のために彫られていることになる。

その石碑の右側には「分杭峠　標高１４２４ｍ」と記された、これは現代につくられた標識が、鳥居形の支柱に取り付けられてあった。そして石碑の左側には、国道から左に分岐する未舗装の山道が延びている。

車が一台分は通行できる道幅だったが、勝手に進入できないように頑丈なゲートがこしらえられ、それが閉じていた。

「ここが分杭峠で、気場はこの砂利道をまっすぐ進んだところにあります」

運賃の釣り銭を返しながら、運転手は説明した。

「それとはべつに、いま通り過ぎた駐車場から小径を降りていったところにも、別の気場があります。そっちを案内する人もいますが、近江先生がおっしゃっている気場は、まちがいなくこっちですね」

「わかりました。ありがとう」

そう言って、静子が車を降りかけると、運転手が心配そうに声をかけた。

「奥さん、帰りはどうなさいます。奥まで行ったら携帯は通じないかもしれませんよ。それに、たとえ電話が通じても、分杭峠まで車一台と言われてもねえ、この時間で応じるタクシーはまずありません。お待ちしましょうか。どうせ私もヒマですから、一時間ぐらいでしたら待ち料金はいただきません」

「そうねえ」

半分身体をタクシーの外に出したところで、静子は一瞬考えた。それから、背中を向けたまま答えた。

「じゃ、一時間だけ待っててちょうだい。それで帰ってこなければ、行ってしまって結構よ」

「承知しました。……あ、念のためこの名刺を。これに私の携帯番号が書いてあります。もしも電波が届くようでしたら、ご不要なときにもご一報たまわれば」

「わかりました」

九月の中旬だが、車から外に出てみると、標高一四〇〇メートルを超える峠の夜気は意外に寒かった。

そしてタクシーのドアが閉まってルームライトが消えた瞬間、あたりが真っ暗であることに静子は戸惑った。

「奥さん、奥さん」

またタクシーのドアが開いて、運転手が小走りに駆け寄ってきた。

「懐中電灯を持ってらっしゃらないんでしょう。じゃ、これをお持ちください」

運転手は、ペン型の小さなライトを手渡した。

「帰りをご用命のときは、車に戻られたときにお返しくださればけっこうですし、もしも時間を置いてほかの車をお呼びになったときは、その運転手に、私の名刺を添えてお渡しくださいさい。このへんは、うちの会社の縄張りか、よその会社でもおたがいツーカーですから。それに……」

恐縮する静子に向かって、運転手は言い添えた。

「近江先生のところのお客さまに、なにかあったら申し訳が立ちませんから」

親切な運転手のおかげで、静子はペンライトの明かりを頼りに、気場と呼ばれる分杭峠の0磁場に到達した。

十分もかからずに、砂利道がちょうど行き止まりになったところに出た。そこは広場になっていて、いくつかベンチもこしらえてあった。

右手には崖の横穴から導水のための樋《とい》や青いゴムホースがいくつか出ていて、そこからちょろちょろと水が流れ出しているのが、ペンライトの明かりに光ってみえた。それが、人々がありがたがって採りにくる0磁場水のようだった。だが、それが飲用には適さないことも、看板に出ていた。

圧倒的な闇の中ではいかにも弱々しいペンライトの淡い光をあちこちに向けながら、静子は瞑想にふけるのに適切な場所を探した。

そしていくつかあるベンチの脇に、誰かが置き忘れたらしいブルーシートがあるのを見つけると、そこに腰を下ろし、ペンライトの明かりを消した。

それから静かに座禅を組んだ。

13

0磁場の気が自分の心にどのような影響を与えるのか、まったく実感のないままに時が流れていく。いや、漆黒の闇の中では、時間の流れそのものが止まってしまったようでもあった。

（教祖は、心に0磁場ができたとき、自分の意思とはまったく無関係に人は行動する

とおっしゃった）
静子は思い出していた。
（その場の気が精気であるか邪気であるかによって、よい方向にも悪い方向にも操られると……。私は信じよう、この０磁場の気を。そして、どのような操られ方をしても、その結果に悔いは残さない）
心に決め、静子は瞑想をつづけた。

と――

突然、その瞑想が携帯の着信音によって破られた。

静子はびっくりして目を開けた。

バッグの中で、携帯電話が青い光を点滅させながら電話の着信を告げていた。こんな時刻に、である。

タクシーの運転手は携帯が通じないかもしれないと言っていたが、静子の携帯は分杭峠の奥まった場所でも電波をとらえた。

だが静子は、それを純然たる電波の通信ではなく、どこか異次元の世界からの呼び出しのように思えて震えた。

暗黒と静寂の山の中で、突然鳴り出した携帯電話は、それじたいが恐怖の対象だった。

(誰……だれなの)

静子は光の点滅を頼りに、バッグから携帯電話を取り出した。

その瞬間、猛烈な寒気が彼女を襲った。

手探りで取り出した携帯は、自分のものではなかった。棺といっしょに燃やしてしまおうと思ったが、葬儀社の人間からそれは棺には入れられないと言われ、やむをえず手元に引き取り、いつも自分の携帯といっしょに持ち歩いていた娘のものだった。

けっきょく、それを定期的に充電しながら持ち歩いていたのは、あづさの死を知らない彼女の友だちに、訃報を知らせる唯一の手段となっていたからだった。

だが、それにしても、午前二時半になろうとする時刻にかかってくるのは通常の用件でないことは間違いない。

液晶画面を見ると「コウシュウ」となっていた。いまどきめずらしい公衆電話からの発信だった。ますます怪しい電話だった。

そこらじゅうの山にこだまとして響き渡っているのではないかと思えるほど、その着信音は静子の耳に大きく響き、点滅する光はストロボを浴びせかけられているようにまばゆく静子の目を射た。

数秒間、迷ってから、静子は通話ボタンを押し、それを耳に当てた。

「はい」

まず、それだけ答えた。

すると、男の声が言った。

「あづさ?」

ドキンとした。

少なくとも相手はあづさの死をまだ知らない。

「誰?」

「宏じゃ。飯島宏。ひさしぶり。何ヵ月ぶりじゃろ。こないだ出所してすぐ、一度連絡をとったきりじゃね」

「……………」

静子は息を呑んだ。

名前だけは知っていた。ほんの数時間前、教祖からも聞かされた名前だった。十八年前の事件に関与した六人の中で、罪を悔い改めようとした三人のうちのひとり。あの出来事を忘れてはいけないと、原爆ドームの油絵を描き、あづさに贈った人物。

覚醒剤で何度も逮捕されている経歴も、あづさが教祖に伝えていた。

「もしもし、寝とった?」

宏は、まだ自分の勘違いに気づいていない。

「……うん」

静子は、とっさにあづさになりきって、か細い声で答えた。

「起こしてごめん。じつはわし、あんたに連絡したあと、施設に入ったんじゃ。八ヶ岳の麓にあるんじゃけど、クスリから離脱するための施設なんじゃ。おやじから、これがやり直しの最後のチャンスじゃ、言われてのう。そこのロビーの公衆電話からかけとる。

用件はな、未美のことじゃ。携帯もないし、新聞もテレビもめったに見ん生活じゃけ、あの子が殺されたニュースをついさっき知ったんじゃ。やばいよのう、あんたなら想像がつくじゃろ。未美を殺したのは間違いなく紫帆じゃ。純太の妹に決まっとる」

電話の様子からすると、宏は、あづさが死んだことを知らないだけでなく、病院に担ぎ込まれた事実さえ知らないようだった。

ということは、あづさが紫帆に病床から決定的な電話をかけたこともつかんでいない。

そんなことを頭の中で確認しながら、静子は黙って相手の話のつづきを待った。

「このままじゃと、つぎに殺されるんは、あんたやわしじゃない。里夏でも慶彦でもない。真治じゃ。未美のむごたらしい殺され方は、たんなる復讐とはちがう。ありゃあ、真相を聞き出すための拷問じゃったと思う。ほんで、ニュースの中でいちばんわしが震え上がったんは、犯人がわしの油絵を壁に掛けたことじゃ。

未美はわしが贈った油絵について、大切に持っとるけど、飾る気にはなれん言うとった。ほんでもかまわんよ。しまっておいてもええけえ、一生、大切に持っといてえやと頼んだ。紫帆がなんでそのことを知ったんかわからんけど、それを探し出して壁に飾った。寒気がするゆうもんじゃない。

やっぱり紫帆が真治と結婚したんは、きれいごととは違《ちご》うとった。あれは復讐の悪魔じゃ」

「それで……」

寒さではない理由で震えた声を出しながら、静子はたずねた。

「宏はどうするつもり？」

「朝になったら警察に行く。警察に行って、十八年前に起こったことを……いや、わしらが起こしたことを、なにもかも話すつもりじゃ。当然、あづさ、あんたの名前も出す。ええな？　そうせんことにゃあ真治を救えんからじゃ。わしは真治を憎んどる。あいつだけは一生許せん思うとる。ホンネを言えば、殺されるんじゃったら、そのほうがええとも思う。けど、真治のためじゃなしに、紫帆のために、わしは彼女を止めんにゃあいけんと思う。それが、あの子を不幸にしたわしらの責任じゃろ。のう？」

「……………」

「じゃけえ、わしは警察に行く。おまえの名前も出す。里夏の名前も、慶彦の名前も出す。ええな？」

「……………」

「ええな？」

繰り返し念を押されたところで、静子は、はっきりとした地声に戻って言った。

「あづさは亡くなりました」

「え……」

激しい驚愕《きょうがく》が、電波にのって伝わってきた。

「な、な、なんじゃて？」

「あづさは九月七日に、広島の病院で亡くなりました。膵臓がんで」

「そ、そしたら、あんたは誰じゃ」

その問いには答えず、静子は通話を切り、つづけて電源も切った。

携帯の明かりが消え、ふたたび周囲は闇に包まれた。その中で、静子のすすり泣きだけが聞こえた。

14

「花火？　花火がいったいどうした」

問い返す志垣警部に、和久井は言った。

「小学五年生の男の子三人が集まって、夜の九時すぎに花火をしていた。時間がやや遅い気もしますが、夏休みでしたし、それほど不自然というほどでもない。ですから当時の所轄署は、こどもたちの言い分を鵜呑みにしたと思います。でも警部、男の子たちの花火遊びというと、どんなものをイメージします？」

「どんなものって……」

「線香花火はどうですか」

「それはないだろ。それは浴衣を着た少女がやってこそ似合う風景だ」

「ですよね。男の子だったら、小物でもネズミ花火のように激しい動きとともに大きな音を出すものとか、やっぱり手持ちの連発タイプや打ち上げ花火といったところだと思いませんか」

「そう思うね」

「つまり、中尾真治らが花火で遊んでいるときにはものすごく大きな音を立てていただろうし、その花火は離れたところからでも見ることができたと思うんです。けれども離れた場所から花火は見えても、やっている人間までは確認できないのがふつうでしょう。つまり、ハデな花火を上げているのが小学生だとはわからない。中学生かもしれないし、高校生かもしれないし、ひょっとしたらヤクザとつながっているような不良連中が集まって花火で遊んでいるのかもしれません」

「わかったあ！」

和久井の言わんとするところがみえてきた志垣は、真夜中にもかかわらず、パーンと勢いよく手を叩き、大声を出した。

「児島純太を襲ったグループは、どんな連中がやってるかわからない花火がパンパカ上がっているそばで、暴行などするはずがない」

「そうです。仮に花火をしているのが小学生だとわかったとしても、大人に言いつけられたら、いつ警察が飛んでくるかわかりません」

「それでも花火遊びをしていた小学生たちのそばで平然と暴行が展開したとなれば……目撃者の小学生というのも、じつは一枚嚙んでた？」

「打ち上げ花火を走ってきたバイクに向ければ、転倒するでしょう」

「おいおいおいおいおい」

パジャマ姿の志垣は、前のめりになった。

「転倒のきっかけは、小学生がつくったと言いたいのか？」

「中尾真治が中心となって、それをやった——そう考えてみたら、いろいろな辻褄《つじつま》が合ってくるんです。彼が、いつまでも被害者の妹にまとわりつく事情も、彼らの証言をもとに捜査を進めても、いっこうに容疑者が捜査線上に浮上してこない理由も」

「つまり、実際に暴行を加えたのは男じゃなくて女のグループだった？」

「そうです。非常にわかりやすい嘘のつき方です」

「その女のグループのひとりが榎本未美か」

「ええ。そして広島県警の調査によれば、紫帆が通っていた中学校でヤンキーグループの頂点にいたのが、榎本未美と同じ二年生の沢村あづさ。ほかに浅野里夏という生徒も中核メンバーだったようです。そしてさっきも言いましたけど、沢村あづさは今月の七日に膵臓がんにより、広島市内の病院で死亡しています。それをきっかけにしたように、五日後に榎本未美の殺害が起き、つづいて中尾真治の、意図的かもしれないブログ炎上事件が発生」

「つながってきたな」

「つながってきました」

「こうなってくると、榎本未美の虐殺事件は、彼女に過去の真相を告白させるための拷問と、その告白を聞いて錯乱状態に陥ってしまった紫帆が引き起こしたものだとするおまえの推理も、なんだか的を射てきたような気がしてきた」

志垣は何度も納得のうなずきを繰り返した。それから、そのうなずきを急に止めて、和久井に問い質した。

「しかしだよ、小学五年生が高三の男子を暴行する計画に加担していたとすれば、その理由はなんだ」

「嫉妬しか考えられません」

「嫉妬だと？　小学生が？」

「児島純太を紫帆の恋人と誤解した結果、そいつを痛めつけてやろうという気持ちが生じた。つまり、そこには二歳年上の美少女に対する、生まれてはじめて経験する恋があったんじゃないでしょうか」

「なんともはや……だな」

志垣は頭をかきむしった。

「小学校五年にして中一の美少女に片思い、というところまでは理解できるが、相手の兄を恋人と勘違いしたうえに暴行するきっかけをつくるとは」

「小学生だからこそ、そんなことができたのかもしれませんよ」

和久井が言った。

「大人は頭の片隅にチラッとでも悪を認識して悪事を行なうけど、こどもはそうした意識がない。善悪の判断がつかないこどもほどタチの悪いものはありません」

「たしかにそうだ」

中尾真治が、結婚してもこどもをつくらないという紫帆からの要求に同意したとき、こどもが天使だという幻想は持っていないと言ったことを、もちろん志垣は知らなかった。だが、つぎのことばが自然と口をついて出た。

「おれは、こどもは無邪気な天使のようなものだと思っていたけどね。少なくとも小学生ぐらいまでは。それが通用せんのかね」

そして志垣はため息をつきながら首をコキコキと二度鳴らし、ソファから立ち上がった。

「どうします？」

和久井もいっしょに立ち上がってたずねた。

「ここまで推理がまとまってくれば、二度寝をするわけにもいかんだろ。これから本庁に出て、一課長と大森署長に提出する報告書をまとめる。そして、朝いちばんで捜査会議を招集してもらって、中尾夫妻のところへまた足を向ける。そういう段取りになるな」

「よけいなことかもしれませんが、ふたつだけ言っていいですか」

「なんだ」

「その報告書って、また例によって、ぜんぶ自分で組み立てた推理だということにするのでは？」

「そらそうよ」

「ぼくの著作権ってものはないんですか」

「ないね」

志垣はパジャマのボタンをはずしながら、にべもない口調で言った。

「部下の手柄は上司の手柄。それは組織として当然のルールだと思ってくれたまえ」

「じゃ、せめてアイデア借用料は？」

「ま、いいとこ回転寿司五皿分だな。一皿百円のネタにかぎるが。いや、ここはいっちょふんぱつして、二皿分は百五十円のネタまで許可する」

「そういうセコいふんぱつをしないでくださいよ。なんか悲しくなりますから」

「あ、そ。じゃ、やっぱぜんぶ百円均一でいい？」

「はいはい」

和久井はうんざりした表情をつくったが、すぐ真顔に戻って言った。

「でも、ふたつめの提案はぜひとも受け入れてください」

「なんだよ」

「報告書をつくってからでは遅すぎはしませんか」

「ん？」

「中尾家に行くのが、です」

志垣の顔からも、冗談モードは消えた。

15

枕元の時計は午前三時を指していた。

スタンドの豆電球まで消して真っ暗になった寝室の空間で、夫婦ふたりの息づかいが静かに聞こえる。

しかしそれは寝息ではなかった。おたがいに眠ることができず、おたがいに荒い息を繰り返していた。

真治のほうは、花火のフラッシュバックが止まらない。

沢村あづさたちの指示により、決まった時刻に決まったルートで帰路につく児島純太のバイクを転倒させるため、打ち上げ花火を走行中の彼めがけて放つという計画。

たった一本だけではタイミングが合わないからと、バイクの接近を確認すると同時に、十連発の打ち上げ花火六本に火をつけ、相手の頭を狙って構えるというものだった。

つまり真治と慶彦と宏の三人で二本ずつ着火し、両手に構えて狙い撃ちをする作戦だ。

しかし、真治もほかのふたりも、それが相手にとって死の序曲になるとは想像もしていなかった。標的の高校生は、いつも銀色のフルフェイス・ヘルメットをかぶっていた。だから花火の火球が直撃しても、それで失明させたり顔にやけどを負わせることはない。たんに、驚かせてバイクを倒してしまえば、あとは「お姉さんたち」の出番となる。

そしてバイクがやってきた。

「きよったぞ。はよ、火ィを点けえ、火ィを！」

真治がほかのふたりを急《せ》かした。

それぞれが二本ずつの十連発に点火した。そして、近づいてくるバイクに向かってそれを向けた。

ヒュー、ヒューという音を立てて赤や黄色や緑に見える火の玉が、放物線を描きながらバイクに向かって飛んでいった。

そのうちのひとつが、ヘルメットの上部に命中し、純太の顔の前で火花が炸裂した。当たったのは自分の持っていた花火だ、と真治は確信した。

「あったり〜！　わしの花火じゃ！」

このあとの展開を想像もできず、真治はまるで射撃ゲームで的に命中させたような喜びの声を発した。

突然の花火攻撃に驚いた純太が急ブレーキをかけた。その拍子にハンドル操作を誤った。

バイクは二度三度激しく左右に揺れ、最後にバランスを崩して横倒しになった。

純太が必死に脚でふんばったため、バイクの転倒音は周辺住民の驚きを呼ぶほど大きなものではなかった。しかし、勢いは弱かったが、バイクから身体が引き離される最後の場面で、純太は近くの電柱で頭を強打し、脳震盪を起こした。そして動かなくなった。

「まずいんじゃないん」

急にはしゃぐのをやめて、小声で宏がささやいた。

近視のメガネをかけた慶彦は、鼻の頭までフレームをずり落とし、無言で震えていた。

「いいんじゃ、これで」

真治だけが強気で言い切ったとき、物陰に待機していた三人のヤンキー中学生がバットを片手に飛び出してきた。

消そうと思っても消えない、その夜の光景がまぶたの裏をスクリーンにして繰り返し繰り返し上映される。

それに耐えられなくなって真治は目を開けた。

「わっ!」

まぶたを開いた瞬間、叫び声が出た。

真上から自分を覗き込む紫帆の顔があった。

それは携帯のバックライトに照らされて、恐ろしい陰影をつくっていた。あおむけの体勢で、真治は硬直した。

「なんだよ、紫帆」

ことばが喉に引っかかって、かすれてしまう。

「びっくりするだろ」

「これ、見て」

紫帆は右手に持った携帯の液晶画面を、真治のほうへ向けた。

待ち受け画面に、紫帆の兄、児島純太の笑顔が出ていた。しかしシャープな画像ではない。当時は、純太も紫帆もデジカメを持っておらず、アルバムに貼ってあったサービスサイズの写真を携帯カメラで写して取り込んだものだった。

いままで紫帆がそんな画像を待ち受けにしていたのを、真治は見たことがなかった。

あおむけになった真治の顔の真上で、携帯を揺らしながら紫帆は言った。

「これ、お兄ちゃん」

「あ……ああ、わかるよ」

「もしもあの晩、雨が降っていたら、真治は花火、できなかったよね」

「え？」

真治の顔が引き攣った。

「そうしたら、お兄ちゃんは死なずにすんだ。でも逆に私は、雨が降っていなければ、榎本さんをあんなふうにできなかったと思う。お天気って、人の運命を変えるんだね」

「なんだって！」

目の前に突きつけられた高校時代の純太の顔に向かって、真治は叫んだ。

「おまえが未美を？　嘘だろ」

「私、知らなかった」

「な……なにを？」

「真治がお兄ちゃんを殺したきっかけをつくったことも、もちろんショックだった。

真治はあの出来事について、なにか嘘をついているとは思っていたけど……その嘘を知りたくて真治のプロポーズにイエスと言ったんだけど、まさか直接、お兄ちゃんの死に関係しているとは思ってもみなかった」

「……」

「でもね、もっとショックなことがあった」

兄の笑顔を写し出した携帯の画面を、よりいっそう真治の顔に近づけてから、紫帆はそのふたを閉じた。

純太の笑顔が消え、バックライトが消え、紫帆の顔も消えた。

寝室はまた暗闇に包まれた。

「お兄ちゃんは……」

暗闇の中から聞こえる紫帆の声が震えていた。

「私のために殺されたのね」

ポタッと熱い水滴が真治の頬に落ちてきた。

「そうでしょう？　私のせいで、お兄ちゃんは殺されたのね」

「う……」

真治は、中途半端なうめき声を洩らすのがやっとだった。

「私、どうすればお兄ちゃんにおわびができると思う？」

ポタ、ポタ、ポタと、熱いものが真治の顔に落ちてくる感覚が短くなった。

「ねえ、どうすれば……」

第八章　ドームが見える場所

1

日曜日の夜は晴れていた。

午後九時の原爆ドームは、星明かりというよりも街明かりに照らされていた。

原爆ドームの前は市電が走る相生《あいおい》通りと呼ばれる幹線道路であり、その道路をはさんだ向かいには、かつての広島市民球場があった。デパートのそごうなどが建つ広島市内屈指の華やかな交差点紙屋町《かみやちょう》までは四百メートルもない。紙屋町を東京の銀座四丁目とするなら、原爆ドームは銀座七丁目ぐらいの近さだ。

北から流れてきた旧太田川は、相生通りに架かる相生橋のところで、東側を流れる元安川と西側を流れる旧太田川に分岐する。

原爆ドームは元安川の東岸に沿って建ち、元安川と旧太田川にはさまれたデルタ地域には、広島平和記念資料館（通称・原爆資料館）がある。

そのデルタ越しに、ふたつの川をはさんで原爆ドームを眺める旧太田川西岸地区の路地が、十八年前の悲劇のポイントだった。

いまでもそこには、夜になると紙屋町界隈のにぎわいが嘘のように静まり返った路地がある。十八年前は、なおさらそうだった。

とくに目印もないその一角に、地図もなしにやってくることのできたふたつの人影が、いまデルタの向こう側に見える原爆ドームの姿を眺めていた。

背の高いシルエットと、それより少し低いシルエット。その彼らにとって、どんなに長い年月を隔てても、この路地は地図など確認することなく到達することができる場所だった。

十八年経って周囲の様子はだいぶ変わっていたが、川の見える位置、そして川辺に立ったときの原爆ドームの見える位置を身体が覚えていた。

なぜなら、そこが児島純太という高校三年生の男の子が死んだ場所だったからである。

いや「死んだ」という言葉遣いは、いまそこに立っているふたりにとって適切な表現ではなかった。純太は「無意味に殺された」のだ。

忌まわしい思い出の場所には、十八年前にはなかった街灯が立っていて、周囲はあのときほど暗くはなかった。その街灯の銀白色の照明が、おたがいの顔をハッキリと照らし出していた。

「いまから三十六年前、わしが生まれたこりゃあ、あの広島市民球場跡地の向こうに、まだ原爆スラムが広がっとった。あんたも名前だけは知っとろう」

背の高いシルエット——井原星司が幹線道路の向こうを指さして言った。

「原爆を落とされて、なあんもなくなってしもうた焼け跡に、家を失った人たちが集まってバラックを建てて、それがどんどん増えて、もうごちゃごちゃの状態でのう。文字どおりのスラムじゃった。

わしは呉の人間じゃけえ、そう何度も見とるわけじゃないが、三つぐらいのときじゃったか、おやじの運転する軽トラックに乗って、そのあたりを一度走ったときのことは、よう覚えとる。そのころにゃ区画整理もだいぶ進んで、高層アパートの数もそうとう増えとったが、とにかく幼な心に焼きついた風景じゃった。

原爆ドームもそんときはじめて見た。原爆スラムも原爆ドームも、三歳のときに見た光景が、おとなになってもずーっと忘れることができんと脳味噌に焼きついとる。

じゃがのう、どうもわしにはピンとこんのんじゃ。原爆ドームが世界遺産に指定された、その意義について表向きに言われとることがのう、どうにもピンとこんのんじゃ」

星司の目は、原爆ドームのシルエットに向けられていた。

「原爆ドームによって平和の大切さを訴えるとか、戦争の悲惨さを訴えるゆうのは、表面的にすぎやせんかのう。たしかに日本は原爆を二発落とされて、核爆弾のむごたらしさはイヤというほど思い知らされたわ。そりゃまったくそのとおり。じゃけえ、破壊された原爆ドームを通じて、『戦争の悲惨さ』や『平和の大切さ』を訴えるゆうのは、わしに言わせると、間違《まちご》うちゃおらんが、観念的すぎるんじゃ」

星司の声に力が入った。

「戦争はいけんとか、平和は大切じゃとか、そういう誰にでもわかりきった平凡なことしか言えんようじゃ、なんのためにあそこに原爆ドームが建っとるのかわからんわ。あのドームは、そんな小学生でも言えるような、教科書みたいな常識を訴えとるんじゃない！」

星司は怒ったように吐き捨てた。そして、原爆ドームに投げていた視線を、自分の隣に立つ人間に移した。

「え、あんたにゃわかるかの。原爆ドームが人間じゃとしたら、わしらにほんとうはなにを訴えたいんか、わかるかの」

問い詰められ、背の低いほうの人影は、首を左右に振った。

それを見ると、星司はすぐにいまの答えを言わず、荒い息を静めるために深呼吸を二、三度繰り返し、突然話題を切り替えた。

「それにしても、今夜、真治にすっぽかされる確率は高いだろうと思っていた」

星司のことば遣いが、広島弁から標準語に戻った。

「あれだけのブログ炎上を仕組んだ目的は、昔の仲間からの連絡待ちにある。だから真治は、ブログのコメント欄をまめにチェックしていたはずで、ぼくがヒロシ名義でメッセージを書き込めば、それに気がつかないことは絶対にないだろうと思った」

星司は、もう「中尾君」という呼び方は使わなかった。

「明日の夜九時、思い出の場所にこいというメッセージを本物の飯島宏からの連絡だと信じれば、真治は必ずここへきた。でも、別人が宏のふりをして呼び出そうとしているのだと見抜いたら、この近くまできたとしても、まず少し離れたところから様子を窺い、呼び出したのがやはり宏のニセモノだとわかったら、警戒して絶対に接触してこないと思った。

そういうふうに、ぼくは真治がくるか、こないかの二通りしか予測していなかった。まさか真治の代わりに、きみがくるとは思わなかったよ、紫帆ちゃん。ほんとうに驚いた」

2

「星司さんと同じように、私も真治のブログに寄せられるコメントは、ぜんぶていねいにチェックしていたの」

星司に見つめられた紫帆は、静かな声で話しはじめた。

「だから私も、カタカナでヒロシというハンドルネームの人物からの呼び出しに気がついた。でも私は、それが真治といっしょにお兄ちゃんの事件を目撃した飯島宏だと単純に信じた。それに真治が、今晩は帰らない予定だと言うのを聞いたから、ああ、やっぱり宏に会いに広島まで行くんだなと思った。

だから私のほうこそ、この場所で待っていたのが星司さんだとは夢にも思わなかった。ほんとうに驚いたわ」

「なぜ真治がこないで、紫帆ちゃんがきたんだ？」

星司の質問に、紫帆は一瞬、表情をこわばらせた。が、すぐに逆に問い返した。

「その前に、私から質問させて。星司さんのほうこそ、なんのために真治を呼び出したの？　もしかして、お兄ちゃんの仇討ち？」

「それを考えないこともなかったけれど、連中と同じことをやるわけにはいかない。目的は……」

星司は紫帆の瞳を射貫くような視線を放って言った。

「きみに中尾真治を殺させないためだ」

「私に……真治を？」

「そうだ」

「私が、真治を殺すと思ったの？」

「そうだ」

星司は大きくうなずいた。

「ぼくは真治に警告を与えるつもりでここへ呼び出した。紫帆に命を狙われているのがわからないのか、と」

「……」

紫帆の頰が小刻みに引き攣った。

「もしも彼が呼びかけに反応してこなかったら、もっと具体的なことをブログのコメント欄に書き込もうと思った。妻を警戒しなければならないような内容のことをね」

星司は紫帆からそっと目を離し、ふたたび原爆ドームのほうに目を向けて言った。

「真治は、榎本未美殺しについて、きみをまったく疑っていなかったと思う。そうだろ？」

「……」

紫帆は、声には出さず小さくうなずいた。

「たぶん真治は、クスリに溺れてしまった飯島宏が未美虐殺の犯人だと考えていただろう。そして、宏を始末する覚悟を決めていたかもしれない。まさか自分の妻が、あんなむごたらしいことをしたとはみじんも疑わずに、現場から中継レポートをしていたんだろう」

そこまで話したところで、星司はふっと視線を地面に落とした。そして悲しそうにつぶやいた。

「このあいだひさしぶりに浦安のカフェで紫帆ちゃんと話をしたとき、途中からぼくはつらくなった。とぼけている紫帆ちゃんを見るのがつらかった」

「あのとき、ぜんぶわかっていたの？」

「ヘルメットに花火が当たった跡がついていたのがわかったから？」

「きみもそこまで気がついたか。たしかにそうだけれど、決定的な情報を教えてくれたのは沢村あづさだ。はじめて会ったのは七月のはじめだ。そのときは、まだ彼女は倒れる前だったけど、すでに具合の悪そうな顔をしていた」

「どうやって彼女が犯人のひとりだと……」

「それはいまから話す。とにかく、ぼくはあづさから純太の死に関する衝撃的な真相を聞かされたあと、なかなかそれを受け入れることができなかった。ぼくが受け入れられないぐらいの話だから、妹のきみにすんなり受け入れられるはずがない。でも、きみに知らせないわけにはいかない内容だった」

「あづさ本人から電話がきたわ。そのときはもう病院に担ぎ込まれたあとで、電話で話すのもつらそうだった」

「紫帆ちゃんの携帯番号を伝えたのは、このぼくだ。七月に彼女を問い詰めたときには、まだ彼女はすべてを語ることはしなかった。その別れ際に、この携帯番号がまだ通じるかどうかわからないけど、もしもすべてを話す気になったら、まず紫帆ちゃんに話をしてくれと言ったんだ」

伏し目がちになっていた星司は、またゆっくりと顔を上げた。

「それがよかったのかどうか、いまとなっては、ぼくにはわからない」

「彼女、自分はもうすぐ死ぬと言ってたわ。死ぬからぜんぶ話すと」

「どう思った？　告白を聞いて」

「信じられるわけがないでしょう。お兄ちゃんが殺される最初のきっかけをつくったのが、真治だったなんて」

紫帆の声が震えた。

「だから、あづさから教えられた榎本未美の住まいに行ったんだな？　確かめるために」

「そうよ。あづさから、私の話が嘘だと思ったら、未美にきいてごらんなさいって言われた。彼女は原爆ドームの油絵も持っているはずだから、それを見せてもらいなさいって。でも、ふつうに問い質したって、口裏を合わせられたら終わりでしょう。だから……」

「だから？」

「拷問をしないと、絶対に真実は言わないだろうと思った」

星司に答えながら、またしても紫帆の脳裏に忌まわしいフラッシュバックがはじまった。

3

雨が降っていた。

レインコートを着て「出撃」の準備を整えながら、紫帆は自分の心が空っぽになっている奇妙な感覚にとらわれていた。

善も悪も区別がつかない、奇妙な虚無感。

あえていえばゼロの世界。

これから自分がしようとしていることが、とてつもない悪事であることは、ある時点までは認識していた。けれども同時に、それは兄の死の真相を知るためなら許される行為だと自分を納得させていた。善悪どちらかに分けるなら、私がいまからやろうとしていることは善なのだ、と。悪を打ち負かす善なのだ、と。

でも一方では、なにを言ってるんだ、おまえは悪魔になろうとしているんだぞという声も聞こえた。そして、その双方のエネルギーが高まったとき、紫帆は善悪の判断がつかない状態に陥り、ふわっと身体が軽くなって、気がつくと昼下がりの雨の中を歩いていた。

傘も差したが、使い捨ての携帯レインコートも着ていた。雨の日の服装としてはきわめて自然だったが、それは雨よけではなく、血しぶきよけのために着ていた。

もしあの日に雨が降っておらず、晴れていたら、この服装は異様なものとして人目についただろう。だからその恰好はできなかったはずだ。そして、榎本未美の家へ行くのをためらったかもしれない。

だが、雨だった。

フードもかぶったが、頭にはシャワーキャップもはめていた。異常な精神状態に陥っているにもかかわらず、冷徹な計算も働いていた。

ショートヘアではあるけれど、髪の毛が現場に落ちる可能性はある。決して落としてはいけない、と思って、それをかぶった。

足もとはスニーカー。そのスニーカーにかぶせるためのシャワーキャップも二枚用意した。

そして凶器の包丁、拘束用のおもちゃの手錠二組、ガムテープ、アイマスク、極太油性ペン、ポリ袋、着替え――それらをまとめて、進物用のジュースの箱に詰め込んだ。その容れ物は、主婦向け雑誌を刊行している出版社から紫帆に贈られたお中元の空箱だった。

それを片手に抱えていた。

うらぶれた木造アパートの外階段の下まできたところで、紫帆はスニーカーにもシャワーキャップをはめた。

そして傘を閉じて外階段の脇に置き、ジュースの箱を両手で抱くような形に持ち替えてから、わざと雨に打たれながら階段を上って、いちばん端にある二階F号室のチャイムを鳴らした。

未美は起きていたようで、ドアの向こうから「だあれ」というけだるい声が聞こえた。

「下に引っ越してきた鈴木です」

紫帆は、一階の真下が空室になっているのを事前に調べて、その手を使った。

「ごあいさつにうかがいました」

安手の合板を張った木製ドアだったが、いちおうドアスコープはついている。その小さなレンズが暗くなって、そこに目が押し当てられたことを表わした。

紫帆はレインコートのフードをかぶったままだった。そのフードには雨粒がいっぱい散っていたから、頭にシャワーキャップをはめているところまでは見分けられないはずだった。

　あっさりとドアは中から開けられた。未美はTシャツにミニスカートという恰好だった。

「あ、どうもこんにちは。榎本です」

　未美は、あと少しで自分の命が奪われるとも知らず、頭を軽く下げた。

「こんな雨の日に、わざわざすみませんねえ」

　ノーメイクの未美は、紫帆とひとつしか年齢が違わないとは思えないほど、やつれた顔をしていた。

「下の空き部屋に越してこられたんですか？」

　とたずねながら、未美は相手がレインコートのフードをなかなか取らない理由を一瞬、考えたような顔をした。だが、すぐに自分なりに理解した。

　雨脚が強まっていて、吹きさらしの二階廊下はコンクリートの通路に雨粒がピチピチと音を立てて跳ねているような状態だった。しかも相手は傘を持っていない。

「とにかく中までお入りなさいよ。そこだと濡れるから」

　紫帆を招き入れるために、さらにドアを大きく開けながら、未美の視線が紫帆の抱えているジュースの箱に向けられた。

引っ越し挨拶としての進物にしては、のし紙もかかっていなければ、ヒモで縛られてもいない。包装紙で包まれてさえいなかった。

だが未美は、それよりも別のところに違和感を覚えた。ジュースの箱を抱えている紫帆の両手に、使い捨てのポリ手袋がはめられていた。

「じゃ、失礼します」

箱を片手に持ち替えると、紫帆はF号室の中に一歩入り、ポリ手袋をはめた手で、ドアを閉めた。

紫帆が履いているスニーカーにはめられたシャワーキャップには、まだ未美は気づいていない。だが、この訪問者が引っ越しの挨拶にしては異様な雰囲気を漂わせているのがわかった。

安易にドアを開けて、しかも室内に入れてしまったことを後悔した色が未美の表情に浮かんでいた。

紫帆も、相手のその変化に気づいた。だから、ムダな間を置かなかった。

「ほんとうにつまらないものなんですけれど」

と言いながら、箱の蓋《ふた》を未美のほうへ倒すようにして開けた。

その蓋が邪魔をして、箱の中に入っているものは、すぐには未美の目にふれなかった。

その中身がジュースの詰め合わせではなく、拷問セットの詰め合わせであることは……。

4

紫帆が包丁を手にしたとき、未美はなにが起きたのか、まったくわからない様子だった。

「いまから私の命令にすべて従ってください。指示にさからったら、あなたは殺されます。いいですね。確認のために、了解したらうなずいてください」

未美の顔から血の気が引いた。そして、思いきり叩かれた首振り人形のように、勢いよく何度も頭を上下させた。

「まず、私が許可するまで一切声を出してはいけません。質問も許しません」

また未美が、二度三度とうなずく。

「では、そこのドアの前に行って、私に背中を向けて立ちなさい。素直に従えば殺しません」

紫帆が指示したとおり、バストイレ兼用となっているスペースに入るためのドアの前に、未美は後ろ向きに立った。

紫帆がシャワーキャップをはめたスニーカーのまま、室内に上がり込む。

まだ物理的には拘束されていないのに、侵入者に背を向けただけで、未美は心理的に抵抗不能な状態に置かれた。

背後から、いきなり口にガムテープを貼られた。だがそれに対しても、未美はもがくことさえできなかった。つづいてアイマスクがかけられた。

なにも見えなくなった。

つづいて足首に冷たいものを感じた。手錠がかけられたのだ。

「Tシャツを脱いで上半身裸になりなさい。そのとき、アイマスクを取らないように。はずしたら殺します」

問答無用の命令だった。

裸になるのが恥ずかしいという感情など、湧き起こるはずもなかった。それは未美が仕事柄身につけた慣れではなかった。逆らったら殺されるという恐怖の感情が、すべてを支配していた。たとえ相手が男であっても、裸になれと言われたら同じように従ったはずだった。

未美はTシャツを脱ぎ捨てた。

「じゃ、両手を上にして、バンザイの恰好に」

未美が上半身裸になったところで、紫帆はそう命令した。

言われたとおりに未美が両手を上げると、その両手首に、後ろから手錠がはめられた。

ついで、紫帆が自分で未美のスカートを下ろし、さらにパンティも足首まで引きずり下ろした。それから足首にかけていた手錠をはずし、パンティを引き抜いた。

全裸になった未美の後ろ姿を、紫帆はじっと見つめていた。浅黒い裸で、スタイルも決していいほうとは言えなかった。若いのに崩れていた。モデルの紫帆からみれば、女の裸としては完全に落第だった。

軽蔑の視線で数秒間、眺めていた。それから新たな指示を出した。

「私が方向を教えるから、奥の部屋へ歩いて行きなさい」

裸の背中に包丁の刃先を突きつけて、紫帆は命令した。未美はアイマスクをかけられたまま、震えながらゆっくりと向きを変えた。

もっと右、そのままままっすぐ、などと紫帆に指示されながら、未美はよろけつつ奥の部屋へ歩いていった。

「畳の上に正座して」

紫帆の言うままに、未美は畳の上で膝《ひざ》を折った。すかさず、両足首にまた手錠がかけられ、未美の両手と両足が、同時に拘束された。

正座状態でかけられた足首の手錠は、体重によって圧迫され、皮膚に食い込んだ。未美は苦痛に顔をゆがめた。

それから紫帆は、相手の前に回り込んだ。

目はアイマスクにふさがれ、口はガムテープによってふさがれ、そのあいだに見える小鼻が、恐怖でふくらんだり、すぼまったりしていた。

「なるほど、これが0磁場教に入信した証拠ね」

紫帆は、未美の左乳房に彫られた「∅」の記号を刃先で突いた。

それはあづさが語ったとおりだった。

それから紫帆は、未美のアイマスクを取った。

未美の目は真っ赤に充血していた。恐怖で泣き出していた。

未美が侵入者の正体に気づいたかどうかは、まだ定かではない、と紫帆は思った。

カリスマ主婦モデル「シホ」として活躍している最近の紫帆を、雑誌で見慣れているかどうかは不明だったし、なによりも突然起きた出来事に動揺して、そこまで頭が回っていないかもしれない。

０磁場教のシンボルであるタトゥーをつっいても、十八年前の出来事はまだ脳裏に浮上していないかもしれない。

(私の正体に気づいたら、泣くだけでは済まないわよね)

心の中でつぶやくと、紫帆は言った。

「あなた油絵をしまっているでしょう？　原爆ドームの油絵を」

未美は濡れた瞳をパチパチまばたきさせながら、うなずいた。なぜそんなことを知っているのか、という驚きが顔に出ていた。

「どこにあるの？」

ウグウグウグ、とガムテープを貼られた口もとが動いたが、紫帆はそれをはがしてやらなかった。

「目で答えなさい。どこにあるの、油絵は」

未美は身体をひねり、ベッドの下のほうへ視線を向けた。たしかに、そこに置かれた箱の中に油絵はあった。

「これは飯島君が一生懸命描いてくれたんでしょう？　償いのために。だったら、ちゃんと飾らなければダメじゃないの！」

油絵を確認したあと、また箱のふたを閉じながら紫帆が叱った。

飯島宏の名前が出たことで、未美の目がいちだんと大きく見開いた。

気がついたのだ。

「あ、もうわかったと思うけど、いちおう自己紹介をしておくわ。私は南紫帆。あなたたちに殺された児島純太の妹よ」

中学時代の苗字で告げられた名前を聞くと、未美はイヤイヤというふうに激しく首を左右に振った。涙がボロボロとこぼれ落ちた。

「私、雑誌にもモデルとしてけっこう出ているんだけど、気がつかなかった？」

紫帆はレインコートのフードを、そのときはじめて後ろに撥ねのけた。

頭にシャワーキャップをかぶった殺人者――おそらく、そんな姿を見た被害者は、榎本未美が世界ではじめてのはずだった。

相手のあまりにも異様な風体に、未美の胸が大きく上下しはじめた。そして未美は、土足のまま上がり込んできた紫帆の足もとにもシャワーキャップがかぶせられていることに気づき、これからなにが起きるのかを悟った。

なんのためにレインコートを脱がないのか、なぜポリ手袋をはめたままなのかもわかった。

「ちょっと待っててね」

激しいパニック状態に陥った未美を一瞥してから、紫帆はまた彼女の背後に回り込んだ。

そして、用意していた黒い極太油性ペンのキャップをとると、正座している未美の背中に押し当てた。

反射的に未美は背中をのけぞらせた。

「動かないで！　動くと殺すわよ！」

そして、ゆっくりと相手の背中に文字を書いていった。

なにを書いてるの、と言いたげに、未美は必死に後ろへ首をひねろうとした。

「動くんじゃないと言ったでしょう！　字が汚くなるじゃない！」

紫帆はまた叱ったが、油性ペンの先が背中をなぞっていくにつれ、未美は何度も身体をくねらせた。

やがて紫帆は、メッセージの全文を裸の背中に書き終えた。

《安らかに眠ってください》

志垣警部も和久井刑事も佐野警部補も、そして鑑識課員らも、全員が勘違いをしていた。

それは死体に書かれた殺害後のメッセージではなかった。被害者がまだ生きているうちに書かれた処刑前のメッセージだった。

書かれていた文字が一部震えていたり、激しく乱れていたのは、犯人の怒りや心理的動揺を示しているのではなかった。その逆だ。

被害者が恐怖で身もだえした結果だったのだ。

5

メッセージを書き終え、油性ペンのキャップを閉めてから、紫帆はまた未美の前に回り込んだ。

未美は、いったい自分の背中になにが書かれたのかわからなかったし、質問するために口を開くこともできなかった。だが、「命令に従えば殺さない」という紫帆のことばが、もはやまったく無意味であることは悟った。

激しい痙攣《けいれん》がはじまった。

死が避けられないことを理解したからだった。

「沢村あづさ、榎本未美、浅野里夏のあなたたち三人は、私のお兄ちゃんを殺しておきながら、そのあとも平気な顔で学校に通いつづけ、一学年下の私が悲しみにくれる様子を見ていた」

冷たい声で、紫帆は言った。

「そうよね？　イエスかノーか答えなさい」

未美は、震えながらうなずいた。

「自分が病気で死ぬとわかって、はじめてあづさは私に謝罪することに決めた」

そのことばに、また未美が驚愕を目に表わした。あづさが倒れたことを知らなかったのだ、と紫帆は察した。

「あなたたちがお兄ちゃんを殺した理由は、私が気にくわなかったから。そしてお兄ちゃんを私の恋人だと勘違いしていたから。そういうふうにあづさは言った――イエスかノーか」

未美は、ふたたび肯定のうなずきをした。

「でも、お兄ちゃんのバイクを倒すきっかけを作ったのは、警察にニセの目撃証言をした小学生たちだった。そのうちのひとりが私を見かけて好きになり、あなたたちと同じようにお兄ちゃんを私の恋人と勘違いして、あづさから持ちかけられた計画への協力を承諾した。これはイエスかノーか」

未美はうなずいた。

「その小学生とは、三人のうちで中尾真治だとあづさが言った。イエスかノーか」

その答えにも未美がうなずいた瞬間、包丁が未美の右頬をサッと撫でた。

最初の傷は、ていねいに治療すれば傷跡も残らないほど浅いもので、わずかに血が垂れ落ちた程度だった。

だが、紫帆の目が怒りに吊り上がった。

「イエスなはずがない。真治がそんなことをしていたはずがない。いまの答えは嘘でしょう。イエスかノーか」

未美は、嘘ではないというふうに首を横に振った。

すると包丁の刃先が「∅」のタトゥーを刻んだ乳房の一部を切った。

最初の攻撃は恐怖で痛みを感じなかった未美も、こんどは顔を歪めた。

「もう一回きく、お兄ちゃんのバイクを倒したのは、いま私が結婚している夫だったのか。イエスかノーか」

未美はうなずいた。

とたんに、右腕に切りつけられた。

スパッと皮膚が裂け、血があふれ出した。ガムテープの下から、苦悶のうめき声が洩れた。

三度切りつけられて、未美はようやく悟った。きっと相手は真実を確認したいのではなく、真実を否定したいのだ、と。

だから四度目に問われたとき、未美は、わざと嘘の答えを言った。中尾真治の関与に対して、首を横に振ってノーを表明した。

ところが、その答えに紫帆はもっと怒った。

「嘘を言わないで！　ほんとうのことを言いなさい！」

反対側の頰を切りつけられた。与えられる傷はどんどん深くなっていった。

そして紫帆は、いったん後ろに撥ねのけていたフードをかぶった。

それを見た未美の表情に絶望が走った。

どんな答えを言っても、紫帆は納得をしない。あとは虐殺されるだけだと悟った。

だが、紫帆はもう少し論理的に考えていた。究極の苦痛を与えるまでは、どんな答えであれ、相手が真実を述べているとは言い切れない、と。

それが拷問を与える意味だった。

しかし五度目の質問には、もう未美は首をタテに振ることも横に振ることもできず、傷の痛みに顔を真っ赤に染めながら畳に横倒しになった。

それでも紫帆は同じ質問を何度も繰り返しては未美に切りつけた。そして、さらに二十回ほどそれを繰り返したところで、ようやく納得した。やっぱり夫が兄の殺害に積極的に関与していたのだ、と。

納得したとたん、すべてがキレた。

怒りの爆発を、無抵抗の未美にぶつけた。

「お兄ちゃん、お兄ちゃん、お兄ちゃん」

泣きわめきながら、紫帆は倒れた未美の身体を切り刻んだ。両手と両足を拘束され、ガムテープで口を封じられた未美は、畳の上でのたうち回った。

紫帆が手にした包丁の刃は、頸動脈にも突き立てられ、壁や天井に鮮血が飛んだ。

紫帆が着ているレインコートのフードに、音を立てて血の雨が降りかかった。

窓の外では、本物の雨が勢いを増していた。

「お兄ちゃんを、お兄ちゃんを、お兄ちゃんをどうして殺したのよ！」

動くこともうめくこともしなくなった未美の身体を、紫帆は切り裂きつづけた。

たとえ裁判にかけられても、そのときの心理を第三者に理解してもらえるはずもなかった。自分にさえ説明のつかない精神状態に紫帆は陥っていた。それは拷問の域を越えていた。でも、警察がどう解釈しようと、紫帆にとっては殺人ではなかったのだ。

6

「純太の死の真相を追いかけはじめた最初のうちは、なぜ純太が殺されたのか、その理由すらわからなかった」

紫帆の頭の中で惨劇の再現が展開しているとは知らず、井原星司は自分の推理プロセスを語りはじめた。

「ただ、純太が殺された場所が呉ではなく、あいつが一度も住んだことのない広島だというところがポイントだった。つまり、呉の人間関係ではなく、広島の人間関係が事件の背景にあると考えた。つまり、きみだよ、紫帆ちゃん」

そう言って星司は紫帆を見つめたが、紫帆の目は不安定に泳いでいた。

「もしかすると、きみたちの兄妹仲のよさが誰かに誤解され、嫉妬や怨みを買ったのかもしれないと、ぼくは思うようになった。ただ、真治たち小学生の証言に惑わされたせいもあって、ぼくは男の不良グループのことばかり調べるようになっていた。そういう点では、警察とまったく同じミスをしていたんだ。

そして五年、十年と月日が経っても、犯人の手がかりは得られなかった。あの夏の夜が遠くなればなるほど、真実への道筋はどんどん細くなっていくばかりだった。ところが事件から十五年目——いまから三年前、これまでで最大のヒントが投げかけられた。ほかでもない、きみたちの結婚だ。ぼくは、なにかがおかしいと思った。目撃者と被害者の妹との結婚だなんてありえない。ぼくがきみへの思いを完全に断ち切らなければいけなくなった悲しみも強かったけれど、疑惑も押し寄せてきた。そしてぼくは、中尾真治という男を根本から調べ直さないといけないと思った」

星司は口調を強めていったが、紫帆の意識は、まだ別の世界にあった。

「真相へと一気に近づくことができたのは、ことしの四月だった。サイエンスライターとして原稿を書いていることもむけの雑誌連載の七月号で、花火特集をやることが企画会議で決まった。花火が夜空で美しく咲く理屈を、こどもにもわかるように書けという編集長の指示だった。

それで突然思い出したんだ。純太の事件で花火に関するふたつのことをね。ひとつは、純太が襲われたとき、真治たち小学生が花火で遊んでいたということ。だけど、それよりもっと重要なことを思い出した。それは呉の花火大会だった」

「呉の花火大会？」

それまで惨劇のフラッシュバックで揺れていた紫帆のまなざしが落ち着き、やっと現実に戻った。

「呉の花火大会って？」

「忘れたのか、紫帆ちゃん。毎年夏になると、呉港の湾内で行なわれる海上花火大会だよ。呉に基地がある海上自衛隊が全面協力する四千発の花火大会で、人出は毎年十万人、夏の呉のビッグイベントだ。紫帆ちゃんだって、純太と離れる前は呉にいたんだから、小さいころ、お兄ちゃんと見に行っただろうが。それだけじゃない、ぼくも加わって三人で見に行ったこともあった。あれはぼくたちが中学三年の夏だったから、紫帆ちゃんは小学四年生だったはずだ」

「あ……ああ……」

紫帆は思い出した。

兄に連れられて海上花火大会を見に行くことは幼いときはしょっちゅうあったが、たしかに一度、そこに星司が参加したときがあった。ふたりとも中学の夏の制服である半袖のワイシャツに、黒のズボンをはいていた。

兄とその親友を見較べて、まるでお兄ちゃんがふたりいるみたい、と思った記憶もたしかにあった。

いま現実に目にしている広島市内の夜空に、呉の海上から打ち上げられる花火のイメージが重なった。ドンドンドンという音が聞こえてくるようでもあった。

「その花火大会は、毎年七月末か八月頭の土曜夜に行なわれる。日にち固定ではなく、曜日固定なんだ。その日程を思い出して、アレ？　もしかして、と思ってカレンダーを調べた。すると、あの年の花火大会は七月三十一日の土曜日に開かれていた。まさに純太が殺された晩だ」

7

同じころ――
星司と紫帆がいる場所から、わずか一キロしか離れていない広島市中心部にある中堅建設会社「風間建設」ビルの最上階にある社長室で、社長の風間孝雄と姉の沢村静子が、深刻な顔で向かいあっていた。

日曜日なので、ビルの中で明かりが灯っているのは、この社長室だけだった。

「そうか、姉ちゃん、覚悟を決めたか」

高遠の教団本部と分杭峠の0磁場から広島まで戻ってきた実姉の沢村静子は、実弟の孝雄を前にして自分の決意を話し終えたところだった。

「そらええ。姉ちゃんのその判断で、わしはええと思うよ」

「あづさのお葬式の日、火葬場でね……」

宙に視線をさまよわせながら、静子がポツンとつぶやいた。

「火葬場であの子が骨になるのを待っていたとき、あんたに『姉ちゃん、ちょっと話がある』と陰に呼ばれて、例の話を聞かされたときが、いちばんショックだったわ。父親には言えないけど、母親の私だけには打ち明けてくれたのだと思っていた罪の告白を、あづさは叔父のあんたにもしていた。それも、とっくの昔に。それを教えられたときが、いちばんショックだった……。

しかも、あづさが病院のベッドで身体の痛みに苦しみながら、中尾紫帆にした謝罪の一部始終まで、孝雄にはぜんぶ報告していたなんて。それを火葬場で聞かされたときの私の気持ちがわかる？」

「姉ちゃんが病院に駆けつけたときにゃあ、もうあの子はものを言う気力も残っとらんかったけえ仕方ない。あづさは、わしから姉ちゃんに話しといてほしかったんじゃろう」

「見え透いたなぐさめは言わないでちょうだい！　よけいにみじめになるから」

静子は目に涙を浮かべながら、弟を怒った。

「親の私より、叔父のあんたが頼られていたなんて……情けない」

「なにいうとるん、姉ちゃん。そりゃああんたの自業自得じゃあ」

孝雄は、いかにも建設会社の社長という感じの、日焼けして脂ぎった顔に険しい縦《たて》皺《じわ》を刻んで言った。

「よう思い出してみんさい。あんたはずーっとあづさに冷たく当たってきたじゃろうが。とりわけ、あづさが中学で大荒れに荒れとったとき、こんな娘は沢村家の恥とばかりに、突き放したじゃろうが。ＰＴＡの会合にも、恥ずかしいと言うて出んようになったろうが。あづさにしてみりゃあ、淋しかったあと思うで。のう？

ほんとうはあづさは、親の愛情がほしかったんじゃ。甘えとうて甘えとうて、かまってもらいとうて仕方なかったんじゃ。じゃけえあの子は、不良少女のトップに立って、親の目を引こうとした。そこで姉ちゃんが手を差し伸べとったら、こんなことにゃならんかった」

「事件は私のせいだというのね」

「もちろん最終責任はあづさたちが負うべきじゃ。じゃけど、あんたにも責任がある。この際じゃから言わせてもらうがのう、あんたは憲一さんのことを、ふだんからどう言うとった?」

孝雄は、NPOの地雷除去活動のためにカンボジアに戻ったあづさの父親の名前を出した。

「あの人は家族のことなどほうって、一銭にもならん人助けのために世界を駆けずり回っとると、不満げに言うとったろうが。じゃけど、家族のことをほったらかしにしとったという点では、あんたもそうじゃったろうが。あづさがいちばん親の愛情を必要としとったときに、あんたはあづさの救いを拒んだじゃろうが」

「……」

静子の唇が震えた。

「あんたがいま、北海道の過疎地でお年寄りらに頼りにされて医者をやっとるのは、そりゃあ立派なことじゃと思う。じゃけど、それは自分の娘を見放した親としての冷たさを、過疎地の診療で埋め合わせしようとしとるだけと違わんか。人生のマイナスを背負ったけえ、どこかでプラスの得点を稼いどかんといけん思うたのが、家族と離れての北海道行きの動機じゃないんかね」

　弟の指摘に、静子は頰を引き攣らせた。

「けど、まあええ。姉ちゃんが、すべてを警察に打ち明ける気になったんは、わしとしても賛成じゃ。わしの会社への影響とか、あんたの女医としての名誉とか、そがあな心配は後回しでええ。榎本未美があんなことになった現実の前には、わしらの名誉じゃ、なんじゃかんじゃ言うとられん。犯人が紫帆であるのは間違いない」

　風間孝雄は断言した。

「わしはそう確信しとるし、あんたもそう思うた。ほんでおそらく、警察も同じ結論を近いうちに出すじゃろ。そうなってから呼び出されて、のこのこ出頭するのは往生際が悪いというもんじゃ。あづさが語ってくれたことを早《はよ》う明らかにせんと、つぎの事件が起きるで。

　あの女は結婚当初は知らんかったんじゃろうが、あづさの告白によって、いまとなっちゃあ兄の仇と結婚しとることがわかったはずじゃ。どういう気持ちか想像してみい。なにが起きるかわからんで。それに、事件に直接関与したんはあづさだけじゃないで。殺された榎本未美もそうだが、ほかにも富山で教師をやっとる浅野里夏もそうじゃ」

「その子は、あづさが死んだと知らずに携帯に連絡をしてきたわ」

「ほんで小学生だった男どももおる。中尾真治がそうじゃし、糸山慶彦という、いまは代議士の秘書をやっとる男もおるんじゃが、こいつはゆうべ東京で車に撥ねられて死ぬるという妙な最期を遂げとった。ニュースを見て寒気がしたわい。それから飯島宏じゃ」

真夜中の0磁場で、静子が持っていたあづさの携帯に飯島宏が連絡をしてきた話を、孝雄は蒸し返した。

「その電話で姉ちゃんは、もう私は無関係です、いう顔をしとられんことを悟ったんじゃろ。ほんで分杭峠の0磁場で、死ぬることを考えたんじゃろ」

「ええ、そうよ……そうだわ」

静子は震えながら小刻みにうなずいた。


0磁場の暗闇の中で、あづさの携帯にかかってきた電話で、静子をあづさと勘違いした宏は、警察に自首してすべてを話すことを決めたと告げた。

それを聞いた瞬間、すべてが崩壊して静子は泣き崩れた。

そして0磁場水を汲むための沢に長いゴムホースが引かれていたことを思い出し、

暗闇の中をそこまで戻り、ホースを使って首を吊ろうとした。

だが、恐ろしくてなかなか決断できなかった。

そうこうしているうちに、一時間だけ待っているという約束のタクシー運転手が心配して駆けつけ、沢の水に下半身を浸して座り込んでいる静子を発見したのだった。

「孝雄もついていってくれるわね、警察」

「もちろんじゃ。で、姉ちゃんとしては東京まで行くつもりなんか？　警視庁に」

「どうしたらいいかしら」

「夜が明けたら、まずは県警の本部に行くんがええじゃろ。すぐそこじゃし、わしが知っとる警部もおる。そこで正直になにもかも打ち明けて、あとは警察の判断に従えばええ。東京へ行く必要がありゃあ、そう言われるはずじゃし、東京から刑事がくるかもしれんけえ」

「そうね」

「あづさも、姉ちゃんの決断を、きっと天国で歓迎しとるじゃろう。これでようやく、あの子も成仏できるんと違うか」

孝雄は、まるであづさの遺影を見るような眼差しで、社長室の壁の一角に掛かっている油絵に目をやった。

あづさの死後、病室からそっとはずして持ち帰った、秋の夕陽に照らされた原爆ドームの絵だった。

「あの子は……」

静子も同じ方向を見ながら、涙を流した。

「あの絵に向こうて、死ぬまで謝りつづけとったんじゃね」

弟の前で、ひさしぶりに故郷のことばを発したことに、静子は自分で気づいていなかった。

8

「呉で海上花火大会があった日に、紫帆ちゃんと純太がそれを見に行かずに、広島で会っていたことが不自然だというんじゃない。むしろ純太にとっては、兄妹でいっしょに見に行った花火大会は、離ればなれに住む初めての夏という淋しさを強調する意味しかなかっただろう。だから、きみたちがあの晩、呉に行かず、この近くの公園で会っていたことは、なにもおかしくない。問題はこどもたちのほうだ」

十八年前の事件現場に立つ井原星司は、花火を発端とした推理の道筋を話しつづけていた。

「広島から呉は、快速の電車に乗ったら三十分ちょっとだ。だから呉の花火大会の日には、広島からの見物客も大勢くる。こんな場所で花火をするくらいなら、そのビッグイベントを見に行くほうが、こどもたちには自然だった。親につれていってもらうか、大勢の友だちと連れだっていけば、小学生だけで行動したとしても不思議はない。だけど彼らは、ビッグイベントの晩にここでひっそりと花火をやっていた。おかしいと思った。そして純太のヘルメットを見ているうちに、そこに花火の火玉が直撃したような跡があったことに気がついたんだ。一気に想像がふくらんだ。

きみと純太が毎週末に会っていることを知っている人物が、純太の襲撃計画を立て、そこに小学生を巻き込んだらどうなるか。呉の花火大会を見に行けない代わりに、打ち上げ花火をたっぷり買い与えて、バイクで呉へ帰る純太を攻撃する……。

真治ときみが結婚するなんてバカげた展開が起きなければ、ぼくは目撃者の小学生がじつは共犯だったのでは、という発想など、とうてい抱かなかっただろう。きみたちの結婚が、ぼくの頭の中をリセットしたんだ」

星司のことばが速くなっていった。

「そこでぼくは、真治たちの目撃証言の逆を考えてみた。純太を襲ったのは、男じゃなくて女だったのでは、と。すでに東京を拠点にしていたぼくだったけれど、広島へ何度も足を運んで当時のことを調べていくうちに、きみが入学した中学で、一学年上にいた不良グループの存在を知ったんだ。そしてその番長格だった沢村あづさが、いまではすっかりまともになって、叔父が経営する建設会社で働いていることもわかった」

「それで訪ねていったのね」

「そうだ。『わしは井原星司じゃ。あんたに殺された純太の親友じゃ』と決めつけるように言ったとたん、あづさの顔色が変わった……。

だが、意外だったのは彼女の反応だった。一度は激しく動揺したが、やがて覚悟を決めたようにこうつぶやいたんだ。『自分の気持ちを落ち着かせる時間を少しください』と。それはとっさに出るセリフではなかった。ずっと前から罪の償いを考えていた人間じゃないと言えないことばだと思った」

そこまで言ってから、星司は口をつぐんだ。

9

静寂が流れた。

相生通りを走る市電の音がときおり聞こえてきたが、それ以外は静かだった。

ふたりとも川の向こうに建つ原爆ドームを見つめていた。

「のう、紫帆ちゃん」

星司は、また広島弁に戻って話しかけた。

「さっきの話のつづきじゃが、わしゃあ、原爆ドームは、こういうことを訴えるために建っとるんじゃと思う。人間はどうしようもないバカタレで、いっぺんは大バカをやらんと、その愚かさに気がつかん生き物なんじゃ、と。それを教えとるんが、原爆ドームのあの姿じゃ。

もしも広島や長崎に原爆を落とすチャンスがないまんま戦争が終わっとったら、アメリカはきっとそのあとの朝鮮戦争で使《つこ》うとったじゃろ。アメリカが使わずにおったら、ソ連が使うとったじゃろ。

そんだけじゃないで。第二次大戦中に、日本やドイツがアメリカに先駆けて原爆を開発しとったら、やっぱりそれを使うたはずじゃ。ドイツはパリやロンドンに落とし、日本は大陸や南方の戦線で使うたはずじゃ。

日本も原爆の開発を本気で進めていた事実を忘れちゃあいけん。技術的にウランの分離が不可能となったけえ開発を断念しただけじゃ。人道的理由で開発を中止したわけじゃあ、もちろんない。しかも、最終的にあきらめたんは、終戦のわずか二ヵ月前とも言われとる。『日本は唯一の被爆国なのだから』という言い回しを、たんなる被害者意識で用いとったら、大切なことはなんもわからんということじゃ」

星司は、原爆ドームを見つめてさらにつづけた。

「ほんで、なんで日本が五十年経っても六十年経っても『唯一の被爆国』という存在でありつづけるんか——ことばを換えりゃあ、なんで二番目の被爆国が出てこんのんかを考えてみんさい。そりゃあ、核爆弾の悲惨さと影響の大きさに全世界が震え上がって、その間違いに気づいたけえじゃ。じゃけえ、核はいまのところ最大の戦争抑止力として働いとる。

じゃが、そんだけで話はしまいじゃない。いっぺんはバカをやらんとその愚かさに気づかん人間じゃが、いっぺんの大バカだけですべての反省をしきれるかというたら、そうでもないということも、原爆ドームは教えてくれとる。

紫帆ちゃん、あんたは知っとるかのう、原爆症患者の認定について、どれほど日本政府が後ろ向きで、どれほど多くの原爆症患者が、悲痛な訴えを聞いてもらえんまま死んでいったか。被爆から六十四年経って、ようやく麻生《あそう》内閣時代に原爆症認定の集団訴訟は原告全員救済という形で決着を見た。ほんで官房長官が謝罪の談話を出したが、六十四年も経ってからじゃ。六十四年もの長きにわたって、政府も官僚も人の心を持たんかった。

けど、それで政治家や官僚は学習したんか？　二度と同じことを繰り返すまいと失敗に学んだんか？　学んどらんじゃろうが。福島の原発事故じゃあ、また後ろ向きの対応をしとるじゃろう。できるだけ被害の認定を少なく少なくと、ほんで政府や東電に不利な情報はできるだけ流すまいと、そうやって同じバカをまた繰り返しとる。二度と同じ過ちは繰り返しませんとは、よう言うてくれるわ。繰り返しとるじゃろうが、過ちを。

原爆ドームは、そういうことも教えてくれとるんじゃ。戦争はいけんとか、平和は大切じゃとか、核は恐ろしいとか、そういうわかりきったアピールでおしまいにしちゃあ、これだけ大きな犠牲を払った意味がない。

人間はバカタレで、いっぺん痛い目に遭うまではおのれの愚かさに気づかんが、いっぺん痛い目に遭うてもなお、二度も三度もバカを繰り返しかねない生き物じゃと、それを教えとるんじゃ。そこを改めんことにゃあ、人類はほんとうに滅びるでと、そう言うとるんじゃないんか、原爆ドームは」

そこまで一気に言ってから、井原星司はふっと自嘲的なため息を洩らした。

「じゃけど、わしも偉そうなことは言えん。なんもかもが腹立たしゅうなって、浅野里夏や糸山慶彦に自殺を求める電話をかけたんじゃけえ」

「え？」

紫帆が驚きの目で、星司を見た。

「里夏はどうなったか知らん。けど、慶彦は車に撥ねられて死んだとニュースが言うとる。べつに、それが純太の呪いじゃと、オカルトめいたことを言うつもりはない。じゃけど、個人的には純太の怨みを少しは晴らせてやった気がする。

そういう点では、いちばん罪の重い真治こそ、誰かに殺されたらええと思わんことはない。じゃけど、あんたが殺すような展開だきゃあ、わしゃあ願《ねご》うとらんで、紫帆ちゃん」

原爆ドームを眺めていた星司が、ふたたび紫帆に向き直った。

「ほんでほんまのところはどうなんじゃ。正直に答えてくれんかのう。あんた、真治を殺してからここへきたんか」

星司がそう問い詰めたとき、突然、物陰からふたつの人影が現れ、背の低いほうの人物が野太い声で言った。

「真治君は病院にいるよ」

「えっ！」

驚愕の叫びをあげたのは、星司だけではなかった。紫帆も驚いて声のしたほうをふり返った。

志垣警部と和久井刑事が立っていた。

さらにその背後には、集音マイクで星司と紫帆の会話を拾ってモニターしていた広島県警の複数の刑事たちが控えていた。

「けさ早く、おたくを訪ねたところ」

ゆっくりと紫帆のほうへ歩み寄りながら、志垣が言った。

「応答がなかったし、内側からドアもロックされていたので、隣室からベランダ側のガラス戸を破って室内に入らせてもらった。肉体的には傷ひとつ負っていなかったが、精神的にボロボロになっている真治君がいた。そうとうショックだったんだろうな、榎本未美殺しの犯人が誰であるのかを、その犯人から直接聞かされて」

「……」

紫帆は棒立ちになって凍りついていた。

「因果応報というべきか」

志垣がつづけた。

「真治君は、きみの兄さんを殺すことになってもなお、あこがれのきみに固執した。そして、とうとう結婚までこぎつけた。初志貫徹といえば初志貫徹だ。しかしその結果、こんどは『猟奇殺人犯の夫』という立場に追い込まれた。もしかして紫帆さん、それこそがお兄さんを殺した相手に対する最大の復讐だと思いながら、榎本未美さんに拷問を加えていたんじゃないのかな。榎本さんを包丁で刺しつづけながら、どこか途中で、その姿がダンナの真治君にすり替わっていたんじゃないのかな。内臓がこぼれるほど腹を切り裂いたりしている時点では、もうすでに……」

志垣が語っているあいだに、金属探知機を持った和久井が横から近づくと、紫帆の身体から警報音が鳴った。

後方にいた県警の捜査官たちが一斉に紫帆を取り囲み、隠し持った小型の包丁が発見された。

「浅野里夏も、飯島宏も自首をしたんだよ」

志垣が、その事実を告げた。

「愚かな行為の繰り返しは、もう終わりにしないといけないね、紫帆さん」

井原星司は愕然とした表情で、紫帆が拘束される様子を見つめていた。

県警の捜査官が取り上げた小型包丁が、街灯の明かりのもとで青白く光っていた。それが飯島宏を殺すために用意されたものだとは思えなかった。おそらく紫帆は、兄が殺された場所で自分も死のうと思ってきたに違いない。星司はそう確信した。

飯島宏がきたら、その前で死に様を見せつけるつもりだったのだろう。それが宏に対する精神的な復讐にもなる。だが、待ち合わせの場所にやってきたのは星司だった。

かつての紫帆は、星司を兄の身代わりとして考えていた。兄として星司を愛していた。だから、もしも張り込み中だった警察が突然現れてくれなければ、紫帆の心中の道連れにされていたかもしれない、と星司は感じた。「お兄ちゃん、私といっしょに死んで」と言われながら……。

そうなっていたら、それでもよかったと思う自分がいた。

「紫帆ちゃん！」

捜査官に腕を取られながらつれていかれる紫帆の背中に向かって、星司は声をかけた。

「わしは絶対にあんたを見捨てんけえ。一生、紫帆ちゃんを支えていくけえのう！天国の純太から、そう頼まれとるんじゃ！」

紫帆は立ち止まり、一瞬、星司をふり返った。

星司の姿の向こうには、月明かりに照らされる原爆ドームが見えていた。

それにじっと目をやってから星司に視線を移し、紫帆は彼に聞こえないほど小さな声でつぶやいた。

「お兄ちゃん、もう、私のことはいいから」

紫帆は、急に激しい頭痛を感じはじめていた。

毎年夏が過ぎ、秋の気配を感じるころになると決まって波状的に訪れる頭痛。それは兄の誕生日までつづくのだ。

もう「お誕生日おめでとう」も言えなければ、「お兄ちゃんへ」と題したメッセージカード付きのプレゼントも贈れない、主人公不在の誕生日。その日が近づいてくると、無意識のうちに悲しみのストレスが高じて、頭痛を引き起こす。

ふと気がつくと、明日がそうだった。

終章　自転車にのって

「このあいだ、映画マニアの捜査一課長から聞かされた話なんだが」

コンベアにのって運ばれてくる回転寿司の流れの中から「高額商品」であるボタンエビに手を伸ばしかけたがすぐに引っ込め、甘エビも見送って、ゲソの皿を取り上げた志垣警部が言った。

「フランスにはトリュフという有名な映画監督がいるそうだ」

「それを言うならフランソワ・トリュフォーでは」

「あ、そうなの？」

和久井に突っ込まれても、さして気にする様子もなく、志垣はゲソの握りを口の中に放り込み、それを胃に収めてから話をつづけた。

「おれって、トリュフなんて高級な代物《しろもの》は一度も食ったことないんだけど、うまいのかね、あれは」

「ぼくだってありませんよ。でも、キクラゲみたいな味なんじゃないんですか」

「あ、ほんと？」

「いや、なんとなくイメージで」

「じゃ、中華に入れたらうまいのかね」

「知りませんってば。とにかく、そういう低レベルな話を大きな声でしないでください。恥ずかしいから」

「低レベルって言うけど、トリュフは世界の三大珍味よ。あとのふたつは知らんけど」

「フォワグラとキャビアでしょ」

「生意気なこと知ってるねえ、若いのに」

「でも、どんなに高級な食材のことについて語っても、警部が言うと、なぜかみじめ〜ったらしい話になるんですよ」

「失礼しちゃうよ。トリュフがキクラゲみたいだと言い出したのは和久井のほうだよ」

「それよりフランソワ・トリュフォー監督がどうしたんですか」

と言いながら、和久井がイクラの皿に手を伸ばすと、

「こらっ！」

と、志垣が叱って、すかさず和久井の手の甲をペチンとはたいた。

「いてて、なにすんですか」

「おごるのは原則一皿百円以内を五皿、ただし事件解決祝いのスペシャルサービスで百五十円のネタを二皿までは認めると言っておいただろう」

「わかってますよ」

「わかってたらイクラなどとれんだろう。いくらだと思ってるんだ……って、ダジャレじゃねえぞ。品書きを見ろ。この店では二百五十円だ」

「ですから、そのぶんは自前で払いますから」

「そういう問題ではないのだ。上司のおれが玉子焼きにカッパ巻きにタコにイワシにゲソあたりでガマンしてるというのに、いかに自前といえどもイクラを食おうなんて魂胆が許せん。いま、おれがボタンエビに手を伸ばしかけて、ハッと我に返って自粛したのが見えなかったか」

「そういうときに自粛ってことばを使うんですか」

「カアちゃんから与えられる小遣いも、年々減る一方のきょうこのごろ、回転寿司のネタ選びにも自粛ムードが広がっているのだ」

「もー、そんなセコいことばっかり言うんだったら、警部とは二度ときませんから、回転寿司には」

「それも許せん」

「どうして」

「おまえといっしょじゃないと、さびしいから」

「なに言ってんすか、もー」

和久井はうんざりした顔でため息をついた。

そして、たったいま志垣が見送ったボタンエビの皿が一周してまた目の前にきたのを見ると、和久井はそれをすばやく取り上げた。

「あ、あー、おまえ！　そんなゼイタクな。いくらすると思ってるんだよ、ボタンエビ」

志垣があわてて大声を出したが、和久井はその皿を自分と志垣のあいだに置いて言った。

「一コずつ食べましょ。ぼく持ちで。なら、いいでしょ」

「あ、ほんと？」

急に志垣が目尻を下げた。

「わるいねえ、和久井くん。きみ、出世するよ」

「それより、一課長から聞いたフランソワ・トリュフォーの映画の話っていうのは？」

「うん、じつはな……うわっ、うめえなあ、ボタンエビ。何年ぶりだろ、こんなゼイタクなもの食べたの。ぷりんぷりんの嚙みごたえ。和久井くん、ありがとね。一生、恩に着るわ」

「……」

「で、だな」

お茶を飲んで一息ついてから、志垣はつづけた。

「トリュフだかトリュフォーだか知らんが、その監督の初期の作品に『あこがれ』という二十分ぐらいの短編映画があるんだそうだ。一九五七年といってたっけなあ。それがな、やっぱり男の子たちが自転車に乗ったきれいなお姉さんを見かけて、それを尾行する話なんだ」

「へーえ」

「そして男の子たちは、あこがれのお姉さんがイケメン男とデートするところを目撃する」

「中尾真治と、紫帆と純太の三角関係を連想させますね」

「ただし映画のほうは、彼女の相手はほんとうに恋人だった。そしてこどもたちは、このカップルにちょっかいは出すんだが、殺人に発展するような邪悪な企みは抱かなかった。さすがに古き良き時代の話だよ」

「ですね」

「で、一課長はだな、その映画を引き合いに出しながら……引き合いに出しながら、だな……引き合いに出しながらこんなことを……こんなことを言ったんだよ」

同じ言い回しを繰り返しながら、志垣は、まだ和久井が手をつけていないボタンエビをチラチラと見やった。

「はい、どうぞ」

和久井は、あきれ顔でもう一個のボタンエビがのった皿を志垣のほうへ押し出した。

「あれ、和久井、食べないの？」

「警部、もう一個ほしくてしょうがないんでしょ」

「うん」

志垣はこどものようにコクンとうなずいた。

「こうなるであろうことは想定済みの展開ですから、ぼくは手をつけずにいたんです。どうぞ召し上がってください」

「やっさしいなあ、おまえってやつは！」

「そうしないと、話がなかなか先に進まないですから」

「おれ、大好きだよ、和久井」

「わかりましたんで」

「カーッ、うめえや。長生きはしてみるもんだな、おい」

ボタンエビの食感にふたたび大感動してから、ようやく志垣は落ち着いた顔になった。

「それでな、一課長はその映画をおれに紹介してからこう言った。美しい女が最も似合う乗り物は、フェラーリやベンツみたいな高級車ではなく、バイクでもなく、自転車なんだ、って。自転車をこいだときに巻き起こる風で、フワフワ～っと髪が軽くなびくところが、たまらなく色っぽいというんだよ。車でぶっ飛ばしたときの髪の乱れ方なんかじゃダメだと。それからペダルをこぐときの脚の動きな」

「一課長もマニアックですねえ」

「自転車に乗る美人フェチなんだってよ」

「うーん、変わってるというべきか、アブなそうというべきか」

「一課長によればだ、『青い山脈』では、さらにその真理が明らかに描写されているという」

「『青い山脈』って、石坂洋次郎の原作ですね」

「そう、何度も映画化されているが、一課長が例に出したのは一九六三年版の、吉永《よしなが》小百合《さゆり》主演のものだ。その作品で、小百合演じる寺沢新子《てらさわしんこ》は女子校にミニバイクに乗って通学している。でも、バイクに乗った姿では、いくら美少女の吉永小百合でも、そこにあこがれのようなものを抱けない、っていうんだよ。

ところが映画のラストでは若き日の浜田光夫《はまだみつお》とか二谷英明《にたにひであき》とか芦川《あしかわ》いづみとか高橋《たかはし》英樹《ひでき》といっしょに、小百合ちゃんは青い山脈を背景に自転車をこいでいく。これだよ、と、一課長はおっしゃった。ミニバイクで通学する姿の何十倍もいきいきと、はつらつとしていてすばらしいと」

志垣は、まるで自分が感動したかのように力説した。

「年齢的には無理な話だが、もしも呉から転校してきた南紫帆が、自転車ではなくミニバイクで通学していたらどうだろう。その姿に小学生の真治たちがあこがれを抱くこともなく、あんな事件は起きなかったんじゃないかと一課長に言われて、おれはおもわず唸ってしまったね。言えてる、と。ひょっとすると人間という生き物は、情緒を感じる感受性というものが、物体の速度によって大幅に変わるんじゃないだろうか」

「よくわかりませんねえ、おっしゃってることが」

「同じ美少女でも、ミニバイクを運転しているときには発しないオーラが、自転車をこいでいるときには出ているっつーことだよ。スポーツでもそうだ。男子バレーや男子テニスはボールの速度が速すぎて情緒がない。でも女子バレーや女子テニスにはそれがある。それは男女の性別の差から出るものではないんだ。バレーのアタックやテニスのボレー、それにサーブの球速があまりにも速いと、観客はそこにドラマ性を感じるゆとりを見いだせず、なんだかゲーム機をいじっているような機械的感覚になる。そこには心の感性が働く余地がなくなるんだな。そして、これもそうだ」

志垣は、目の前を流れる回転寿司を指して言った。

「おれは回転寿司に長く携わっている板さんに聞いたことがあるんだが、このベルトコンベアは、たんに皿の取りやすさだけでなく、食欲をいちばんそそる速度を計算して設定してあるんだそうだ。これより一パーセントでも速くなっても遅くなっても、客はネタに魅力を感じなくなるのだと」

「ふうん」

「だから南紫帆も同じように、見ている小学生たちにとって、最も強くあこがれを感じさせる速度で自転車をこいでいたんだろう。速すぎても味気ないし、遅すぎればだらしない感じがする。速すぎもせず、遅すぎもしない速度で、美しく自転車をこいでいた。そう、彼女自身が美しかっただけでなく、自転車のこぎ方が美しかったから、中尾真治という小学生にあこがれの感情を抱かせた。

案外、事件の芽というのは、そういう微妙なところに潜んでいるものじゃないのかね」

と、もっともらしい顔で事件をふり返ってから、志垣は言った。

「ところで和久井、この適切な速度で流れる回転寿司の中でも、とくにウニがじつに美しく輝いてみえるのだが、どうかね、もう一皿、おじさんにおごってみようという気には」

「はい、はい。ご自由にどうぞ」

そう答えながら、和久井は「食べもの」に関する別のエピソードを思い出していた。

高遠にある0磁場教総本部を訪れ、教祖の近江ハツに会ったときのことだ。

ハツは門前払い同然に追い返す志垣と和久井の背中に向かって、最後にこう言った。

「人の心に棲む悪魔は、ふだんはその人の美しい心を食べて生きているんですよ」

和久井は、その言葉を忘れることができなかった。

あとがき 「志垣と和久井──情緒と論理のコンビネーション」

本作は、『白川郷　濡髪家の殺人』（二〇一〇・八）につづく志垣警部と和久井刑事の世界遺産シリーズ第二弾である。

世界遺産シリーズ第二弾の場所とテーマを原爆ドームにしようという方針は、第一作の完成を待たずに固まっていたし、二〇一〇年秋には第二弾のタイトルを『原爆ドーム　0《ゼロ》磁場の殺人』とする合意も編集部とできていた。そして十月には、パワースポットとして静かなブームになっている長野県の山間にある分杭峠の0磁場を取材し、さらにぼくにとっては三度目となる原爆ドーム周辺の取材も済ませた。そして詳細なプランもまとまって執筆に着手しかかった二〇一一年三月に、あの出来事が起こったのだ。

本作の舞台は広島と東京と長野で、東北はまったく関係ないし、原発問題も絡まない。とはいえ、さすがに大震災から日にちも経たない時点では、このタイトルでは誤解も招きかねず、しばらく執筆そのものを先送りにした。

ただ、時間をおいたおかげで、原爆ドームについて興味深い放送を目にすることになった。それが二〇一一年八月六日――広島に原爆が落とされたその日に放送された「NHKスペシャル　原爆投下　活かされなかった極秘情報」である。

この放送の中身が非常に興味深かったのは、「隠された原爆エピソード」を浮き彫りにしているだけではなく、東日本大震災と福島原発事故という未曾有《みぞう》の大災害に見舞われた「いま」にも共通する、「緊急事態にすばやく適応できない、日本人特有の思考回路の脆弱性《ぜいじゃくせい》」というものを鋭く示唆《しさ》している点だった。

そこで、実際にテレビで放送されたこの内容に対して、本作の登場人物のひとり（犯人か否か、微妙な立ち位置にいる男）が自らのブログに過激な感想を書いたところ、そのブログが炎上する、というサブストーリーを思いついた。

あくまでそれはサブであって、事件の流れのメインではない。でも、この要素を加えることによって、ものの考え方には「情緒と論理」という対立するふたつの要素があるという点を、さりげなく裏テーマとして織り込んでみた。

というのも、志垣警部と和久井刑事のシリーズを長く愛読してくださっているみなさんはよくおわかりと思うが、このふたりは情緒的なようでいて論理的であり、論理的なようでいて情緒的である。

もう二十年以上も作者であるぼくといっしょに歩んできたこのコンビは、情緒と論理のどちらが欠けても「彼らしくない」のだ。

一方、ぼくたち日本人の国民性についていえば、もうじゅうぶんに情緒的なのだから、それとバランスがとれるように、あと少しだけでいいから論理的な側面を強化していかないと、未曾有の大災害にかぎらず、外交面や経済面での国難や、あるいは個人個人の日常的困難を解決していくのが大変になっていくのではないかという気がする。

そのあたりのバランスのとり方について、作者のぼくが言うのもナンだが、志垣と和久井は、ふたりでワンセットとなって、ちょうどよいコンビになっているのではないかと思うのだ。

二〇一二年二月　吉村達也

二〇一二年四月　講談社ノベルス刊

本作はフィクションであり、実在の個人・団体・事件とは一切関係ありません。（編集部）

解説

大多和伴彦
（文藝評論家）

「おいおい、和久井。何、遠い目しちゃってんの？　そんなにおれにウニをご馳走するのが悔しかったのかね」

そう言いながら、志垣警部は見事に輝く〈軍艦巻きの王様〉を大口を開けてぺろり、とひと口で平らげた。

和久井はとりあえず声を出さずに上司へ微笑みを返す。高遠・0磁場教総本部で聴いた教祖・近江ハツの最後の言葉に想いをめぐらし続けていたからだった。

「あー、なんだかおれの中の〈軍艦巻き愛〉に火がついちまったなー。『志垣、続けてイクラ行きまーす！』」

と、フルスロットル状態になった警部の健啖《けんたん》ぶりに心の中で小さなため息をつきつつ、和久井は回想に戻っていった。

「人の心に棲む悪魔は、ふだんはその人の美しい心を食べて生きてるんですよ」

と、告げた教祖は、人間という存在のどうしようもない真実を見抜いていたのだろう。

しかも、「性善説」「性悪説」のように人間をふたつのパターンに簡単に分けてしまうのではなく、ひとりの人間の心の中の善と悪のバランスに着目している――つまり、どんな者も堕ちる弱さを秘めながら生きている、とするところが恐ろしい。

さらに、善と悪のどちらが優位に働いていたかではなく、互いの力が鬩《せめ》ぎ合った末にたどり着く〈均衡状態〉、そのとき生まれる「0」の段階で悲劇が生まれるのだ、という説はもちろん初耳だった。

それ以上に和久井を震撼させたのは、悪にとって善がエネルギーとなってしまうという考え方だった。美しい心こそが、悪を育んでしまう。教祖の言葉を発展させて考えていけば、良心が多ければ多いほど、邪悪な心は強大になっていくおそれがあることになるではないか……。

そこまで考えを巡らせたとき、和久井はとても我慢しきれなくなり、思い描いたことを志垣にぶつけた。

ふたつめのイクラを口に放り込もうとしていた警部はその手を止め、湯飲みのお茶をひと口啜るとこう言った。

「なるほどなあ。おれたちの扱った事件をずーっと記録し続けてくれていた吉村さんは、ホラー小説も数多く執筆されていたが、そこで描かれる〈恐怖〉は、魔物とか怪異現象とかではなく、〈人の心に棲む魔〉をテーマにしたものだったよな。ある事柄が〈怖い〉のはそれを〈人が恐怖するから〉なんだ。肉体はもちろんだが、心の〈痛み〉や、〈危険〉に対する〈おそれ〉を人間が感じることがなかったら、この世界の秩序は崩壊しちまう。あの教祖の苗字。近江、っていったっけ。ついつい連想してしまうあの教団の事件だって……」

「なんであんなに高学歴な人たちが、陳腐な教義や、いかがわしさしか感じられないような教祖の僕《しもべ》になって、テロ行為にまで突っ走ってしまったのか、いまだにまったくわかりませんよね」

「ああ、わからない。いや、永遠にわからなくしちまったんだよ、先日の、教祖を含めた幹部ら七人の刑を一挙に執行したことでな。あれだけ特殊な事件で、多くの人が心に傷を残し、未解決な部分だってあるんだ。なぜ事件の中心人物たちの心の奥までを掘り下げられるチャンスを放棄してしまったのか。〈平成〉のうちに決着をつけたかったのだろう、なんてわかりやすい解釈を語る人もいるようだが、年末の大掃除用洗剤のコマーシャルじゃあるまいに」

「今年の汚れ、今年のうちに――ですね」

「そうそう、それよ。おれたちの仕事に関係する、だが、もっとずーっと上の上のお偉いさんたちには、さまざまな込み入った思惑があって、それを悟られてはならないと、わかりやすーい括りで納得させようとしとるのかもしれんがな」

「『このような事件は二度と起こしてはならない』って言葉も、今回あちこちで目にしましたね」

「それもまた、この『原爆ドーム　0磁場の殺人』事件で重要なポイントとなったブログが告発していたことにも通じるな」

「本当に強烈な内容でしたね、あの文章は。でもね、警部、あれは吉村さんの本音だったのでは、とも思うんですよ。ぼくたち物語の住人の世界であの文章を綴ることを一種のバリアにできるという〈作家の特権〉を使って、吉村さんはこの国が続けてきた、いや、おそらくこれからも続けていくだろう愚行をなんとか食い止めようと警鐘を鳴らしていたんじゃないかと」

「吉村さんはな、ある時一念発起して、作家業のかたわら英語の勉強をやり直した時期があったんだよ、知っとるか？」

「へえ。すごいですねえ」

「素直に感心してる場合じゃないだろう？　お前が忙しさにかまけて昇進試験に挑戦してないことをおれがどんなに情けないと思ってるか！」

　志垣警部お得意の平手打ちがパッカーンと和久井の後頭部に命中した。

「いてて！」

「ま、おまえさんの出世が遅れようがそんなこたあ、どーでもいいが。それはともかく――一九九九年の六月に『たった3カ月でTOEICテスト905点とった』（ダイヤモンド社）という本を出してるくらいだ。で、その勉強の過程で吉村さんは、日本語の構造的な欠陥に気づいたそうなんだ。二〇〇八年には『その日本語が毒になる！』という新書（PHP研究所）も出されている。おれのようなものが理解できた範囲でかいつまんで言えば、われわれが使ってる言葉はとっても曖昧な表現を当たり前にしてしまう言語である、と。たとえば、主語の問題――」

「あ！」

「そうだ、まさに今回の事件のブログが指摘していたことだ。ヒトは言葉によってものを考える。その言葉に限界があれば、考えだってあるレベル以上には到達しない」

「警部、このイクラですけど」

突然、目の前の寿司ネタを指差した和久井刑事のリアクションに志垣がズル、っと姿勢を崩した。

「なんだよ、いきなり」

「最近、居酒屋や寿司屋で流行ってる『こぼれ盛り』ってありますよね」

「ああ、あの下品なサービスな。カニ肉とかこのイクラなんぞを軍艦巻きに乗り切れないほど大量に盛り付けて、豪華さを演出してるつもりなんだろうが、おれのような江戸っ子にはゆるせねえ野暮な振る舞いだわな」

「また出た――警部が『江戸っ子』と言い張るのも間違いだけど、あの『こぼれ盛り』というのも、言葉としておかしいと思うんです。〈もの〉は〈誰か〉が〈こぼすもの〉であって、〈もの〉が自分の意思で勝手にこぼれたりはしない」

「なるほど、おまえさんがおれにこぼす愚痴だって勝手にこぼれてるわけじゃない。和久井が気弱だからこぼしてるんだもんな」

「まあ、そう、ですね――」

力ない笑みを和久井が返すと、

「気弱な和久井くんが笑みをこぼした、とこう言わなきゃいけないわけよね」

調子付く上司を無視して和久井は続けた。

「今回の事件も、発端となる悲劇にかかわった者たちって、あの当時なら〈落ちこぼれ〉とレッテルを貼られていたと思うんです」

「最近、とんと耳にしなくなってきたフレーズだな」

「言葉としてのおかしさに、気づく人が多くなって使われなくなったのかもしれません。でも、あのころは平気で使われ、人を傷つけてきた。好きで〈落ちこぼれ〉になる人間なんていませんよ。彼らを〈こぼした〉誰かがいたから〈落ちこぼれ〉たんです」

「ここでも、責任の所在が曖昧にされる風潮というか、そういう土壌がこの国にはあって、そのために起きてしまった悲劇だ、と——そう言いたいんだな、おまえさんは」

今度は、志垣のほうが遠くを見つめるまなざしになった。

「なあ、和久井。おれはこのところの、この国で起こることの目まぐるしさに、置いてけぼりになりそうな気持ちになるんだよ」

「どうしたんです？　警部にしては珍しく弱気な発言ですねえ」

「だってそうだろ、たとえばだ、ふた月前に出た吉村さんの『白川郷　濡髪家の殺人』の文庫。実業之日本社から刊行された吉村さんの作品の解説ではお馴染みの大多和、って人が担当してたんだが、将棋界のプリンス藤井聡太氏のことを『六段』と書いてある」

「あんなスピードで昇段されちゃったら、と悔しがってたそうですよ」

「それから、こないだのサッカーW杯。サムライブルーがあれほど活躍するなんて始まる前には誰も思ってなかっただろう？」

「寝不足になっちゃいましたね、あの時は」

「勝ち進んでる間は、試合が終わると夜中にもかかわらず道頓堀の橋の上や渋谷駅前の交差点に大量の若者が溢れかえってな」

「ＤＪポリスも久しぶりに出動して」

「で、浮かれ気分を狙ったかのように、この前の執行だよ。そして、間髪を入れずに西日本を中心とした災害が起きただろう」

「今回の事件の舞台となった広島では、もっとも多くの死傷者、行方不明者が出てしまったんですよね」

「合掌造りの白川郷からスタートして、広島の原爆ドームと続いてきたおれたちコンビの〈世界遺産シリーズ〉も、残念ながら六年前に吉村さんが旅立たれてしまったことで、新しい作品はもう読むことはかなわなくなった」

「日本の世界遺産も登録数が増え続けていて、先日の『長崎と天草地方の潜伏キリシタン関連遺産』で文化遺産は合計十八ですよ」

「文化遺産ってのは、なにも明るい歴史だけを残そうとしているわけじゃない。いや、いかに現在の礎《いしずえ》を作ってくれたとはいえ、当時そこでそれに携わった人々の努力や苦労には『陰』や『闇』はあったはずだ。それも含めての人の営みを、自分の創作したミステリー部分とうまーく組み合わせた小説を書いてくれたはずなんだよな、吉村さんは」

「返す返すも、早すぎましたよね」

「なんだか、寿司を目の前にこんな話をしているとお通夜の席みたいな気分になってくるなあ……そうだ和久井クン！」

「ぎくぅ！」

「お、久しぶりに聞いたぞそのリアクション」

「だって、警部がぼくを『クンづけ』で呼ぶときは必ず悪いことが起こるんだもん」

「だもん、じゃねーよ。この場のムードを変えるために、ぜったい『お通夜』の席では供されない寿司を注文しようじゃないかという提案だ」

「なんだ、そんなことですか」

　ほっとした表情を浮かべる和久井。

「ど・れ・に・し・よ・う・か・な……お、これこれ、牛カルビ握りとサーモンねぎラー油、ついでに生ハムサラダも行ってみようか！」

「寿司の道から外れてませんか、そのネタ」

「そして、食べる役目と支払いはキミね、おれは江戸っ子だから、そういう邪道なものはいただかないのだ、見・て・る・だ・け～」

「ぼくが何をしたっていうんですぅ～？」

「お茶、入れ替えてやったから湯飲みを持て」

「はい？」

「新しい寿司が握られるまでのうちに献杯しておこうじゃないか。酒じゃないのが野暮だが、いつ現場へ呼び出されるかわからないおれたちだから許してもらおう」

「あ、そうですね」
「では、あの夏のヒロシマの人々と、今年広島を旅立たれた人々と」
「そして――」
「そして、吉村達也さんに――」

献杯。

ふたりの刑事は、静かに湯飲みを掲げた。

実業之日本社文庫 よ110

原爆《げんばく》ドーム　0磁場《ゼロじば》の殺人《さつじん》

2018年8月15日　初版第1刷発行

著　者　吉村達也《よしむらたつや》

発行者　岩野裕一
発行所　株式会社実業之日本社
〒153-0044　東京都目黒区大橋1-5-1
クロスエアタワー8階
電話［編集］03(6809)0473［販売］03(6809)0495
ホームページ　http://www.j-n.co.jp/
印刷所　大日本印刷株式会社
製本所　大日本印刷株式会社

フォーマットデザイン　鈴木正道（Suzuki Design）

ISBN978-4-408-55433-4（第二文芸）